HEXENSTÄRKE

DIE HEXEN VON KEATING HOLLOW, BAND 17

DEANNA CHASE

Übersetzt von
HELENA TAMIS

ÜBER DIESES BUCH

Briggs Williams hat ein Problem. Jahrelang konnte er seine Magie nicht kontrollieren. Doch als er nach Keating Hollow zog, änderte sich alles. An dem verzauberten Städtchen ist einfach etwas, das ihn zur Ruhe bringt. Als aber aus dem Nichts eine alte Flamme in Keating Hollow auftaucht, braust seine Magie wieder unkontrolliert auf. Plötzlich ist er eine wandelnde Katastrophe. Und es scheint nur einen Menschen zu geben, der helfen kann, seine Magie zu bändigen – Melissa Benson, die eine Frau, die er will, von der er aber weiß, dass er sie niemals haben kann.

Melissa Benson will unbedingt ihren Mr. Right finden, nicht nur Mr. Right Now. Hätte sie nur ein winziges bisschen Magie, könnte sie einen Liebeszauber wirken, um ihn aufzuspüren. Leider war sie nie magisch. Ihr einziges Talent scheint es zu sein, emotional nicht verfügbare Männer zu daten. Und darum meidet sie den äußerst attraktiven Briggs Williams, der klar gemacht hat, dass er nicht an etwas für die Dauer interessiert ist. Doch als seine Ex in die Stadt spaziert und Briggs Melissa bittet, so zu tun, als wäre sie seine Verlobte, kann sie ihm diese verrückte Bitte nicht abschlagen. Nun verbringt sie ihre ganze Zeit mit einem Mann, dem sie nicht widerstehen kann und der ihr ganz gewiss das Herz brechen wird.

KAPITEL 1

*B*riggs Williams schaute auf die umwerfende Brünette neben ihm hinab und grinste. Melissa, seit etwa dreißig Sekunden seine gespielte Verlobte, hatte die Hände zu Fäusten geballt und wirkte, als würde sie gleich Gift und Galle spucken. Er konnte nicht leugnen, dass sie ihn in diesem Augenblick so richtig anturnte. Aber es war ja nicht so, als könne er deswegen mitten in der Townsend Brauerei etwas unternehmen. Erst recht nicht, wenn seine halb berühmte Ex-Affäre zufällig vor ihnen stand und ihn mit Blicken auszog.

„Entschuldigung", sagte Melissa, die betont auf Kassie Kinnys Finger starrte, die noch auf Briggs' Brust lagen, und dann den Blick auf Kassie selbst richtete. „Ich will ja nicht unhöflich sein, aber vermutlich ist es am besten, wenn du die Hände von meinem Verlobten nimmst und einen Schritt zurücktrittst."

Kassie, Briggs' ehemalige Situationship, blinzelte Melissa an und zuckte dann die Schultern, während sie die Hände an den Seiten senkte. „Tut mir leid. Ich war nur ein bisschen verblüfft." Dann schaute sie Briggs finster an. „Ein Anruf wäre nett gewesen. Wann genau wolltest du mir denn erzählen, dass du dich mit einer anderen eingelassen hast?"

Briggs öffnete den Mund, um ihr zu sagen, nie, aber bevor er ein Wort heraus bekam, erschien sein Boss Austin Steele neben ihm.

„Da bist du ja", sagte Austin, der Briggs auf den Rücken klopfte. „Ich nehme an, Kassie hat dir bereits gesagt, dass es bei ihrem neuen Album eine Änderung gibt. Ihr hat unsere Arbeit so gut gefallen, dass sie sich dafür eingesetzt hat, noch mal was mit uns aufzunehmen, und das Studio will Kassies neues Album so schnell wie möglich. Also werden wir morgen mit den Aufnahmen beginnen. Früh. Ich will um acht Uhr anfangen. Cool?"

„Äh, klar", sagte Briggs. Er arbeitete für Austin in seinem Aufnahmestudio, mischte bei verschiedensten Projekten den Ton ab. Tatsächlich hatte er so Kassie überhaupt erst getroffen. Er hatte vor über einem Jahr an ihrem Debütalbum gearbeitet, als sie alle in Los Angeles gelebt hatten. Sie hatten eine kurze Affäre gehabt, bevor sie im letzten Jahr dann auf Tour losgezogen war. Aber er hatte nicht gewusst, dass sie nach Keating Hollow kommen würde, um ihre nächste Platte aufzunehmen. Er hatte angenommen, das würde sie wieder in L.A. machen.

„Toll." Austin deutete auf Kassie. „Da sie bei dir wohnt, tu dein Bestes, um sicherzustellen, dass sie auch rechtzeitig ins Studio kommt, machst du das? Wenn ich mich recht erinnere, Kassie, bist du nicht gerade die Allerpünktlichste."

„Ich kann noch nichts dafür, dass ich eine Nachteule bin. Die meisten Musiker sind doch so, Austin." Sie lächelte ihn süß an.

„Deine Stimme ist am Morgen besser", sagte er. „Trink deinen Tee und halte dich von Milchprodukten fern."

Briggs war kurzzeitig sprachlos, während er versuchte, zu verarbeiten, was er gerade gehört hatte. „Austin, ich glaube, da gab es ein …"

„Ich muss los", sagte Austin, kurz nachdem auf seinem Handy mit einem Summen eine Nachricht eingetroffen war. „Wir reden morgen weiter. Brinn wartet auf mich." Er eilte hinüber zur Eingangstür, wo seine Frau stand, und sie verschwanden beide nach draußen.

„Warum glaubt Austin, dass du bei mir wohnst?", wollte Briggs wissen, der Kassie finster anschaute.

Sie zuckte mit den Schultern. „Warum sollte ich nicht bei dir wohnen? Letztes Jahr sagtest du, deine Tür stünde immer offen, wenn ich nächstes Mal in der Stadt bin."

„Da waren wir in L.A. Und es war keine offene Einladung, einfach einzuziehen, Kassie", sagte Briggs angespannt.

„Du hast aber schon sehr einladend gewirkt, als du mir jede Nacht die Kleider vom Leib gerissen hast!", schoss sie zurück.

Melissa räusperte sich. „Ich unterbreche euch ja nur ungern, aber Kassie, ich glaube, es ist vermutlich am besten, wenn du dir ein Zimmer in der Pension nimmst."

Während er sich an Melissa lehnte, drückte Briggs ihre Hüfte, um ihr stumm zu danken.

„Kann ich nicht", sagte Kassie leise, wandte den Blick ab.

„Warum nicht?", fragte Briggs, sein Tonfall schroff wegen des Ärgers. Auf gar keinen Fall würde er sein Haus mit ihr teilen. Nicht nach den Massen an Nachrichten, die sie ihm geschickt hatte, nachdem er klargemacht hatte, dass sie nicht zusammenkommen würden.

Sie schloss die Augen, während sie scharf Luft holte. „Meine Kreditkarte ist über dem Limit, und die Plattenfirma wollte mich hier nur aufnehmen lassen, wenn ich meine eigenen Reisekosten übernehme. Aber da du hier bist, dachte ich mir …" Kassie wedelte mit der Hand in seine Richtung. „Du schienst ja früher kein Problem damit zu haben, jede Nacht das Bett mit mir zu teilen, also dachte ich, ich würde dich überraschen."

Briggs mahlte mit den Zähnen. Es gab einen Grund, weshalb er keine ihrer Nachrichten mehr beantwortet hatte. Während er gedacht hatte, sie wären nur eine Affäre, hatte sie irgendwie beschlossen, dass sie in einer festen Beziehung waren. Und als er gesagt hatte, dass er keine Fernbeziehungen führte, hatte sie nur gesagt, dass sie sich darum kümmern würde. Sie hatte angefangen, ihm jeden Tag zu schreiben, ihm Updates darüber gegeben, was sie tat. Er hatte anfangs versucht, höflich zu sein und kurze Antworten geschickt, aber bald hatte er herausbekommen, wenn er ein bisschen nachgab, würde sie ihm auf den Pelz rücken, und er hatte einfach aufgehört, überhaupt zu antworten. Wäre sie irgendjemand sonst gewesen, hätte sie den Wink mitbekommen.

Aber so war sie nicht. Sie war Kassie Kinny, ein aufstrebender Popstar, der angefangen hatte, sich zu benehmen, als sollte sich die Welt vor ihr verbeugen … ganz besonders Briggs.

„Letzte Runde!", rief Rhys Silver vom Tresen.

„Sieht so aus, als hättest du einen Hausgast, Briggs", sagte Melissa mit einem Schulterzucken.

„Nein, habe ich nicht. Sie kann nicht bei uns wohnen", beharrte er.

Melissa hob eine Augenbraue und sagte tonlos *uns?*

„Gib uns mal kurz", sagte Briggs zu Kassie, während er die Hand um Melissas Handgelenk legte und sie zurück zum Gang lenkte, der zu den Toiletten führte. Sobald sie keiner mehr hören konnte, nahm Briggs ihre beiden Hände und sagte: „Du kannst mich nicht allein mit ihr lassen."

„Was wird sie denn tun, dich beißen?" Melissa schüttelte vor ihm den Kopf. „Du bist ein großer Junge, Briggs. Ich bin sicher, mit einem Hausgast kommst klar."

„Wenn King noch bei mir wohnen würde, dann vielleicht", sagte Briggs. „Er wäre ein anständiger Puffer, aber da er jetzt bei Sadie wohnt, ist es ja nicht so, als könnte ich ihn bitten, zurückzukommen und … Ich kann einfach nicht mit ihr allein sein."

„Warum? Hast du Angst, dass du dich nicht unter Kontrolle hast?", fragte Melissa mit einem Ausdruck purer Genervtheit auf dem Gesicht. „Wir sind doch nicht mal zusammen. Es ist eines, einen Abend lang so zu tun, als wären wir verlobt, aber was ganz anderes, bei dir zu übernachten. Du erbittest ein bisschen viel, glaubst du nicht?"

„Ich bitte dich als Freund, Mel", sagte er mit einem verzweifelten Gefühl. „Ich fürchte mich, dass daraus so eine Art Situation wie bei *Eine verhängnisvolle Affäre* wird. Es gibt einen Grund, weshalb ich dich angefleht habe, meine Verlobte zu spielen." In dem Augenblick, als Kassie in die Brauerei gekommen war, hatte er Melissa impulsiv gebeten, so zu tun, als wären sie verlobt, und zu seinem Glück hatte sie mitgespielt. Wenn er sie jetzt nur dazu bringen könnte, es noch ein bisschen länger durchzuziehen, überlebte er vielleicht Kassies Aufenthalt in Keating Hollow.

„Und ich werde dann diejenige, bei der ein gekochtes Kaninchen auf dem Herd steht?", fragte sie, ihre Miene wurde allmählich entsetzt.

„Ach, komm schon, Melissa. Ich bin sicher, *so* weit wird sie nicht gehen. Aber du verstehst einfach nicht, wie unnachgiebig diese Frau ist." Er riss sein Handy heraus, rief ihren Namen auf und zeigte Melissa die endlosen Nachrichten, die Kassie in den letzten zwölf Monaten geschickt hatte. „Wenn ich keinen Puffer habe, wird sie mich in den Wahnsinn treiben."

Melissa nahm sich ein paar Sekunden, um durch die Nachrichten zu scrollen, und als sie zu ihm aufsah, waren ihre Augen groß vor Unglauben. „Die hat sie alle geschickt?"

Er nickte. „Du hast Austin gehört, sie hat ihm gesagt, dass sie bei mir übernachtet. Ich kann nicht einfach nein zu ihr sagen, wenn sie nirgendwohin kann. Besonders nicht, da ich weiß, dass das Studio den Umsatz braucht. Wenn du mitkommst und bleibst, nur lange genug, dass wir was anderes für sie suchen, was zur Kurzzeitmiete oder so, würdest du mir einen riesigen Gefallen tun."

„Wer zahlt denn für diese Miete?", fragte sie. „Du?"

„Vielleicht. Wenn ich es muss." Briggs starrte sie verzweifelt an. „Bitte, Melissa. Wenn sie glaubt, dass wir echt zusammen sind, bin ich ziemlich sicher, dass sie mich in Frieden lässt."

Melissa verzog das Gesicht, stieß einen langen Atemzug aus und sagte: „Also gut. Aber nur heute Nacht. Morgen denken wir uns was anderes aus."

Briggs zog sie in die Arme und fühlte sich, als wäre ihm ein Gewicht von der Brust genommen. „Du bist mein neuer Lieblingsmensch."

„Da möchte ich wetten." Sie trat zurück und glättete ihr Kleid. „Zwei Bedingungen. Ich muss bei mir zu Hause Halt machen und ein paar Sachen holen, und du machst mir Frühstück. Im Bett am liebsten."

„Was immer du willst. Ich mache auf dem Weg nach Hause im Laden Halt, und wir treffen uns dann bei mir. Abgemacht?"

Melissa nickte zögerlich und murmelte dann: „Worauf habe ich mich da nur eingelassen?"

Er ignorierte ihre Frage, nahm sie an der Hand und führte sie zurück hinüber, wo Kassie wartete.

Der Popstar schaute ihn mit einer säuerlichen Miene an. „Können wir los? Es war ein langer Tag, und ich will mir nur ein heißes Bad einlassen und dann ins Bett kriechen."

Melissa schnaubte leise, während sie den Kopf schüttelte.

Kassie ignorierte sie und schaute erwartungsvoll zu Briggs auf.

„Wir können los, aber ich muss auf dem Weg nach Hause nochmal anhalten", sagte Briggs. „Du kannst mit mir kommen, und dann …"

Kassie streckte die Hand aus. „Ich habe die Adresse. Gib mir einfach einen Ersatzschlüssel, und ich kann selbst reingehen."

Melissa stieß ein lautes, humorloses Lachen aus, bevor sie sagte: „Du bist ja echt eine kleine Prinzessin, was?" Dann wandte sie sich an Briggs, stellte sich auf die Zehenspitzen, und nachdem sie ihn auf die Wange geküsst hatte, flüsterte sie: „Gib ihren Forderungen nicht nach. Ich sehe dich dann in ungefähr einer halben Stunde."

Briggs sah Melissa nach, während sie aus der Brauerei ging, dann wandte er sich an Kassie. „Ich gebe dir keinen Schlüssel. Du kannst entweder los und am Haus auf mich warten, oder du kannst mir zum Supermarkt folgen. Ich muss ein paar Sachen einkaufen."

„Supermarkt? Ach, gute Idee. Ich weiß noch, wie leer dein Kühlschrank immer war. Na ja, außer man zählt das ganze Bier, das du und King immer vorrätig hattet. Ich könnte auf jeden Fall ein paar Sachen gebrauchen. Ich folge dir."

„Ganz, wie es dir beliebt", sagte er und marschierte aus der Brauerei, wünschte, der Boden würde sich irgendwie öffnen und sie einfach verschlucken.

KAPITEL 2

Melissa starrte ihre kleine Reisetasche an und schüttelte den Kopf. „Worauf habe ich mich da nur eingelassen?"

Die Stille in ihrem Haus war ohrenbetäubend. Wenn sie normalerweise heimkam, sagte sie Alexa als allererstes, sie solle eine ihrer vielen Playlists abspielen. Die Musik half ihr, sich weniger allein zu fühlen. Seit ihre Mutter vor ein paar Jahren nach Befana Bay gezogen war, hatte sie festgestellt, dass sich die Stille nicht ganz so leicht aushalten ließ. Als sie aufgewachsen war, waren sie nur zu zweit gewesen, und aus irgendeinem Grund hatte Melissa nie in Betracht gezogen, dass sie auszog. Weshalb sollte sie? Sie mochte ihre Mom. Bis auf Sadie war ihre Mom Rachel ihre beste Freundin. Und obwohl sie dieser Tage ihre Freiheit genoss, vermisste sie dennoch die Gesellschaft.

Nicht, dass sie sich deswegen im Augenblick hätte Sorgen machen müssen.

Obwohl sie ein bisschen besorgt war, wie sie es schaffen würde, die Finger von Briggs zu lassen. Der Mann war einfach so lecker, das gehörte verboten. Es war echt schade, dass sie sich versprochen hatte, sich von ihm fernzuhalten. Er flirtete gern. Ein Mann, der nicht auf Verpflichtungen stand. Und Melissa suchte derzeit nach einer echten Verbindung. Jemandem, zu dem sie jeden Abend nach Hause kommen konnte, der für sie da sein würde, wenn sie von einer ihrer Geschäftsreisen zurückkam. Jemand, auf den sie sich verlassen konnte, um sich um den Hund zu kümmern, den sie unbedingt wollte.

Briggs war nicht dieser Mann.

Sie schnappte sich ihre Reisetasche und ihren Laptop und marschierte aus dem Haus. Als sie gerade ihre Rolltasche hinten in ihrem Audi SUV verstauen wollte, hörte sie eine Hupe. Das Geräusch ließ sie zusammenfahren, und sie wirbelte rasch herum, dann stieß sie Luft aus, als sie Sadie aus dem neuen schwarzen Toyota Sequoia steigen sah, den King kürzlich gekauft hatte.

„Gehst du noch auf Geschäftsreise?", rief Sadie, die herübereilte.

„Nein", sagte Melissa mit einem nervösen Lachen. Sie war eine Vertreterin für Weine, und weil ihr Bereich über ganz Nordkalifornien und inzwischen die zentrale Küste ging, war sie oft ein paar Tage am Stück weg, wenn sie sich bei Kunden einschleimte. „Ich fahre rüber zu Briggs, um ihn vor einer übereifrigen Sängerin zur retten, die es geschafft hat, sich irgendwie rein zu wieseln, um bei ihm zu wohnen, während sie ihr neues Album aufnimmt."

„Kassie ist hier?", fragte King mit einer Grimasse, während er einen Arm um Sadie legte. „Und sie glaubt, sie wohnt bei Briggs?"

„Ja." Melissa erklärte dann weiterhin, was vorhin in der

Brauerei passiert war. „Also bin ich jetzt sein Puffer, schätze ich."

„Das ist schlimm. Echt schlimm", sagte King, der den Kopf schüttelte. Er warf einen Blick hinab auf Sadie. „Du hast keine Ahnung, wie verrückt das Mädchen ist. Ich glaube, ich sollte vermutlich da rübergehen um Melissa vom Haken lassen."

„Nein, nein", sagte Melissa rasch, während sie mit der Hand wedelte. „Das ist nicht nötig. Außerdem denkt Kassie bereits, dass wir verlobt sind. Wenn ich nicht auftauche, wird sie das nur verdächtig finden." Ganz zu schweigen davon, wenn Kassie merkte, dass sie gelogen hatten, würde sie sich bestimmt ganz auf Briggs stürzen, ob King nun da war oder nicht. Und das würde sie nicht zulassen. „Ist schon gut. Es ist nur für eine Nacht. Briggs wird ihr morgen eine andere Unterkunft suchen."

„Das ist … nett von dir", sagte Sadie, die Melissa ein verschlagenes Lächeln zuwarf, während sie ihre Übernachtungstasche beäugte. „Hast du dieses schwarze Spitzenteil rein, das du dir letzten Monat gekauft hast?"

Melissa warf einen Blick auf King, dann schaute sie ihre Freundin finster an. „Nein. Ich verbringe die Nacht nicht mit ihm, ich übernachte nur dort." Aber sobald die Worte ihren Mund verließen, kam ihr die betäubende Erkenntnis, dass sie vermutlich in Briggs' Zimmer schlafen würde. Als seine angebliche Verlobte würde ihre Deckung ja aufliegen, wenn sie irgendwo anders schlief.

Sadie lachte leise. „Klar, Mel. Ruf mich morgen an. Ich werde jedes letzte Detail hören wollen."

King riss sein Handy heraus, tippte auf den Bildschirm und drückte sich das Gerät dann ans Ohr. Einen Augenblick später ging er zur Seite und sagte: „Briggs. Was zum Teufel ist los?"

Melissa schloss den Kofferraum ihres Audi und ging zur

Tür an der Fahrerseite. „Ich fahre besser mal. Wann brecht ihr zwei wieder auf?"

Sadie und King hatten viel Zeit auf Tour verbracht, um ihre neue Single zu promoten. Melissa vermisste es, ihre Freundin die ganze Zeit nebenan zu haben, aber sie war echt glücklich, dass der neue Song sich gut machte. Ihre Freundin hatte alles Gute verdient, was zu ihr kam, nach allem, was sie durchgemacht hatte, da sie ihre Mom als Teenager verloren und eine schwierige Beziehung zu ihrem abwesenden Vater gehabt hatte.

„Erst in ein paar Wochen", sagte Sadie. „Also sollten wir hier sein, um zu sehen, wie die Feuerwerke hochgehen."

„Es wird keine Feuerwerke geben", sagte Melissa, die ins Auto stieg. „Vergiss nicht unsere Essenspläne später in der Woche."

„Tue ich nicht." Sadie winkte und ging hinüber zu ihrem Haus, wo King auf der Veranda auf sie wartete.

Melissa schaute einmal mehr zu dem glücklichen Paar, bevor sie ein Seufzen ausstieß und losfuhr, um Briggs vor seiner verrückten Stalkerin zu retten.

„DAS IST MEIN ZIMMER?", fragte Kassie, die die Nase rümpfte. „Hier drin gibt's ja kaum so was wie einen Schrank."

Melissa verdrehte die Augen so heftig, dass sie mehr oder weniger gleich Kopfschmerzen bekam. Die Prinzessin war nicht glücklich mit ihrem Schlafgemach.

„Was stimmt denn nicht mit *diesem* Zimmer?", fragte die Popgöre, während sie auf den Raum gegenüber im Gang deutete. „Es ist zumindest ein bisschen größer und hat ein schöneres Bett."

„Das ist Kings Zimmer", sagte Briggs ausdruckslos. „Entweder du nimmst das, oder du kannst das Sofa haben."

„Aber King ist nicht hier, oder?", fragte Kassie, die schon unterwegs war, um über den Flur zu gehen.

Briggs trat vor sie und verschränkte die Arme vor der Brust. „Niemand nutzt diesen Raum, außer ihm. Es ist deine Entscheidung. Das Gästezimmer, das Sofa, oder du kannst dir irgendwas anderes zum Übernachten suchen."

Kassie schob die Unterlippe in einer übertriebenen Schnute vor, und Melissa wünschte sich, sie könnte ihr das direkt vom Gesicht wischen. Diese Frau war echt eine Nummer. „Also gut", sagte Kassie mit einem Seufzen. „Ich schätze, das geht."

„Ich schätze, das wird es", sagte er, dann wartete er, während sie ganze sieben Koffer hineinschleppte.

„Wie lange hast du denn vor, hierzubleiben?", fragte Melissa, die sich fragte, wie sie die alle in dem kompakten Mazda SUV untergebracht hatte, der draußen parkte. Es war eines dieser Fahrzeuge, in denen es zwar einen Rücksitz gab, aber niemand über ein Meter fünfzig würde sich freuen, da mitzufahren.

„Solange es eben dauert", sagte Kassie mit einem Schnauben, dann sah sie Briggs finster an. „Du hättest mir helfen können, mein Gepäck da reinzubringen."

„Ich habe es bereits nach drinnen gebracht. Der Rest liegt bei dir." Briggs legte den Arm um Melissas Schultern und sagte dann: „Mel und ich gehen ins Bett. Sei wach und bereit zum Aufbruch bis sieben Uhr dreißig."

„Was? Austin hat gesagt, wir müssen erst um acht da sein!", jammerte sie.

„Genau. Und wir brauchen Zeit, um in die Stadt zu fahren. Sei wach und bereit, oder ich werde dich da rausschleifen."

Ohne ein weiteres Wort lotste er Melissa in sein Zimmer und knallte die Tür hinter sich zu.

Sie ließ die Reisetasche auf einen Sessel in der Ecke fallen und stand dann da, sah ihn an, wie er an der Tür zusammengesunken war, und fragte sich, was als nächstes zu tun war.

„Beim Zeus", murmelte Briggs vor sich hin.

Melissa lachte leise. „Du betest zu dem griechischen Gott?"

„Ja." Er hob den Blick zu ihrem. „Wie ist das passiert?"

„Du warst zu feige, um ihr zu sagen, sie soll dir nicht mehr schreiben, und jetzt steckst du mit ihr fest ... zumindest heute Nacht." Melissa ging zu ihm hinüber, nahm seine Hand in ihre, dann führte sie ihn rüber zum Bett. „Setz dich."

Er tat, wie geheißen, und war still, während er beobachtete, wie sie auf das Bett stieg und sich hinter ihm positionierte.

„Du musst dich ein bisschen entspannen", sagte Melissa, während sie anfing, ihm die Schultern zu massieren. „Es ist nur für eine Nacht, oder? Morgen ist sie hier raus, und dann musst du dich mit ihr nur bei der Arbeit herumschlagen."

Er stieß ein Knurren aus. „Nur bei der Arbeit. Du bist echt nicht damit vertraut, wie Aufnahmen funktionieren, oder?"

„Ich weiß nur, was Sadie mir erzählt hat", sagte sie. „Ich weiß, dass sie eine Menge Zeit mit King verbracht hat, in der sie versucht haben, es richtig hinzubekommen. Aber wenn ich mich recht erinnere, haben sie nicht mehr als ein paar Tage im Studio verbracht."

„Das ist ... nicht so typisch", sagte er und stieß ein tiefes Stöhnen aus, als sie eine verspannte Stelle direkt an seinem Nackenansatz knetete. „Das ist perfekt. Mach damit weiter."

Melissa bohrte den Daumen in die Muskeln, spürte ein heftiges Gefühl der Zufriedenheit bei jedem Geräusch, das er von sich gab. Sie hatte gern die Macht, ihm ein so gutes Gefühl zu verschaffen. „Du hast gesagt, dass der Prozess bei King und Sadie nicht typisch ist ..."

„Oh, ja. Die beiden haben irgendwas Magisches."

„Buchstäblich", fügte Melissa an. Wenn Sadie mit King sang, blühte ihre Magie auf, und sie konnte Gefühle manipulieren. Es war sowohl umwerfend als auch irgendwie erschreckend, besonders, da sie nicht gewusst hatte, dass sie das tat. Aber sie hatte es inzwischen unter Kontrolle, und die beiden machten zusammen die allerschönste Musik.

„Genau. Das bedeutet, wenn sie zusammenarbeiten, klickt irgendwas einfach nur. Es ist ein sechster Sinn. Für die meisten anderen Künstler ist es so, dass sie mit einem Song oder einer Idee ins Studio gehen, und wir probieren sie dann auf zwei Dutzend verschiedene Arten aus. Der Prozess kann bedeuten, dass man extrem lange arbeitet. Als wir das letzte Mal an Kassies Debütalbum gearbeitet haben, waren wir oft bis tief in die Nacht im Studio. Wenn die Dinge allmählich vielversprechend aussehen, will keiner gehen, denn man weiß ja nie, ob man am nächsten Tag noch dieselben Ergebnisse bekommt. Für die nächsten Wochen oder Monate oder was auch immer werde ich einen erheblichen Anteil meiner Zeit mit Kassie Kinny verbringen, ob ich es nun will oder nicht."

„Kein Wunder, dass du so angespannt bist", sagte Melissa, der er ein bisschen leidtat. Müsste sie so viel Zeit mit jemandem verbringen, der so manipulativ war, würde sie den Verstand verlieren.

„Die Massage hilft", sagte er mit einem zufriedenen Seufzen. „Du rettest mir echt den Tag, Melissa. Das weißt du, oder?"

„Schon", sagte sie und lächelte vor sich hin. Die Wahrheit war, sie mochte Briggs wirklich. Hätte sie nur nach Spaß gesucht, wäre sie bereit gewesen, für die Nacht in seine Arme zu sinken. Sie hatte auch keine moralischen Einwände gegen eine lockere Beziehung. Es war nur so, dass sie bereit war für mehr. Zu sehen, wie ihre beste Freundin sich in King verliebte, hatte irgendwas in ihr ausgelöst. Sie hatte es satt, in ein leeres Haus nach Hause zu kommen. Keine besondere Person da zu haben, die sie jeden Abend anrufen konnte, wenn sie auf Geschäftsreise war. Und wenn sie es zuließ, dass sie etwas mit Briggs anfing, würde sie mehr wollen, als er geben konnte. Also konnten sie nur Freunde bleiben, und nicht mehr als das.

Das konnte sie.

Richtig?

Falsch.

Briggs wandte sich zu ihr um, das Interesse in seinem erhitzten Blick reichte schon, um sie alles vergessen zu lassen, was sie gerade gedacht hatte.

Er griff nach oben und schob ihr eine Haarsträhne aus den Augen, um zu sagen: „Wie wäre es, wenn ich den Gefallen erwidere?"

Bevor sie antworten konnte, richtete er sich so aus, dass er am Kopfende saß, die Füße vor sich. Er tippte auf seinen Oberschenkel und sagte: „Leg deine Füße hierhin."

„Du gibst mir eine Fußmassage?", fragte sie, völlig auf dem falschen Fuß erwischt.

„Ja. Du bist doch viel auf den Beinen. In hochhackigen Schuhen, oder?"

Sie nickte.

„Na, dann lass mich doch ein bisschen von dieser Anspannung lindern. Es ist das Mindeste, was ich tun kann, nachdem du dir diese ganzen Mühen gemacht hast." Er warf ihr dieses fiese schiefe Lächeln zu, das immer dafür sorgte, dass sie sich auf ihn stürzen wollte. Aber zum Glück war sie noch nicht so weit verloren, dass sie sich einfach auf ihn warf.

Stattdessen tat sie, worum er gebeten hatte, und stützte sich auf ein Kissen, während sie die Füße auf seinen Schoß legte. „Das wirst du vermutlich bedauern, denn ich war den ganzen Tag auf den Beinen."

„Ich komme klar", sagte er, während er in sein Nachtkästchen griff und eine Flasche mit Lotion herausholte.

Sie hob eine Augenbraue vor ihm, weigerte sich, die Gedanken in ihrem Kopf auszusprechen.

Er lachte nur und sagte: „Jetzt hol mal deine Gedanken wieder aus der Gosse. Es ist doch nichts falsch daran, wenn Männer auf gute Hautpflege achten."

„Natürlich nicht", sagte sie mit einem Lachen.

Dann, während Briggs die Lotion zwischen seinen Händen verrieb, ging plötzlich das Licht im Schlafzimmer zurück, und ein paar Kerzen, die auf seiner Kommode standen, erwachten flackernd zum Leben, die Flammen sorgten für ein warmes Glühen.

Melissa schaute sich um und starrte dann Briggs an. „Hast du das gemacht? Bist du eine Lufthexe oder eine Feuerhexe?" Es war ungewöhnlich, dass eine Hexe die Fähigkeit hatte, sowohl Gegenstände zu manipulieren als auch Feuer anzuzünden.

„Praktisch bin ich beides", sagte er mit einem Schulterzucken. „Eigentlich bin ich eine Elementarhexe."

„Wow", sagte sie leise. „Luft, Wasser, Feuer und Erde. Das ist beeindruckend."

„Nicht wirklich. Als ich jünger war, hat es mir nur Schwierigkeiten gemacht. Große Schwierigkeiten. Es war besser, wenn ich meine Magie überhaupt nicht einsetze. Heutzutage mache ich es nur, wenn ich eine tolle Frau verführen möchte."

„Das möchtest du also tun? Mich verführen?" Melissa

wusste, sie hätte zurückweichen sollen, Abstand zwischen sie bringen, aber da seine warmen Hände bereits die Anspannung in ihren Füßen lösten, konnte sie sich nicht überwinden, auch nur einen Quadratzentimeter zurückzuweichen. Seine Berührung war einfach zu köstlich.

„Funktioniert es?", scherzte er.

„Ja", antwortete sie aufrichtig. Was wäre denn falsch daran? Nur eine Nacht. Es war ja nicht, als hätte sie noch nie einen One-Night-Stand gehabt.

Seine Hände erstarrten auf ihrem Fuß, während er sie intensiv anschaute. Einen Augenblick später schüttelte er den Kopf und stieg vom Bett. „Das sollten wir nicht. Nicht so."

Melissa sah ihn mit finsterem Blick an. „Nicht wie, *so*?"

„So eben." Er wedelte mit der Hand durch den Raum und dann zur Tür hin. „Du tust mir einen Gefallen, und ich bin … Na ja, ich schätze, ich gehe mal kalt duschen. Du hast vorhin gesagt, dass wir nur schlafen, und ich will nicht, dass du es bedauerst, mir auszuhelfen."

„Ich werde es nicht bedauern", sagte sie, noch während er ins Bad verschwand.

Melissa warf sich zurück aufs Bett und starrte hinauf an die Decke. Sie wusste ehrlich nicht, ob sie erleichtert oder beleidigt sein sollte. Briggs hatte nichts getan, als mit ihr zu flirten, seit er in die Stadt gezogen war. Und jetzt, da sie bereit war, ihre Schutzschilde ein wenig zu senken und etwas Spaß zu haben, benahm er sich ganz ritterlich?

„Igitt", stöhnte sie und legte sich beide Hände aufs Gesicht. Warum waren Männer so verwirrend?

Melissa stand vom Bett auf, wühlte sich durch ihre Tasche und fand ihren rosa Seidenschlafanzug, den sie mitgebracht hatte, und ihren Kulturbeutel. Dann stand sie mitten im Zimmer und fragte sich, was sie sonst tun sollte. Wenn sie losging, um das freie Bad zu nutzen, würde sich Kassie bestimmt fragen, warum. Sie musste entweder warten, bis Briggs fertig war, oder ...

Die Badtür war nicht ganz geschlossen, und als sie genau hinsah, wurde ihr klar, dass die Dusche hinter einer geschlossenen Tür war, man das Waschbecken einfach benutzen konnte. Sie putzte sich rasch die Zähne, wusch sich das Gesicht und stieg in ihren Schlafanzug. Dann schlüpfte sie ins Bett und beschloss, wenn Briggs aus der Dusche erscheinen würde, würde sie diejenige sein, die das Verführen übernahm.

KAPITEL 3

*B*riggs wollte nichts mehr, als neben Melissa ins Bett zu steigen, ihr den Kindle aus der Hand zu reißen und sich über sie her zu machen, bis die Sonne aufging. Er fantasierte jetzt schon seit Monaten davon, sie in seinem Bett zu haben. Die umwerfende Brünette mit der frechen Zunge war einfach sein Typ. Es schadete auch nicht, dass ihr das Musikgeschäft völlig egal war.

Als er noch in L.A. gelebt hatte, hatte es ausgesehen, als würde jede Frau, mit der er zusammenkam, glauben, er wäre ein Ticket zu einem Plattendeal. Das war zum Teil der Grund, weshalb er etwas mit Kassie angefangen hatte. Sie hatte bereits einen Vertrag und war nicht darauf aus gewesen, dass er bei ihrer Karriere half.

Nicht, dass er überhaupt die Verbindungen gehabt hätte, jemandem zu helfen. Er mischte einfach nur den Ton ab. Klar, er war der beste Freund von King McGrath, aber das bedeutete nicht, dass er Produzenten auf Schnellwahl hatte. Alles war in dieser Stadt einfach nur ein Geschäft. Keating Hollow war das absolute Gegenteil von diesem Leben.

Die Stadt beruhigte ihn. Es war etwas an ihr, das sich einfach richtig anfühlte. Irgendwie wie Melissa.

Er schob alle Gedanken an Unangemessenes aus seinem Verstand und ging zu seinem Schrank, wo er ein paar zusätzliche Decken und ein Kissen fand.

„Was machst du denn mit denen?", fragte Melissa, während sie ihren Kindle auf den Nachttisch legte.

„Ein Bett auf dem Boden bauen."

„Warum?", fragte sie, Verwirrung stand überall auf ihrem hübschen Gesicht.

„Weil es die ritterliche Vorgehensweise ist", sagte er, hielt immer noch die Decken.

Sie schnaubte. „Ritterlich, am Arsch. Leg die weg und komm ins Bett. Wir sind beide erwachsen. Es gibt keinen Grund, warum du auf dem Boden schlafen solltest."

Er öffnete den Mund, um zu protestieren, wurde aber unterbrochen, als es heftig an der Tür klopfte.

„Briggs, da drin ist es zu kalt", sagte Kassie, während sie in den Raum platzte, ohne hereingebeten worden zu sein. „Du musst diesen Thermostat wechseln. Wenn mir die ganze Nacht kalt ist, wird meine Stimme morgen völlig am Arsch sein." Sie runzelte die Stirn, starrte ihn und seinen Berg Decken an. „Was machst du denn mit denen?"

„Kassie, was zum Teufel glaubst du, machst du da?", brüllte er, konnte nicht glauben, dass sie einfach hereingeplatzt war.

„Ich versuche sicherzustellen, dass ich morgen singen kann. Austin wird nicht glücklich sein, wenn ich mit einem Frosch im Hals auftauche." Kassie schaute zu Melissa. „So was hast du im Bett an, wenn du mit einem Mann wie Briggs schläfst?"

Melissa schaute hinab auf ihren rosa Seidenpyjama und runzelte die Stirn. „Stimmt damit was nicht?"

Kassie verdrehte die Augen, ging zu Briggs, nahm die

Decken und sagte: „Stell den Thermostat zwei Grad höher. Mit diesen Decken sollte ich es ganz bequem haben." Dann fegte sie aus dem Raum, als wäre sie die Königin des Schlosses.

„Na, ich glaube, damit ist es abgemacht", sagte Melissa.

„Was abgemacht?", fragte er mit einem finsteren Blick zur Tür, konnte seinen Zorn nicht beherrschen. Seine Finger ballten sich zu Fäusten, und plötzlich begann Magie über seine Haut zu funken, genau wie früher, wenn sie außer Kontrolle geraten war. „Heiliger Hexenb…"

„Huch", sagte Melissa direkt hinter ihm, und sie legte die Hände auf seine Schultern.

Die Magie verschwand gleichzeitig mit dem Druck in seiner Brust. Er stieß einen Atemzug aus und drehte sich um, um auf sie hinab zu schauen. „Wie hast du das gemacht?"

„Was gemacht?", fragte sie.

„Die Magie. Die hast du verschwinden lassen."

„Ich … das ist nicht … Ich weiß nicht, was du meinst", stammelte sie. „Ich bin nicht magisch. Also, überhaupt nicht."

Er schüttelte langsam den Kopf, dann zog er sie in die Arme, hielt sie fest. „Vielleicht nicht, aber was du gerade getan hast, war reine Magie."

Sie stieß ein nervöses Lachen aus. „Was heißt das denn?"

Er ließ sie los und führte sie dann zurück zum Bett. „Hast du diese Magie über meine Haut funken sehen?"

„Ja", sagte sie. „Ich war mir nicht im Klaren, was du vorhast, aber ich dachte, was immer es ist, du solltest es vermutlich nicht machen, wenn du wütend bist. Ich habe einfach nur versucht, dich kurz mal langsamer werden zu lassen."

„Du hast sie verschwinden lassen. Deine Berührung. Diese Magie war außer Kontrolle. Ich habe sie nicht gerufen", erklärte er.

Sie blinzelte ihn an.

Briggs hielt ihren dunklen Blick einen langen Moment fest, dann holte er tief Luft. Es war Zeit, es zu erklären. „Der Grund, weshalb ich meine Magie früher selten eingesetzt habe, liegt darin, dass ich nicht gut darin bin, sie zu kontrollieren. Deshalb hat sie mich immer in Schwierigkeiten gebracht. Ernste Schwierigkeiten. Schließlich habe ich beschlossen, wenn ich nicht von der Magie-Taskforce festgenommen werden will, musste ich die Magie ganz aufgeben."

„Aber du hast sie heute Abend mit dem Licht und den Kerzen benutzt", sagte sie.

„Habe ich. Das liegt daran, dass an Keating Hollow irgendwas ist, was mich beruhigt. Die Magie der Stadt, die Leute, die frische Luft. Ich bin mir nicht ganz sicher, aber es ist einer der wenigen Orte auf der Welt, wo ich die Magie einsetzen kann, ohne dass sie mich kontrolliert. Oder zumindest war es so, bis Kassie einfach hereingeplatzt ist. Aber dann hast du mich berührt, und die Magie ist verschwunden, also sieht es aus, als hättest du mich gerade wieder gerettet … Oder vielleicht Kassie, vor der Göttin weiß, was."

„Mit einem Pickel genau zwischen den Augen würde sie toll aussehen", sagte Melissa, in ihren Augen glitzerte der Schalk. „Vielleicht hätte ich meine Hände bei mir behalten sollen."

Briggs lachte leise, während er den Kopf schüttelte. „Bitte nicht."

Sie ließ den Blick über seine Brust wandern. Und als sie sich die Lippen leckte, trieb er sie nur an, indem er das enge T-Shirt auszog, das er trug, kurz bevor er auf das Bett stieg.

Hitze blitzte in ihren Augen, und mehr musste er nicht wissen.

„Komm her", sagte er, seine Stimme rau, während er nach ihr griff und sie zu sich zog, sodass sie auf ihn rollte.

„Na, das ist maximal weit entfernt davon, in einem Nest auf dem Boden zu schlafen", sagte sie, ihre Stimme genauso rau wie seine.

„Ja, dazu kommt es nicht." Er vergrub die Hand in ihren dichten Haaren, und dann flüsterte er: „Küss mich, Melissa."

Sie stieß ein leises Seufzen aus, dann drückte sie ihre warmen Lippen auf seine.

In diesem Augenblick hielten sie inne, atmeten einander nur ein. Briggs spürte, wie seine Haut prickelte, eine andere Art der Magie. Die Art, die seine Seele berührte. Die Art, die ihm sagte, was immer das zwischen ihnen war, es war nicht nur ein One-Night-Stand. Es war sehr, sehr viel mehr. Und obwohl dieses Wissen ihm normalerweise eine Heidenangst eingejagt hätte, spürte er in diesem Augenblick nur, dass es *richtig* war, wie er es noch nie zuvor gespürt hatte.

Und als Melissa schließlich die Zunge vorschnellen ließ, um ihn zu schmecken, schloss er die Augen, legte die Arme um sie und machte es zu seiner Mission, jeden Quadratzentimeter des erstaunlichen Wesens zu erkunden, das ihn nicht einmal, sondern heute Abend zweimal gerettet hatte. Er würde dafür sorgen, dass es sich für sie lohnte, selbst wenn er die ganze Nacht brauchte.

BRIGGS WACHTE am nächsten Morgen auf, die Arme um Melissa geschlungen. Ihr Kopf ruhte an seiner Schulter, und ihr Vanilleduft war betörend. Er strich mit den Fingern ihren bloßen Arm hinab und wünschte sich, dass sie den ganzen Morgen hätten, um ihn zusammen zu verbringen. Wäre es nach ihm gegangen, hätte er bei der Arbeit angerufen und die nächsten paar Stunden damit verbracht, sein Äußerstes zu geben, um ihr dieses süße Stöhnen wieder und wieder zu entlocken.

„Es ist noch früh", murmelte sie, während sie sich an ihn schmiegte.

„Ich habe doch jemandem Frühstück im Bett versprochen." Er drückte ihr einen Kuss auf die Schläfe.

Sie neigte den Kopf aufwärts und öffnete ein Auge. „Du machst mir wirklich Frühstück im Bett?"

„Versprochen ist versprochen."

Melissa richtete sich über ihm auf und gab ihm einen langen, anhaltenden Kuss. Als sie sich schließlich löste, war Briggs atemlos und nur Augenblicke davon entfernt, sich wieder über sie herzumachen. Aber dann ging sein Wecker los, und er stöhnte.

Sie ließ sich zurück aufs Bett fallen und sagte: „Verdammt."

„Das kannst du laut sagen." Er drückte ihr einen Kuss auf die Handfläche und rollte sich dann aus dem Bett.

„Ich muss schon sagen, der Ausblick hier ist überwältigend", sagte Melissa.

Briggs sah auf sein Fenster und runzelte die Stirn, als er sah, dass die Vorhänge noch zugezogen waren. Aber als er zurückschaute und bemerkte, dass sie ihn mit offener Bewunderung beobachtete, konnte er sich das Lächeln nicht verkneifen, das um seine Lippen spielte. „Das gebe ich gleich zurück."

Er zog Shorts und das T-Shirt vom Vorabend an, dann ging er zur Tür. „Wie nimmst du denn deinen Kaffee?"

„Über den Tropf", sagte sie trocken.

„Eine Frau ganz nach meinen Vorstellungen. Schwarz?"

Sie nickte.

„Okay. Ich bin bald wieder da."

„Ich werde warten."

Die Zweideutigkeit in ihrem Tonfall ließ ihn fast zurück ins Bett springen, aber als er Wasser aus dem Gästebad hörte, wusste er, dass Kassie auf war, und das reichte schon, um eine feuchte Decke auf seine Libido zu werfen.

Er begab sich in die Küche, machte eine Kanne Kaffee und eine Fuhre Waffeln. Und weil er sich großzügig fühlte, machte er auch genug für Kassie. Er legte ihre in den warmen Ofen und brachte dann ein volles Frühstückstablett ins Schlafzimmer.

Melissa saß da, schaute auf ihr Handy. In dem Augenblick, als er hereinkam, sah sie auf, ihre Augen wurden groß, als sie das Tablett mit Essen sah. „Deine selbst gemachten Waffeln?"

„Kling doch nicht so überrascht", sagte er. „Hast du was aus der Gefriertruhe erwartet?"

Sie lachte leise. „Ich wusste ehrlicherweise nicht, was ich erwarten soll, aber das war es nicht."

Er stellte das Tablett neben sie und küsste sie auf die Wange. „Genieße es. Ich gehe mal in die Dusche."

Als er fünfzehn Minuten später aus dem Bad kam, strahlte Melissa ihn an. „Das Einzige, was mehr Spaß macht als letzte Nacht, ist dieser Kaffee." Sie nahm einen Schluck und fügte an: „Mach nur weiter so, und ich heirate dich vielleicht wirklich in echt."

Eine Woge der Freude strömte über ihn hinweg, während um seine Lippen ein schwaches Lächeln zuckte. Und nur einen ganz kurzen Augenblick lang stellte er sie sich in einem sexy, eng anliegenden Hochzeitskleid vor, wie sie durch die Kirche zu ihm kam.

Wo um alle Welt war das hergekommen? Er runzelte die Stirn und schüttelte den Kopf, war plötzlich beunruhigt.

„Was stimmt denn nicht?", fragte sie.

„Nichts. Ich muss nur los. Nimm dir alle Zeit der Welt, und sperr nur zu, wenn du rausgehst."

„Es ist, weil ich gesagt habe, ich würde dich heiraten, oder?" Sie stieß ein Seufzen aus. „Das war doch nur so dahingesagt. Um der Liebe aller Götter willen, benimm dich doch nicht so typisch Mann vor mir."

„Das war es nicht. Ich schwöre es", sagte er, ging zurück hinüber zum Bett und setzte sich sorgsam neben sie. Dann legte er beide Hände auf ihre Wangen und beugte sich vor, küsste sie so gründlich, dass sie beide atemlos waren, als er sie losließ. „Danke, dass du getan hast, als wärst du gestern Abend meine Verlobte. Kann ich dich heute Abend zum Abendessen ausführen, um dir zu danken?"

Sie wirkte verdattert, während sie ihn ansah. „Abendessen?"

„Ja. Wie wäre es mit diesem neuen Laden, dem Elegant Cauldron? Ich höre, die haben die beste Lasagne in drei Bezirken. Das hat zumindest Miss Maple gesagt", sagte er mit einem Zwinkern, bezog sich auf die Frau, der Ein Löffelchen Magie gehörte, die magische Bäckerei im Herzen von Keating Hollow.

„Na, wenn Miss Maple es sagt, dann muss es ja stimmen", erklärte sie.

„Dann haben wir also ein Date", sagte er. „Ich reserviere uns was für sieben Uhr, und ich hole dich um zwanzig vor ab."

Während Briggs aus dem Raum ging, lächelte er vor sich hin, freute sich darauf, Melissa heute Abend wieder zu sehen zu bekommen, und vielleicht, nur vielleicht, würde sie wieder ihren Weg in sein Bett finden.

Er klopfte an Kassies Tür. „Zeit zu gehen."

Ihre Tür ging auf, und sie stand da, in einem kurzen Rock, kniehohen Stiefeln und einem glitzernden Top. Sie sah aus, als würde sie sich bereit machen, auf die Bühne zu steigen und eine Liveshow hinzulegen. „Ich muss erst Frühstück essen."

„Es ist Kaffee in der Kanne und eine warme Waffel im Ofen", sagte er. „Es gibt eine isolierte Tasse im Schrank, die du nehmen kannst. Du kannst die Waffel unterwegs essen."

Sie starrte ihn an, als wären ihm drei Köpfe gewachsen. „Meinst du das gerade ernst? Ich kann doch nicht Kaffee und Waffeln nehmen."

„Warum nicht?", fragte er, runzelte die Stirn.

„Ich brauche Tee und Honig für meine Stimme. Und Popstars essen keine Waffeln." Sie stapfte an ihm vorbei durch den Gang und in die Küche. „Bitte sag mir, dass du frisches Obst und Lachs hast."

„Lachs?", fragte er, während er ihr folgte. „Es gibt Obst. Äpfel und Orangen sind im Korb. Ich dachte, du hättest eingekauft, als wir gestern Abend im Laden waren."

„Ich habe ein paar Sachen gekauft, etwa meinen Tee und Honig, aber ich war müde und habe vergessen, was fürs Frühstück mitzunehmen." Sie machte viel Gewese darum, alle seine Schränke zu öffnen und zu schnaufen, als sie nicht fand, was immer sie brauchte. Dann holte sie einen Teebeutel aus ihrer Tasche und sagte: „Bitte sag mir, dass du einen Wasserkocher hast."

Den hatte er. Oder zumindest King hatte ihn. „Er ist gleich neben der Kaffeekanne." Er deutete auf die Maschine. „Und es gibt Honig im Schrank darüber."

„Den Göttern sei gedankt, dass du nicht völlig nutzlos bist. Man möchte meinen, da du mit einem Sänger zusammen gewohnt hast, würdest du solche Dinge wissen."

Er wusste nur, dass King vor dem Singen niemals Milchprodukte zu sich nahm. Alles andere war so ziemlich möglich. Und er hatte ganz gewiss niemals Briggs' Waffeln abgelehnt.

Sie schnaubte, während sie sich ihren Tee machte, einen Apfel aufschnitt und eine Handvoll Mandeln nahm. „Gehen wir", sagte sie, sobald sie ihren Tee in einer seiner Thermotassen hatte. „Wir wollen ja nicht zu spät kommen."

„Das wollen wir auf keinen Fall", sagte er und folgte ihr aus dem Haus. Sobald sie in seinem Truck waren, sagte er: „Wir suchen in der Mittagspause nach einer alternativen Bleibe für dich."

Sie spuckte Tee aus und stotterte: „Was?"

„Schau mal, Kassie. Du kannst nicht bei mir wohnen. Das funktioniert einfach nicht. Also werden wir sehen, ob wir dir was zur Kurzzeitmiete oder irgendwas finden", sagte er.

„Ist dir dieser Teil entgangen, dass ich keinerlei Spielraum bei meiner Kreditkarte habe?", kreischte sie fast.

„Nein, es ist mir nicht entgangen. Wir kriegen irgendwas hin. Du kannst es mir zurückzahlen, wenn du mal richtig Geld machst oder so."

„Ich nehme deine Wohltätigkeit nicht an", sagte sie, ihre Stimme plötzlich kalt.

„Aber in meinem Haus fällst du ein, solange es eben dauert?", fragte er, warf ihr einen genervten Blick zu. „Entweder das oder gar nichts. Verstanden?"

„Und wenn ich Austin erzähle, dass du mich ausgenutzt hast?", drohte sie.

Magie brach wie Flammen auf Briggs' Haut aus, und plötzlich schaltete sich der Truck ab. Er nahm das Lenkrad fest und ließ ihn von der Straße rollen. Sobald sie standen, starrte er direkt nach vorne, atmete tief ein, während er sich dazu zwang, seinen Zorn unter Kontrolle zu bekommen. Als er schließlich sprach, sagte er: „Sieht so aus, als würden wir doch zu spät kommen."

KAPITEL 4

Melissa war gerade aus der Dusche gekommen und war tropfnass, als ihr Handy im anderen Raum klingelte. Sie schlang sich ein Handtuch um den Körper, tappte ins Schlafzimmer und war überrascht, Briggs' Namen auf dem Bildschirm aufblitzen zu sehen. „Vermisst du mich schon?", fragte sie in einem so verführerischen Ton, wie sie ihn nur aufbringen konnte.

„Mein Truck ist kaputt. Ich habe bereits den Abschleppwagen gerufen, aber besteht die Möglichkeit, dass du uns abholen und eine Fahrt ins Studio spendieren kannst?"

„Uff. Das nervt. Was ist passiert?" Sie ging herüber zum Sessel, wo sie ihre Übernachtungstasche gelassen hatte, und zog ihre Jeans und das T-Shirt heraus.

Es gab eine kurze Pause, bevor er sagte: „Ich weiß es nicht. Er ist einfach ausgegangen. Jetzt sind wir gestrandet. Hast du Zeit, uns abzuholen? Wenn nicht, kann ich King anrufen. Du bist nur näher dran, und wir sind bereits zu spät."

„Natürlich kann ich das. Gib mir nur zwei Minuten, um mich anzuziehen."

Als er nicht auf die Tatsache reagierte, dass sie nackt war, wusste sie, dass er nicht in der Stimmung zum Flirten war. Nach ein paar Augenblicken sagte er: „Danke, Melissa."

„Kein Problem. Schick mir deinen Standort, und ich komme so schnell wie möglich hin." Sie beendete den Anruf, und während sie die Jeans hochriss, summte auf ihrem Handy eine Nachricht. Erst kam die nächste Kreuzung, und dann hatte Briggs angefügt: *Beeil dich, bevor meine Magie außer Kontrolle aufbraust und Kassie noch als Unfall am Straßenrand endet.*

Melissa stieß ein lautes Lachen aus. Aber dann erinnerte sie sich, wie wütend er am Vorabend gewesen war, und wie sie ihn nur mit ihrer Berührung beruhigt hatte, und sie fragte sich, wie viel Wahrheit in diesem Text lag. Sie beeilte sich, sich fertig anzuziehen, und lief dann aus dem Haus.

Zehn Minuten später hielt sie hinter seinem Truck an. Der Abschleppdienst war da, und Billy von Hollow Towing befestigte den Truck bereits an der Winde, um ihn auf den Wagen zu ziehen. „Hey, Cowboy. Brauchst du eine Fahrt?", rief sie aus dem Fenster zu Briggs hin.

Er kam herüber, die Schultern hochgezogen, und gestresste Falten hatten sich um seine Augen eingeprägt.

„Du siehst aus, als wärst du in der letzten halben Stunde fünf Jahre gealtert", sagte sie leise. „Was ist passiert?"

„Ich glaube, ich habe meinen Truck kurzgeschlossen", sagte er.

„Wie?" Sie starrte auf den Truck, als hätte der irgendwelche Antworten.

„Meine Magie ist außer Kontrolle geraten." Er biss die Zähne zusammen, während er in Kassies Richtung einen finsteren Blick warf.

Die Sängerin stand neben dem Abschleppwagen, hielt ihr

Handy hin, während sie den Vormittag dokumentierte und ihren Followern erklärte, dass sie zu spät zu ihrem ersten Tag zur Aufnahme ihres neuen Albums kommen würde, weil ihr Fahrzeug kaputt war. Sie zog eine Schnute vor der Kamera und ratterte dann eine Adresse mit ID herunter, wo ihre Follower ihr Geld schicken konnten, um ihr „einen Kaffee zu kaufen" Sie versprach ihnen ein persönliches Shoutout, sobald sie die Nachricht erhielt.

„Das war vorerst alles. Echt heftig, dass ich den Rest des Weges in die Stadt zu Fuß gehen muss! Aber alles für meine treuen Fans. Es ist alles für euch." Sie zwinkerte übertrieben, dann loggte sie sich aus.

„Zu Fuß in die Stadt gehen?", wiederholte Melissa.

Briggs schüttelte den Kopf. „Willkommen in der Welt der L.A.-Influencer."

„War sie so, als du damals in L.A. mit ihr zusammen warst?", fragte Melissa mit morbider Neugier. Sie konnte sich einfach nicht vorstellen, dass Briggs an einer solchen Frau Interesse hatte.

„Nein. Zumindest nicht so. Sie hat eine Menge auf Social Media gepostet, aber das ist ja zu erwarten bei jemandem, der in der Musikindustrie groß rauskommen will. Aber das Lügen und die übertriebenen Sperenzchen? Das ist auf jeden Fall neu."

„Das ist keine Lüge, Briggs", fuhr ihn Kassie an. „Das Auto ist stehen geblieben, und ich teile nur Dinge mit meinen Fans. Und wenn ich die Wahrheit dabei ein wenig übertreibe? Niemand will hören, dass deine Verlobte uns abholt und wir in zehn Minuten bei der Arbeit sein können. Sie wollen Drama. Weshalb sonst glaubst du denn, dass mir jemand folgt?"

„Für die Musik?", murmelte er tonlos.

35

„Das habe ich gehört!", rief sie, und dann machte sie ein Selfie mit Billy, dem Typen vom Abschleppwagen.

Er stöhnte. „Ich muss mal kurz mit Billy reden. Ich bin gleich zurück, dann können wir los." Briggs ging ein paar Schritte, dann blieb er stehen und wandte sich zu ihr um. „Ich bin aber nicht schuld, dass du irgendwohin zu spät kommst, oder?"

Melissa schüttelte den Kopf. „Nein. Ich habe zu arbeiten, aber heute Vormittag keine Termine. Es ist alles nur Papierkram. Keine Sorge. Ich habe den Morgen ja sowieso nicht sonderlich schnell angefangen."

Er grinste, weil er genau wusste, weshalb sie im Bett geblieben war. Dann nickte er und ging, um mit dem Fahrer des Abschleppwagens zu reden.

Die vordere Beifahrertür öffnete sich, und Kassie stieg ein. Sie lehnte sich zurück in den Sitz und schloss die Augen, stieß ein tiefes Seufzen aus.

„Schlimmer Vormittag?", fragte Melissa.

„Schlimme Woche. Das ist doch nur die Kirsche oben auf dem Haufen Scheiße." Die Frau, die aussah, als wäre sie bereit, in ein Musikvideo zu treten, wandte sich an Melissa, um sie anzusehen, dann Briggs, der immer noch mit Billy sprach. „Eine kleine Warnung. Gib Acht auf den. Er hat Probleme mit dem Management seiner Wut."

Bisher hatte Melissa nur gesehen, dass Briggs sich irgendwie anders als entspannt oder freundlich benahm, wenn Kassie in der Nähe war. Sie musste sagen, sie verstand, weshalb er sich so aufregte. Die Frau war ohne Vorwarnung in sein Leben marschiert und hatte mit ihren Forderungen alles komplett auf den Kopf gestellt. Falls Briggs' Magie wirklich außer Kontrolle geraten war und diesen Truck abgeschaltet hatte, hatte sie keinen Zweifel, dass die Frau, die neben ihr saß, ihn provoziert hatte. „Ich kann mich um mich kümmern."

„So klingen oft letzte Worte." Sie starrte wieder auf ihr Handy und tippte dann auf das Display.

Billy stieg in den Abschleppwagen und fuhr den Truck weg, während Briggs zu Melissas SUV zurückkehrte. Er sah Kassie auf dem vorderen Beifahrersitz, und Melissa konnte den Zorn durch ihn hindurchwogen sehen. Aber er sagte kein Wort, während er hinten einstieg, und sagte: „Danke fürs Warten. Ich weiß es zu schätzen."

Melissa schaute in den Rückspiegel, lächelte und sagte: „Bereit?"

Kassie stieß ein riesiges Seufzen aus und meinte: „Natürlich ist er das. Wir sind *spät* dran."

„Ach, ist das so?", fragte Melissa mit einem Lachen, während sie Briggs im Spiegel in die Augen schaute. „Da wäre ich nie drauf gekommen."

Briggs lächelte sie an, und die Anspannung schien von ihm abzufallen.

„Igitt. Hört auf zu Flirten. Da wird mir schlecht", sagte Kassie.

„Du glaubst, das ist Flirten?", fragte Melissa. „Das Daten L.A. muss ja sein, als würde man in einer anderen Welt leben." Sie fuhr mit ihrem SUV wieder auf die Straße und den Highway entlang.

„Es ist sehr viel besser als in dieser langweiligen Stadt. Stell dir vor, du musst jemanden anrufen, um dich abzuholen, anstatt einfach einen Fahrservice zu bestellen. Und dann redest du davon, im Mittelalter zu leben", sagte sie, dann drehte sie sich um, um aus dem Fenster zu starren.

Melissa sagte gar nichts. Ein Teil des Grundes, weshalb sie Keating Hollow liebte, lag daran, dass man immer jemanden anrufen konnte. Jemanden, der in einem Augenblick helfen würde. Sie brauchten keine Uberfahrer. Und niemand, den sie kannte, verbrachte den Großteil seines Lebens online. Es gab einen Grund, weshalb es in Keating Hollow keine Häuser zu kaufen gab. Die Leute zogen kaum je weg, und es war eine Zuflucht für magische Kreative geworden, die das Hamsterrad von Hollywood satthatten.

Aber es fiel ihr schwer, sich vorzustellen, dass Kassie jemals die Magie von Keating Hollow zu schätzen wissen würde. Zumindest bedeutete das, sie würde verschwinden, sobald sie ihr Album fertig aufgenommen hatte, und hoffentlich würde Briggs sich nie wieder mit ihr befassen müssen.

„Wie gut, dass ich hier war, wenn man bedenkt, dass deine Kreditkarte am Limit ist. Ich kenne ja keine Uberfahrer, die umsonst arbeiten", sagte Melissa frech.

Briggs stieß ein Lachen aus, bevor er zu spät versuchte, es mit einem Husten zu überdecken.

Zu Melissas Überraschung lieferte Kassie keinerlei beißende Erwiderung. Sie funkelte sie nur an und starrte dann weiter aus dem Fenster.

Ein paar Minuten später fuhr Melissa vor das Aufnahmestudio. Während Briggs und Kassie ausstiegen, rief sie: „Habt einen schönen Tag, Kinder!"

Kassie stapfte nach drinnen, während Briggs einen Augenblick an ihrem offenen Fenster stehenblieb.

„Brauchst du einen Fahrer nach Hause?", fragte sie.

„Das wäre toll. Aber wenn es zu viele Schwierigkeiten macht, kann ich King fragen. Ich bin sicher, ihm macht es nichts aus", sagte Briggs.

„Ich bin dann da. Schreib einfach. Ich muss sowieso noch mein Zeug bei dir zu Hause abholen. Ich bin ja so schnell rausgeeilt, dass ich mir nur mein Notizbuch und meinen Laptop schnappen konnte."

„Du bist die Beste." Briggs lehnte sich nach unten und gab ihr einen Kuss auf die Wange. „Danke für alles."

„Jederzeit", sagte sie, bevor sie es richtig überdenken konnte, dann spürte sie, wie ihr Gesicht heiß wurde und sie heftig errötete.

Er lachte leise. „Das werde ich mir merken."

Melissa sah zu, wie er beschwingt ins Studio ging, und sie wusste, dass sie dem Untergang geweiht war.

DER BERAUSCHENDE DUFT nach Muskat und Zimt machte Melissa den Mund wässrig, als sie ins Incantation Café ging. Es war ein klarer, kühler Januartag in Keating Hollow, und sie wollte ihn einfach nicht eingesperrt in ihrem Büro zu Hause verbringen. Stattdessen beschloss sie, sich in der Nähe eines Fensters in das verzauberte Café zu setzen, während sie sich mit Koffein vollpumpte.

„Guten Morgen", sagte Hanna Pelsh-Silver, die an Melissas Tisch stehenblieb. Sie beäugte den Laptop, der bereits geöffnet war. „Arbeitstag?"

„Ja, aber ich wollte einfach diesen schönen Tag ein bisschen genießen. Wenn es dir nichts ausmacht, dass ich den Tisch belege? Ich brauche den größten Latte, den du hast."

Hanna lachte leise. „Natürlich nicht. Möchtest du dazu etwas Kürbisbrot? Es ist gerade frisch aus dem Ofen."

So sehr Melissa Ja sagen wollte, sie schüttelte den Kopf. Hanna wusste, wie sehr sie es liebte, aber nach den Waffeln heute Vormittag war kaum schon Platz für den Latte. „Vielleicht später. Ich glaube, vorerst ist der Latte gut."

„Alles klar." Hanna eilte weg, während Melissa sich an die Arbeit machte, um E-Mails zu beantworten und Besuche bei den Geschäften zu vereinbaren, die sie entlang der Küste bediente. Sie war für etliche Landweingüter in ganz Nordkalifornien Vertreterin. Sie liebte ihren Job und war stolz darauf, sicherzustellen, dass es immer eine gesunde Nachfrage nach den Weingütern gab, die sie vertrat.

Zwei Latte und zwei Stunden später läutete die Klingel über der Tür, und ein Schatten fiel über Melissas Tisch. „Sind diese Plätze belegt?"

Melissa schaute auf, um Sadie und Imogen Thane über sich stehen zu sehen. Sie grinste sie an. „Jetzt sind sie es."

Die zwei Frauen nahmen Platz. Hanna kam wieder und nahm ihre Bestellungen auf. Sobald Hanna weg war, beugte sich Sadie vor und sagte: „Erzähl mir alles."

„Was alles?", fragte Imogen.

Imogen Thane war eine Eventplanerin beim Weingut der Pelshes, und Melissa hatte sich durch diese Verbindung mit ihr angefreundet.

„Ich habe gestern Nacht bei Briggs übernachtet", sagte Melissa, die beschloss, es einfach rauszulassen. Wenn sie es ihren Freundinnen nicht erzählen konnte, was hatte es dann für einen Sinn?

Imogen hob beide Augenbrauen. „Ich dachte, du suchst nach Mr. Right, nicht Mr. Right Now."

„Schon, aber ..." Sie zuckte mit den Schultern. „Er brauchte einen Gefallen von mir, und dann führte eines zum anderen, und ..."

„Du warst mit ihm im Bett, oder?", sagte Sadie mit leuchtenden Augen. „Wie war es?"

„Sadie", sagte Melissa, während sie sich im Café umschaute. „Ich plaudere über so was nicht."

„Seit wann?", forderte Sadie sie heraus.

Melissa hatte dagegen nicht mal was einzuwenden. Es stimmte, dass sie Sadie so ziemlich alles erzählte. Sie waren immerhin schon ewig beste Freundinnen. Aber diesmal war sie nicht sicher, dass sie die Einzelheiten teilen wollte. Das war etwas, das nur zwischen ihr und Briggs bestand. „Sagen wir einfach mal, wir hatten eine schöne Nacht, und belassen es dabei."

Sadie kniff die Augen zusammen. „Wie schön war die Nacht?"

„Eine sehr schöne Nacht", gab Melissa zu. „Aber es war nur eine Nacht. Es ist durch. Briggs braucht keinen Puffer mehr, und alles kann wieder so sein, wie es war."

„Du meinst, bevor du zugestimmt hast, seine gespielte Verlobte zu sein, weil seine ehemalige Situationship aufgetaucht ist? Diejenige, die ein paar Monate lang hier sein wird? Denn du glaubst nicht, dass er das Thema noch mal aufbringen wird?", fragte Sadie.

„Huch. Wartet mal kurz", verlangte Imogen, die mit den Händen wedelte, sodass ihre lockigen dunkelblonden Haare um ihr Gesicht wippten. „Ich habe das Gefühl, mir ist was entgangen."

Rasch erklärte Melissa die Situation, dann nahm sie ihr Handy, um Kassies soziale Medien zu suchen. Sobald sie auf ihrer Instagram-Seite war, reichte sie das Handy Imogen. „Damit haben wir es zu tun. Du erkennst, weshalb er Panik bekommen und mich gebeten hat, ihm auszuhelfen."

Imogen schüttelte den Kopf. „Warum sind manche Männer so? Er ist der Typ, der mit jeder schläft, und dann, wenn sie sich als mehr herausstellen, als er bewältigen kann, wendet er sich an eine andere Frau, um ihn zu retten."

„Ist das nicht die Wahrheit", sagte Melissa. „Aber er

behauptet, sie war so nicht, bevor sie einen Happen vom Ruhm abbekommen hat. Ich schätze, das kann ich glauben. Ruhm macht mit manchen Leuten seltsame Dinge."

„Ja, tut er", sagte Sadie. „Zum Glück ist King nur an der Musik interessiert, nicht daran, von jedem irren Fan verfolgt zu werden, der ihn erkennt."

Melissa erschauerte leicht, als sie sich an die Frauen erinnerte, die King vor nicht allzu langer Zeit mehr oder weniger durch die Stadt verfolgt hatten. Weshalb irgendwer so leben wollen sollte, ging ihr nicht in den Kopf.

„Hör mal, jetzt, da King und ich eine Weile in der Stadt sein werden, dachte ich, wir könnten vielleicht ein Gruppentreffen planen. Vielleicht zum Kartenspielen?", fragte Sadie. „Die ganzen Reisen haben dafür gesorgt, dass ich die Heimat und alle hier vermisse. Ich will einfach nur so viel Zeit wie möglich damit verbringen, normale Sachen zu tun. Was meint ihr zwei? Seid ihr dabei?"

Melissa strahlte sie an. „Das würde ich lieben. Wen sonst würden wir einladen?"

„Ich dachte an Grayson und Amelia." Sadie wandte sich an Imogen. „Dich und Shaun natürlich. Wenn deine Schwester und Cash da sind, wären sie auch willkommen. Und dann gibt's Briggs. Den kann man ja nicht weglassen."

Melissa stöhnte. „Unangenehm."

„Du hast gesagt, die Nacht ist gut gelaufen", entgegnete Sadie. „Komm schon. Er ist Kings bester Freund. Ich kann doch nicht einen Abend mit Kartenspielen veranstalten und ihn nicht einladen."

„Schätze schon", sagte Melissa, obwohl ihre Wangen bereits warm wurden vor Verlegenheit. Was, wenn Briggs so tat, als wäre nichts passiert? Oder schlimmer noch, wenn er jemanden mitbrachte? Sie schlug sich den Gedanken aus dem Kopf und fragte: „Wo wirst du diese Veranstaltungen geben? Bei dir zu Hause? An deinen Tisch passen nur sechs Leute."

„Ich kann die Gastgeberin sein", sagte Imogen. „Ich habe ein Rezept für einen Eintopf, mit dem man eine Armee sattbekommt. Und es gibt genug Platz in meiner neuen Bude. Ich wollte schon einen Testlauf in der renovierten Scheune veranstalten, die ich plane, um Events zu vermieten." Imogen hatte kürzlich eine Anzahlung auf ein kleines Haus am Rand der Stadt gemacht, zu dem fünf Hektar Land und eine Scheune gehörten, an der sie gearbeitet hatte, um sie als Eventraum zu renovieren. Als Eventplanerin war das das perfekte Grundstück für sie.

Melissa und Sadie sahen einander rasch an, dann nickten sie beide und sagten: „Ja!"

Imogen lachte. „Da musste man ja nicht viel Überzeugungsarbeit leisten."

Sadie zuckte mit den Schultern. „Keine von uns ist eine besonders gute Köchin. Aber wir sind echt gut mit Nachtisch. Lass uns den organisieren, okay?"

„Es ist an euch", sagte Imogen.

Melissa lehnte sich im Stuhl zurück, genoss das spontane Treffen mit ihren Freundinnen sehr. Das war nichts, was allzu häufig passierte. Mit ihrer Arbeitslast und Sadie, die so häufig auf Tour war und ihr neues Lied vorführte, hatte sie sehr viel Zeit auf dem Sofa verbracht. Ein wenig Zeit mit den Mädels war genau, was sie brauchte.

Nachdem sie eine Stunde lang geplaudert und gelacht hatten, schaute Sadie auf die Uhr und sagte: „Ich weiß, wir sind in Kaffee ertrunken, aber ist irgendjemand für ein richtiges Mittagessen zu haben?"

„Bin ich", sagte Melissa, ihr Magen knurrte beim bloßen Gedanken an tatsächliches Essen. Ihre Waffel war lange weg.

„Ich bin dabei. Wohin?", sagte Imogen.

„Mystyk Pizza?", fragte Sadie. „Ich habe ein totales Verlangen nach ihrer Pesto-Chicken- und Olivenpizza. Ich weiß nicht, was in dieser Soße ist, aber mir wird der Mund wässrig, wenn ich nur daran denke."

„Also dann, Mystyk Pizza", sagte Imogen, die aufstand. „Sie haben das beste überbackene Käsebrot in hundert Meilen."

„Das kannst du laut sagen", behauptete Melissa. „Wir werden vermutlich eine Doppelbestellung machen müssen."

„Aber was esst dann ihr zwei?", scherzte Sadie, während sie etwas Trinkgeld auf den Tisch legte.

Melissa machte es genauso, und ihr Herz war voll, während sie ihren zwei Freundinnen aus dem Café folgte.

KAPITEL 5

„*P*izza?", beschwerte sich Kassie, als sie Briggs zu Mystyk Pizza folgte. „Du erwartest von mir, dass ich das esse und dann später singen gehe?"

„Du musst mir nicht folgen", grollte Briggs. „An dieser Straße gibt es weitere Restaurants. Das Cozy Cave ist gleich da drüben. Die Brauerei ist nicht weit weg. Wenn du deinen Tee willst, ist auch das Incantation Café in der Nähe. Aber wenn dir das zu viel Mühe macht, hat dieser Laden Salate."

Sie seufzte schwer. „Ich schätze, Salat geht. Solange das Dressing nicht voller Fett ist."

„Da musst du wohl die Bedienung fragen", sagte er, versuchte, den Ärger aus seiner Stimme fernzuhalten. Sie hatten am Vormittag langsam losgelegt. Zunächst waren sie spät dran gewesen, weil der Truck ausgefallen war, dann hatte es Probleme mit dem Equipment gegeben. Schließlich, als sie sich daran gemacht hatten, die Musik für Kassies ersten Song aufzunehmen, waren sie und Austin wegen der Produktion aneinandergeraten. Kassie wollte ihn als Up-Tempo-Popsong singen, während Austin ihn als sanfte, reduzierte Version besser fand.

Normalerweise mischte sich Briggs nicht während der kreativen Phase ein. Er war ein Techniker, der hinter den Kulissen saß und sein Bestes gab, um den Klienten zu liefern, wonach sie suchten. Aber Kassie zog ihn immer wieder hinzu und verlangte seine Meinung.

Er war nicht amüsiert gewesen. Und sogar noch weniger, als er sich auf ihre Seite hatte stellen müssen. Der Song war auf beide Arten gut, aber die poppige Up-beat-Version klang wie die Art Song, die viel im Radio laufen würde.

Da hatte Austin ihn angefunkelt und sie dann zum Mittagessen rausgeworfen und gesagt, sie würden sich erneut unterhalten, wenn sie zurückkehrten. Briggs machte es keinen sonderlichen Spaß, seinen Boss anzupissen.

„Hey, seht mal, wer da ist", sagte eine vertraute Stimme hinter Briggs.

Er drehte sich um und sah Sadie, Imogen Thane und Melissa. Ein Lächeln trat auf sein Gesicht, während er Melissa anschaute, weil er sich erinnerte, wie es sich anfühlte, mit ihr in seinen Armen aufzuwachen.

„Perfekt. Einfach perfekt", murmelte Kassie.

Briggs ignorierte sie und ging hinüber, um einen Arm um Melissas Schultern zu legen und ihr einen Kuss auf die Wange zu geben. „Verfolgst du mich?", scherzte er.

„Das wünscht du dir wohl", sagte sie und lehnte sich an ihn.

Er nahm sie fester und sprach ein leises Gebet zu den Göttern, dass sie ihn davor gerettet hatten, das Essen allein mit Kassie Kinny verbringen zu müssen.

„Ein Tisch für fünf?", fragte der Kellner, während er schon nach den Speisekarten griff.

„Ja", erwiderte Briggs, bevor sich irgendjemand sonst zu Wort melden konnte.

„Gleich hier entlang." Der Kellner ging los, schlängelte sich durch die Tische.

Briggs ließ Melissa los, legte aber eine Hand auf ihren unteren Rücken, während er sie durch das Restaurant führte.

Sie beugte sich zu ihm. „Sieht so aus, als wären wir gerade rechtzeitig eingetroffen."

„Ich schulde dir so richtig was", flüsterte er.

„Das treibe ich später ein." Sie grinste ihn an.

Dafür würde er garantieren.

„Okay, Turteltäubchen", rief Sadie, in ihren Augen stand Humor. „Das reicht jetzt. Einige von uns sind zum Essen da."

Kassie setzte sich auf einen Stuhl am Ende des Tisches und drehte sich, damit sie keinen von ihnen ansah.

Briggs wusste, das bedeutete, ihr war es unbehaglich, aber er machte sich keine Mühen, zu versuchen, ihre beleidigte Art runterzufahren. Sie war am Vorabend in sein Leben eingedrungen wie der tasmanische Teufel, mit null Gedanken daran, wie es ihn betraf. Wenn sie sich nun der Situation entziehen wollte, konnte sie ja einfach aufstehen und gehen.

Sie nahmen alle Platz, und nachdem sie bestellt hatten, wandte sich Imogen an Kassie. „Also, ich höre, du bist Sängerin."

Kassie nickte. „Ja. Ich bin hier, um ein Album zu machen."

„Das ist aufregend. Ich muss mal nach dir suchen." Imogen holte ihr Handy heraus und tippte darauf herum. Einen Augenblick später sagte sie: „Da bist du ja. Ich habe dein letztes Album auf meine Playlist gesetzt. Das höre ich mir auf dem Weg zu meinem Termin am Nachmittag an."

Kassie wurde aufmerksamer und strahlte sie an. „Das ist so nett. Ich hoffe, es gefällt dir."

„Ich auch", sagte Imogen.

„An was für einem Event arbeitest du gerade?", fragte Melissa Imogen.

Briggs lehnte sich zurück und hörte der Unterhaltung zu, fühlte sich leicht beschämt. Es hatte nicht viel gebraucht, dass Imogen Kassie eine menschliche Antwort entlockt hatte, obwohl Briggs schon aufgefallen war, dass sie das getan hatte, indem sie sich an ihr Ego richtete. Trotzdem, wenn er durch die nächsten Wochen oder Monate kommen wollte, in denen er mit ihr arbeiten musste, sollte er vermutlich lernen, Möglichkeiten zu finden, damit alles etwas glatter lief.

„Eine Geburtstagsparty für Miss Maples Nichte. Wie ihr euch vorstellen könnt, hat sie eine Menge Überraschungen auf Lager", sagte Imogen.

„Du planst Geburtstagspartys für Kinder?", fragte Kassie, die leicht entsetzt wirkte.

Briggs konnte Kassies Reaktion verstehen. Er mochte Kinder zwar schon, konnte sich aber nicht vorstellen, wie man mit einer ganzen Party davon fertig wurde.

Imogen lachte leise. „Ja, unter anderem. Tatsächlich bin ich Hochzeitsplanerin, aber ich biete auch andere Events an, um mein Einkommen etwas aufzustocken."

„Oh." Sie warf einen raschen Blick zu Briggs, bevor sie die Augen abwandte. „Ich schätze, du planst dann auch ihre Hochzeit, oder?"

Briggs öffnete den Mund, um zu sagen, dass sie noch nicht mit der Planung begonnen hatten, aber Sadie schnitt ihm das Wort ab.

„Ja. Ist das nicht toll? Wir haben gerade den ganzen Vormittag im Incantation Café verbracht, um die Einzelheiten durchzugehen." Sadie nahm Melissa am Arm. „Ich kann es nicht erwarten, den Junggesellinnenabschied zu planen."

Melissa funkelte ihre Freundin an, und Briggs wusste sofort, dass Sadie Kassie etwas vorspielte. Sie hatten gar nicht geplant. Sadie wollte die Sängerin nur nerven.

Bei dem Plan war er ganz dabei. Er grinste Sadie an, während er sagte: „Du und King werdet das Datum abstimmen müssen, damit meine Junggesellenparty am selben Abend steigt."

Melissa schaute ihn mit großen Augen an, und er musste sich auf die Wange beißen, damit er nicht loslachte.

„Habt ihr euch schon für einen Ort entschieden? Und wie ist es mit der Unterhaltung?", fragte Briggs Melissa. „Werden Sadie und King singen?"

„Na, das ist doch die perfekte Idee!", rief Sadie, die viel zu viel Spaß mit der falschen Hochzeit hatte. „Vielleicht schreiben wir euch zwei Turteltäubchen sogar euer eigenes Lied."

„Stopp", sagte Melissa, die lachte. „Jetzt übertreibst du es einfach nur."

„Für meine beste Freundin ist es nie zu viel", scherzte Sadie.

„Genau", sagte Melissa trocken. „Hast du bereits einen Termin bei Magie und Spitze vereinbart?"

„Ach du meine Güte, hast du dieses neue Kleid gesehen, das sie im Schaufenster haben, Melissa?", fragte Sadie. „Es ist perfekt für dich. Einfach perfekt."

Melissas Miene wurde weicher, während sie sehnsüchtig lächelte. „Ja, habe ich. Es ist wie eine überholte Version von dem Kleid, das meine Großmutter in diesem alten Foto trägt, das ich habe."

Während Briggs sie beobachtete, hatte er plötzlich eine Vision, wie sie durch die Kirche kam … zu ihm. Das freudige Flattern, das durch seine Brust ging, reichte aus, um ihn nüchtern werden zu lassen. Hatte er wirklich Gedanken daran,

Melissa zu heiraten? Er schluckte den Kloß in seiner Kehle und hüstelte leicht.

„Oh, oh", sagte Melissa, ihre Augen funkelten. „Ich glaube, wir machen ihm gerade Angst. Schnell, ändert jemand das Thema, bevor ich noch einen Bräutigam auf der Flucht habe."

„Sehr witzig", murmelte Briggs.

„Kassie", sagte Imogen, die sich zu ihr wandte. „Wo wohnst du denn, während du in der Stadt bist? Hast du ein Zimmer in der Pension gefunden? Oder hast du dir was gemietet?"

„Nichts von beiden, ich wohne bei Briggs. Wir sind ... alte Freunde", sagte Kassie.

„Ach, ich dachte ..." Imogen ließ den Satz ausklingen, während sie zwischen Briggs und Kassie hin und her schaute.

Briggs spürte, wie sein Blutdruck anstieg. Allein der Gedanke, noch einen Abend mit ihr unter seinem Dach zu verbringen, ließ seinen ganzen Körper angespannt werden. Er würde es nie schaffen, wenn er jeden Tag und jede Nacht damit verbringen musste, dass sie da war. Sie war einfach zu viel für ihn. Er würde den Verstand verlieren. Er starrte auf Kassie hinab, während er sprach. „Wir wollten ihr beim Mittagessen eine alternative Bleibe suchen."

„Das wollten wir?", schoss Kassie zurück. „Was ist mit meinen ... äh, Problemen mit den begrenzten Finanzen?"

„Das kriegen wir hin", sagte er. „Ich habe schon gesagt, du kannst es mir zurückzahlen, wenn der Rubel rollt."

Melissa, Sadie und Imogen beobachteten die Debatte, als wären sie bei einem Tennismatch.

Alle drei starrten Kassie an, als sie sagte: „Ich nehme keine Almosen. Besonders nicht von dir. Nicht, nachdem du mich einfach so geghostet hast."

„Und meine Gastfreundschaft erschleichen, sind keine

Almosen?", schoss er zurück. „Es ist eine Leihgabe. Keine Almosen."

„Ich bin bereits eingezogen. Es gibt keinen Bedarf, noch mal umzuziehen. Mir geht es gut, wo ich bin. Selbst wenn ich mir die ganze Nacht lang dein armseliges Pornogestöhne anhören muss."

Briggs Magie war wieder da, zischte durch seine Adern, gab ihm das Gefühl, als würde sie direkt aus seiner Haut springen.

„Pornogestöhne?", fragte Sadie Melissa.

Melissa brachte sie zum Schweigen.

„Es ist nicht meine Schuld, dass du dich in mein Haus gedrängt hast", sagte Briggs mit zusammengebissenen Zähnen.

„Weißt du, es ist seltsam", sagte Kassie wie nebenher. „Diese armseligen Geräusche haben mir gar nichts ausgemacht, als ich in deinem Bett war. Ich war wohl echt verzweifelt ..."

Es gab einen lauten Knall, gefolgt von Regen, der magisch im Inneren von Mystyk Pizza herabfiel.

Briggs starrte auf den Rauch, der aus seinen Fingerspitzen aufstieg. Entsetzt sagte er: „Ich denke, das Mittagessen ist ruiniert."

KAPITEL 6

*D*er Regen prasselte im Inneren von Mystyk Pizza herab, durchnässte sie alle, als wäre gerade ein Hurrikan eingetroffen. Mit im Gesicht klebenden Haaren nahm Melissa Briggs an den Händen und sagte: „Sieh mich an!"

Sofort hörte der Regen auf, und sie stieß ein leises, erleichtertes Seufzen aus. Aber dann schaute sie sich um und bemerkte den Schaden, der bereits angerichtet war. Wasser tropfte von den Wänden und von der Decke, als wäre ein Sprinklersystem losgegangen.

„Briggs! Sieh dir an, was du mit meinem Outfit angestellt hast!", rief Kassie, die aus ihrem Stuhl hochschoss und zur Toilette eilte.

„Ich habe nicht ..." Briggs schüttelte den Kopf. „So habe ich jahrelang die Kontrolle nicht verloren. Das war zweimal an einem Tag."

Melissa starrte auf Kassies leeren Stuhl. Die Frau war toxisch für Briggs. Wenn sie keine Möglichkeit finden konnten, sich zu vertragen, war es möglich, dass Keating Hollow niemals wieder wie früher sein würde.

„Sie sind dafür verantwortlich?", fragte eine Frau ganz in Schwarz, ihre Stimme streng. Sie hatte ihre schwarzen Locken zu einem tief sitzenden Pferdeschwanz zurückgebunden und trug ein Halsband mit einem fünfzackigen Stern.

Briggs stand auf, um mit ihr zu reden. „Ja. Ich kann gar nicht ausdrücken, wie sehr es mir leidtut. Ich versichere Ihnen, dass es ein Unfall war. So etwas würde ich niemals absichtlich machen."

„Das ändert nichts an der Tatsache, dass Sie das Mittagessen für alle ruiniert haben, oder der Tatsache, dass wir erst wieder öffnen können, wenn dieser Saustall bereinigt ist", sagte sie, konnte ihren Ärger kaum zurückhalten. „Alles muss gereinigt werden, die Textilien müssen in die Wäsche, und vermutlich muss man die Decke erneuern. Und das ist erst der Anfang."

Briggs fuhr sich frustriert mit der Hand durch die nassen Haare. „Ich werde für die Schäden aufkommen. Wie ich sagte …"

„Es sind nicht nur die Kosten, Sir. Wo sollen wir denn Handwerker finden? In der Gegend hier gibt es schon seit Jahren zu wenige. Das wird Wochen dauern!" In den Augen der Frau standen Tränen, während sie auf ihr Restaurant deutete. „Was sollen wir denn tun? Alles schließen? Wir sind doch bereits in der Nebensaison. Wir können es uns nicht leisten, so lange geschlossen zu bleiben."

Melissa wollte unbedingt etwas tun – egal was – um die Lage für Briggs und die Besitzerin von Mystyk Pizza zu verbessern, aber es gab nichts, was sie tun konnte. Nicht jetzt.

„Ich werde nach meiner Arbeit kommen und selbst mit den Reparaturen beginnen", sagte Briggs. „Ich habe früher auf dem Bau gearbeitet, während ich in der Schule war."

„Ich helfe", sagte Melissa mechanisch. Sie war nicht sicher, welche Talente sie einbringen konnte, aber bestimmt konnte sie etwas tun, selbst wenn es nur war, die Tische zu reinigen und die Textilien zu waschen.

„Ich auch", fügte Sadie an. „Ich bringe King mit."

„Ich auch", sagte Imogen.

Dann drehten sich alle, um Kassie anzuschauen, die aus dem Bad zurück war. Sie hatte Mascara unter den Augen und ihre Haare waren ausgewrungen und in einem unordentlichen Knoten hochgebunden.

„Ich nicht", sagte Kassie. „Ich muss nach Hause und meine Stimme schonen, damit ich am nächsten Morgen frisch zum Singen bin."

Melissa verdrehte die Augen und schluckte eine gehässige Bemerkung.

Briggs funkelte Kassie einfach nur an.

„Das weiß ich zu schätzen", sagte die Besitzerin. „Wir werden alle hier sein." Dann hielt sie Briggs eine Hand hin. „Ich bin Bronwyn Woods. Ich wünschte, wir wären uns unter besseren Umständen begegnet, aber ich weiß Ihre Bereitwilligkeit zu schätzen, uns zu helfen, wieder zu eröffnen."

Briggs nahm ihre Hand und schüttelte sie. „Briggs Williams. Ich fühle mich wirklich schrecklich deswegen, und ich verspreche, wir werden sicherstellen, dass Sie im Nu wieder öffnen können."

„Vielen Dank." Sie nickte allen zu, dann holte sie ihr Handy heraus und begann mit Anrufen.

Briggs holte seine Geldbörse raus und legte einen kleinen Stapel Scheine auf den Tisch, obwohl sie gar nichts gegessen hatten.

„Was jetzt?", fragte Kassie. „Ich kann nicht zurück ins

Studio, ohne dass ich was zu essen im Magen habe. Da habe ich nicht die Energie, es durch den Nachmittag zu schaffen."

„Ach, um der Göttin willen!", fuhr sie Melissa an. „Es gibt andere Läden, in denen man auf der Hauptstraße was essen kann. Such dir einen."

Kassie stieß ein genervtes Knurren aus, und dann marschierte sie aus dem überfluteten Restaurant.

Melissa schob einen Arm durch den von Briggs und ging mit ihm Kassie nach. „Du brauchst Kleider zum Wechseln. Warum fahr ich dich nicht zurück zu dir? Dann beschwert sich die Prinzessin nicht den ganzen Nachmittag lang, und du kannst dir was zu essen schnappen."

Er nickte. „Ja, das klingt nach einem Plan."

Sie winkte ihren Freundinnen zu, sagte ihnen, dass sie sie später wieder bei Mystyk Pizza sehen würde, und dann pfiff sie, um Kassies Aufmerksamkeit auf sich zu ziehen. Abermals nahm sie sich selbst mit dem Handy auf. „Wenn du dich umziehen willst, mach schneller. Wir sind unterwegs zu Briggs' Haus, bevor ihr zurück an die Arbeit müsst."

„Zumindest irgendwer hier hat etwas Vernunft", murmelte Kassie.

Sie marschierten alle drei zurück zu Melissas SUV, während Kassie sich die ganze Zeit beschwerte. Briggs war still, und Melissa beschloss, es wäre am besten, ihn einfach alles verarbeiten zu lassen. Sie bezweifelte nicht, dass er entsetzt über das war, was geschehen war. Wer wäre das denn nicht? Sie hatte kein persönliches Wissen darüber, wenn man bedachte, dass sie keine Magie hatte, aber gewiss wusste sie, wie es sich anfühlte, keine Kontrolle zu haben.

Als sie zurück zum Haus kamen, verschwanden sie alle drei, um sich umzuziehen. Melissa schnappte sich ihre

Reisetasche und zog sich im zusätzlichen Bad um. Fünf Minuten später traf sie Briggs im Gang.

„Hast du Hunger?", fragte er.

„Mach dir keine Sorgen um mich. Ich mache mir was, sobald ich nach Hause komme."

„Nach Hause?", fragte er. „Du meinst dein Zuhause?"

„Ja, genau", sagte Melissa, die eine leichte Enttäuschung spürte. Irgendwie, obwohl sie nur eine Nacht bei Briggs verbracht hatte, war sein Haus sehr behaglich für sie geworden. Oder vielleicht war es nicht das Haus, und es war nur Briggs. „Das war der Plan, oder?"

Er holte tief Luft und sagte: „Ja, das war der Plan. Ich hätte dich zu unserem Date abholen sollen, und irgendwie habe ich gehofft, wir würden dann hier landen. Besonders, da es jetzt aussieht, als würde Kassie noch hier sein."

„Keine Sorge wegen des Dates. Wir planen es neu. Was Kassie angeht, mit dem ganzen Aufruhr habe ich tatsächlich vergessen, dass du keine Gelegenheit hattest, ihr eine neue Bleibe zu suchen." Melissa rümpfte die Nase, verabscheute den Gedanken, dass er eine weitere Nacht lang mit ihr festsaß.

„Das stimmt, und jetzt weiß ich auch nicht, wann ich nach einer suchen könnte. Wir müssen zurück ins Studio, dann bin ich bei Mystyk Pizza." Er ging ins Wohnzimmer und sank auf seine Couch, sah aus, als hätte er tagelang nicht geschlafen. Obwohl man fair sein musste, und er in der vorigen Nacht nicht gerade viel Schlaf bekommen hatte.

„Überlass das mir. Ich suche ihr heute Nachmittag was, wo sie bleiben kann", sagte Melissa.

„Das musst du doch nicht tun." Briggs ließ den Kopf hängen, sah aus, als läge das Gewicht der Welt auf seinen Schultern.

Melissa ging, um sich neben ihn zu setzen. Sie legte ihm

eine Hand aufs Knie und sagte: „Ich weiß, dass ich das nicht muss. Aber du hast einen schlimmen Tag, und es ist offensichtlich, dass du ein bisschen Unterstützung brauchen könntest. Ich habe Zeit. Lass mich helfen."

„Du bist schon eine Nummer, weißt du das?", fragte er, sah sie mit stiller Ehrfurcht an.

„Ich bin doch nur eine gute Freundin. Das würdest du für mich auch machen." Nirgends in ihr war ein Zweifel daran, dass das, was sie sagte, stimmte. Briggs war einfach so ein Typ.

„Danke", sagte er.

„Gib mir nur ein Budget und ein paar Rahmenbedingungen, und auch wie lange du glaubst, dass sie was zur Miete braucht, und ich kümmere mich darum."

„Wenn du sicher bist."

Melissa lehnte sich an ihn, stieß ihn sanft an. „Ich bin sicher."

Briggs holte einen kleinen Notizblock heraus und schrieb die Daten für sie auf. Als er gerade fertig war, erschien Kassie aus dem Gang.

„Hast du was zum Mittagessen gefunden?", fragte sie.

„Die Küche ist da entlang", sagte Briggs und deutete durch den Raum, war eindeutig fertig damit, zu versuchen, mit der Frau Frieden zu schließen.

Kassie stapfte weg, Melissa sah ihr nach und fragte sich, wie es war, durchs Leben zu gehen und sich zu benehmen, als hätte jeder andere die Aufgabe, sich um einen zu kümmern. Sie war nur mit ihrer Mom und keinen Geschwistern aufgewachsen. Sie war äußerst daran gewöhnt, sich um sich selbst zu kümmern, und hätte es auch nicht anders gewollt.

Briggs starrte ihr einen langen Augenblick nach, bevor er sich wieder an Melissa wandte. „Du hast aber nicht zufällig in dieser Tasche einen Beruhigungstrank, oder?"

Sie warf einen Blick auf die Handtasche neben sich und schüttelte den Kopf. „Das Beste, was ich anbieten kann, ist ein Entzündungshemmer."

„Ach, das ist nicht für mich. Es ist für sie." Er wies mit dem Kopf zur Küche.

Melissa lachte und sagte dann: „Wenn wir uns beeilen, können wir bei Charming Herbals vorbeischauen. Ich bin sicher, Bree hat irgendwas, das funktioniert."

Er schaute auf die Uhr. „Wenn es doch so wäre." Er stand auf und verschwand in der Küche. Ein paar Augenblicke später kehrte er mit einem Müsliriegel und Kassie im Schlepptau zurück. Sie hatte ein Stück Käse in einer Hand und ein Stück Sauerteigbrot in der anderen.

„Ich dachte, Milchprodukte gehen gar nicht?", sagte Melissa.

Kassie starrte sie ausdruckslos an. „Ich muss doch was essen. Das Einzige, was ich in Brigg' Küche finden kann, ist verarbeitetes Fleisch und Obstriegel. Das ist doch wohl kaum Essen. Hoffentlich reichen mein Tee und Honig, um mich nicht für den Rest des Tages zu ruinieren."

„Es gibt andere Sachen, aber die brauchen alle Vorbereitung und Kochen", sagte Briggs. „Obwohl es Äpfel und Bananen gibt, aber Kassie sagt, von denen kriegt sie Blähungen."

Melissas Lippen zuckten, als sie sich vorstellte, wie die Sängerin alle zwei Minuten ins Bad lief, damit sie nicht vor Briggs und Austin einen fahren ließ.

„Ich habe gesagt, die sind nicht gut für meine Verdauung!" Kassie stieß ein übertriebenes Schnauben aus und stapfte dann aus dem Haus.

Briggs kicherte. „Bereit?"

„Bereit." Rasch schnappte sich Melissa ihre Reisetasche, die sie aufs Sofa gestellt hatte, und dann ging sie hinaus zum SUV. Kassie nahm ihr Mietauto, warnte sie aber, dass sie es später am Nachmittag abgeben musste, dass sie es sich nicht leisten konnte, es zu behalten. Ihre Kreditkarte gab das nicht her.

„Ich schätze, ich werde für die Dauer ihres Aufenthalts auch ihr Chauffeur sein", hatte Briggs gemurmelt, nachdem Kassie losgefahren war. Melissa schaute ihn mitfühlend an, während sie in ihr Fahrzeug stiegen. Sobald sie zurück in der Stadt waren und Briggs aus dem SUV stieg, sagte sie zu ihm: „Ich lass dich wissen, wenn ich was finde."

Er nickte, dann griff er vor und drückte ihr die Hand. Er blieb nur einen Augenblick, bevor er losließ und ins Studio verschwand.

Als Melissa nach Hause kam, sprang sie unter die Dusche, um die Kühle loszuwerden, weil sie beim Mittagessen durchnässt worden war. Sie ließ das Wasser über sich laufen, labte sich an der Hitze. Schließlich, als sie anfing, verschrumpelt auszusehen, stieg sie hinaus und zog sich ihren Lieblingsjogginganzug in Lavendel an. Er bestand aus dem weichsten Stoff, dem sie je begegnet war, und gab ihr immer das Gefühl, besonders kuschelig zu sein.

Nachdem sie sich eine Tasse Kaffee und etwas Toast gemacht hatte, ging sie in ihr Wohnzimmer und rollte sich in ihrem liebsten Polstersessel zusammen. Er stand gleich neben dem Kamin, und an kalten Wintertagen war es der wärmste Ort im Raum. Während sie an ihrem Kaffee nippte, dachte sie darüber nach, das Feuer anzuschüren, aber sie wollte es nicht riskieren, die heißen Kohlen zurückzulassen, wenn sie in ein paar Stunden ging, um Briggs bei Mystyk Pizza zu helfen.

Stattdessen zog sie sich eine Decke über die Beine und öffnete den Laptop, entschlossen, einen Ort zu finden, an dem Kassie Kinny bleiben konnte, während sie in der Stadt war.

Zehn Minuten nach Beginn ihrer Suche holte sie die Schokopralinen raus. Zwanzig Minuten später gab sie Irish Cream in ihren Kaffee.

Innerhalb von dreißig Meilen um Keating Hollow war nichts in Briggs' Budget verfügbar. Nichts, was sofort verfügbar war auf jeden Fall. Es gab etwas, was in einer Woche gehen würde, aber es war in Eureka. Sie schloss die Webseiten mit den Kurzzeitangeboten und rief sowohl bei der Keating Hollow Pension als auch bei Book and Stone an, dem Bed and Breakfast vor Ort, das in einem wunderschönen viktorianischen Haus gleich außerhalb der Stadt lag.

Keine Chance.

Verzweifelt rief sie Wanda Danvers an, die beste Immobilienmaklerin der Stadt. Nachdem sie die Situation erklärt hatte, sagte Wanda: „Tut mir leid, Liebes, aber da nächsten Monat Valentinstag ist, wird die Stadt vor Besuchern überquellen. Wir können vielleicht verschiedene Angebote aneinanderstecken, aber das wird dann extra kosten, denn es gibt keine monatlichen Mieten."

„Das hatte ich befürchtet", sagte Melissa. „Danke, dass du das für mich überprüft hast."

„Ich halte die Augen offen. Falls irgendwas reinkommt, rufe ich dich an", sagte Wanda.

Melissa beendete den Anruf und lehnte den Kopf an den Sessel zurück. Sie verabscheute es, Briggs diese Nachricht zu überbringen.

KAPITEL 7

J eder Muskel in Briggs' Körper tat weh. Nachdem er im Studio den ganzen Tag im Kontrollstuhl gesessen und dann die Trockenbaudecke bei Mystyk Pizza rausgerissen hatte, wollte er nach Hause gehen, duschen und eine Woche schlafen.

„Das ist alles, was wir heute Abend tun können", sagte King, der ihm auf die Schulter schlug.

„Danke für die Hilfe, Mann", sagte Briggs, der sich den Schweiß von der Stirn wischte, während er, Melissa und ihre Freundinnen arbeiteten, um den Rest Schutt wegzubringen.

„Hast du dir je vorgestellt, dass wir mal einen Freundeskreis haben würden, der sich so für uns einsetzt?", fragte King Briggs.

Briggs schaute zu seinem Freund. „Sie sind um deinetwillen da."

King hob beide Augenbrauen. „Ich bin nicht derjenige, der es drinnen hat regnen lassen."

„Du weißt, was ich meine." Briggs verschränkte die Arme vor der Brust. „Hättest du nicht Sadie wiedergefunden, wäre

Melissa nicht hier, und genauso wenig ihre Freundin Imogen und deren Freund Shaun. Ich hatte einfach Glück, dass ich mit King McGrath befreundet bin."

King gab ein abwehrendes Schnauben von sich. „Du glaubst, ich bin der Grund, dass Melissa zugestimmt hat, deine gespielte Verlobte zu sein? Dude, du brauchst einen Realitycheck."

Briggs stieß langsam Luft aus. „Das habe ich nicht gemeint, und das weißt du auch."

„Nein, ich weiß es nicht", sagte King, der leicht genervt klang. „Mach die Augen auf, Kumpel. Melissa ist hier, weil sie dich mag, nicht aus irgendeinem anderen Grund."

„Ja, okay." Briggs fiel es nur schwer zu glauben, dass so viele Leute nur für ihn aufgetaucht waren. Die einzige Person, die ihm je den Rücken gestärkt hatte, war King. Nicht seine Eltern, oder seine Pflegeeltern, und ganz gewiss niemand unten in L.A. Jeder, den er je getroffen hatte, hatte immer versucht, ihn zu benutzen, um an King ranzukommen. Aber Melissa war kein solcher Mensch. Außerdem war sie jetzt die Nachbarin von King. Mit Briggs rumzuhängen, nur um nahe an King McGrath ranzukommen, wäre wenig zielführend.

„Da kommt sie", sagte King. „Ich glaube, ich sehe mal nach, ob ich Sadie mit diesen Mülltüten helfen kann." Er hielt die Faust hin, und Briggs stieß mit seiner dagegen.

King nickte Melissa zu, während er ging, ohne langsamer zu werden, und sie nickte zurück.

Als sie vor Briggs stehen blieb, hatte sie eine besorgte Miene auf.

„Was ist denn los?", fragte er. Briggs und King hatten bereits gearbeitet, als sie eingetroffen war, und sie hatten noch nicht die Gelegenheit gehabt, sich zu unterhalten.

„Ich habe schlechte Neuigkeiten", sagte sie und wirkte

entschuldigend. „Ich habe überall gesucht, die Pension angerufen, und sogar Wanda, um zu sehen, ob sie was weiß, aber …"

„Ich sitze mit Kassie fest", sagte er ausdruckslos, nicht wirklich überrascht. Als er nach Keating Hollow gezogen war, um mit Austin zu arbeiten, hatte er echte Mühen gehabt, was zum Mieten zu finden, bis er sein Haus gekauft hatte. Zeitweise war er in der Pension geblieben, und den Rest der Zeit in einer Wohnung zur Kurzzeitmiete.

„Es gibt eine Bude in Eureka, das ist nicht gerade toll. Ich könnte auch mehrere Mietwohnungen aneinanderreihen, aber das wäre deutlich mehr, als dein Budget hergibt. Selbst dann gibt es absolut gar nichts während des Valentinswochenendes. Ich könnte versuchen, mal …"

„Nein, mach dir keine Sorgen deswegen", sagte Briggs. „Ich schätze, ich werde einfach herausfinden müssen, wie ich mit ihr klarkomme, bis dieses Album fertig ist, ohne die ganze Stadt zu zerstören." Entsetzen ballte sich in seinem Magen. Was, wenn die Magie wieder außer Kontrolle geriet? Was, wenn jemand verletzt wurde … wie es schon mal passiert war? Er erschauerte leicht.

„Willst du trotzdem noch, dass ich heute Abend wieder rüberkomme?", fragte Melissa.

Es lag ihm auf der Zunge, Ja zu sagen. Sie zu bitten, im nächsten Monat raus zu ihm zu ziehen. Aber stattdessen schüttelte er den Kopf. Das konnte er ihr nicht antun. Melissa hatte ein eigenes Leben.

„Er lügt", sagte King, der vorbeikam. „Er will auf jeden Fall, dass du rüberkommst."

Briggs zeigte seinem Freund den Mittelfinger, widersprach den Worten aber nicht.

Melissa beäugte ihn intensiv. „Auf gar keinen Fall glaube

ich, dass du einen Augenblick allein mit Kassie verbringen möchtest."

„Das stimmt. Sie bringt mich dazu, Dinge in die Luft jagen zu wollen", sagte er, dann hatte er eine Vision, wie er genau das tat. Das Ziehen in seinen Eingeweiden verstärkte sich. Er presste sich eine Hand auf den Bauch, wollte, dass der Schmerz verschwand. „Aber ich kann das nicht von dir verlangen. Du hast auch ein Leben, in das du gern zurückkehren würdest."

„Du hast nichts verlangt. Ich habe es angeboten", sagte Melissa, die mit den Händen auf der Hüfte dastand und ihn anfunkelte, als hätte er gerade ihr Lieblingstier beleidigt.

Er konnte nicht anders. Er lachte leise.

„Das ist witzig? Dass ich es angeboten habe? Hör mal, Briggs, ich habe ein Leben, in das ich zurückkehren will. Aber in Keating Hollow passen wir generell aufeinander auf. Wenn das für dich zu viel ist, um damit fertig zu werden, schätze ich, ich geh einfach nach Hause. Hab einen schönen Abend." Sie drehte sich um, um zu gehen, aber Briggs griff vor und nahm sie am Arm, hielt sie auf. Sie blieb stehen, schaute auf seine Hand auf ihrem Arm, und dann zurück zu ihm. „Zerrst du mich herum?"

„Noch nicht", sagte er. „Aber wenn du mit mir nach Hause kommst, dann vielleicht schon."

Sie schüttelte genervt den Kopf. „Du bist eine echte Nervensäge. Das weißt du, oder?"

„Ja. Aber du wirst es mir verzeihen und dann kommen, um mich vor dem bösen Popstar zu retten. Ich serviere dir wieder Frühstück im Bett."

Sie starrte ihn an, die Augen zusammengekniffen, als würde sie sein Angebot überdenken. Als sie schließlich etwas sagte, war es: „Das machst du lieber mal."

Das Ziehen in seinem Bauch ließ nach, als er erwiderte: „Du kannst dich darauf verlassen."

Wieder legte er die Hand unten auf ihren Rücken, während er sie hinüberbrachte, wo Bronwyn in der Nähe des vorderen Teils des Restaurants saß. Die Besitzerin war damit beschäftigt, eine Liste von Materialien durchzugehen, die sie brauchten, um weiter zu arbeiten. „Hey, Bronwyn."

Sie hob überrascht den Kopf, dann lächelte sie ihn locker an. „Briggs. Danke, dass du heute Abend aufgetaucht bist. Ehrlich, ich wusste wirklich nicht, was ich erwarten soll, aber du und deine Freunde habt bereits so viele Fortschritte erzielt. Wenn wir so schnell weiter reparieren, können wir vielleicht am Wochenende neu aufmachen."

„Ich glaube, das sollte machbar sein. Solange die Dämpfe von den Farben sich verzogen haben", sagte er.

„Ich bin sicher, wir haben eine Hexe oder zwei, die dabei helfen können", sagte sie mit einem Zwinkern.

Briggs bot beinahe an, dass er es tun könnte, aber dann fiel ihm seine außer Kontrolle geratene Magie ein, die den Schaden überhaupt erst verursacht hatte, und er wollte es nicht riskieren. „Das wäre toll. Wir brechen auf, außer es gibt etwas, was ihr heute Abend noch braucht."

„Nein. Geht nach Hause und ruht euch aus. Dahin bin ich unterwegs." Bronwyn gähnte, bis ihr Tränen in die Augen traten.

Briggs wusste genau, wie sie sich fühlte. „Wir sehen uns morgen Abend."

Sobald er und Melissa vor dem Restaurant standen, drehte er sich zu ihr um. „Hast du was gegessen?"

„Nicht viel. Du?"

Er schüttelte den Kopf. „Ich würde ja Pizza vorschlagen, aber …"

Sie lachte leise. „Ich glaube, wir kriegen immer noch Burger in der Brauerei, wenn wir uns beeilen."

„Ich bestelle welche." Briggs holte sein Handy raus und bestellte drei Cheeseburger und Fritten.

„Drei?", fragte Melissa.

Er zuckte mit den Schultern. „Einen für die Prinzessin. Ich weiß nicht, ob sie ihn isst, aber falls sie ihn will, ist er da."

„Ich möchte wetten, sie isst lieber Erde als das Fett in dem Hamburger, aber es war nett von dir, an sie zu denken." Melissa grinste.

Er zuckte nur die Schultern, weil sie vermutlich recht hatte. Er wusste wirklich nicht, was Kassie tun würde. Damals, als sie was am Laufen gehabt hatten, hatte sie nur zu gerne Burger gegessen. Sie hatte auch Waffeln und Käsekuchen und alles gegessen, was er angeboten hatte. Aber sie hatte sich damals auch nicht alle fünf Minuten selbst gefilmt.

Sie dankten Sadie, King, Imogen und Shaun.

„King und ich werden morgen Abend wieder da sein, um den Rigips zu montieren, aber ich glaube nicht, dass es sonst noch groß was zu tun gibt, bis wir streichen", sagte Briggs.

„Ruft mich dafür an", sagte Shaun. „Ich bin nur zu bereit, dabei zur Hand zu gehen."

„Danke, Mann." Briggs schüttelte ihm die Hand, dankte noch mal allen, und dann ging er mit Melissa zum Auto. „Ich gehe und hole was zu essen, während du eine weitere Tasche packst."

„Du hast deinen Truck bereits zurück?", fragte sie.

„Ja, es war ein Schaltkreis, der kurzgeschlossen war. Zum Glück war das beim Ersatzhandel auf Vorrat, und Mitch drüben bei Redwood Auto konnte es heute Nachmittag reparieren."

„Kleinstadtgemeinschaft, man muss es einfach lieben", sagte Melissa.

„Je länger ich hier wohne, desto mehr bin ich überzeugt, dass es der richtige Ort für eine Landung war", sagte er. „Der Ausblick ist auch nicht so schlecht."

Ihr Gesicht wurde rot, und er konnte nicht anders, als zu ihr hinab zu grinsen.

„Hör auf. Hol was zu essen. Wir sehen uns dann bei dir." Melissa schob sich auf die Zehenspitzen und gab ihm einen Kuss auf die Wange.

Er zog in Betracht, sich zu bewegen, damit ihre Lippen sich trafen, aber er beschloss, das würde er sich für später am Abend aufheben, wenn er genug Zeit hatte, es zu genießen. Solange er nicht vorher einschlief. Nun, da Melissa weg war, machte sich die Erschöpfung bis tief in die Knochen allmählich wieder bemerkbar.

Es würde eine höllisch lange Woche werden.

KAPITEL 8

*M*elissa parkte vor Briggs süßem gelbem Haus und fragte sich, was sie darin finden würde. War sie verrückt, dass sie anbot, rüberzukommen und als Puffer zu dienen?

Vermutlich.

Aber sie konnte sich einfach nicht vorstellen, Briggs mit Kassie allein zu lassen. Nicht nach dem, was an diesem Nachmittag im Pizzaladen passiert war. Die Art, wie seine Magie außer Kontrolle geraten war, hatte sie erschüttert. Aber zumindest hatte sie ihn aus diesem Bann befreien können. Sie war zu dem Schluss gekommen, dass es reichte, seine Magie zu neutralisieren, wenn man ihn dazu zu brachte, sich auf etwas – oder jemanden – zu konzentrieren. Aber was, wenn sie ihm entglitt, und sie nicht da war? Kassie würde ihm bestimmt keine Hilfe sein. Nicht, wenn sie der Grund all seines Frustes war.

Ihr Magen grollte, als eine Woge des Hungers über sie hinwegflutete. Das reichte, um sie endlich aus ihrem Audi zu holen. Mit ihrer Übernachtungstasche in der Hand eilte sie die

Stufen der Veranda hinauf, und als sie gerade klopfen wollte, wurde die Tür aufgerissen.

Briggs lächelte sie angespannt ein. „Du hast es geschafft."

„Es sieht aus, als wäre ich gerade rechtzeitig", scherzte sie.

„Eher schon zehn Minuten zu spät." Er nahm sie an der Hand und zog sie ins Haus. „Komm schon. Dein Burger erwartet dich."

Melissa ließ sich von Briggs in den Essbereich in der Küche führen, wo Kassie am Tisch saß, einen auseinandergenommenen Hamburger vor sich. Sie hatte das Brötchen entfernt, den Käse und die Zwiebel, und war damit beschäftigt, die Patty mit ihrem Messer zu zerschneiden. Die Fritten waren nirgends zu sehen.

„Willst du was trinken?", fragte Briggs Melissa.

„Hast du Diätcola?", fragte sie hoffnungsvoll.

„Machst du Witze? Briggs hat überhaupt nichts mit Diät", sagte Kassie.

„Tut mir leid", fügte Briggs an. „Ich fürchte, damit hat sie recht. Normale habe ich aber."

„Nein, die ist mir zu süß. Dann nur Wasser", sagte Melissa, die überlegte, dass sie wahrscheinlich sowieso kein Koffein brauchte.

Briggs holte Gläser mit Eiswasser, und dann brachte er ihre Teller mit Burgern und Fritten.

„Das riecht lecker", sagte Melissa, kurz bevor sie den Burger aufhob und einen großen Bissen nahm. Ihr Mund war im Himmel, während sie die gegrillte Köstlichkeit genoss.

„Hast du irgendeine Vorstellung, was das deinem Körper antut, wenn du das isst?", fragte Kassie und rümpfte die Nase, als hätte sie gerade etwas Fauliges gerochen.

„Ihn glücklich machen?", flötete Melissa, während sie eine Fritte nahm und sie sich in den Mund schob.

„Vermutlich wachst du mit Pickeln im ganzen Gesicht auf, wenn du das ganze Fett isst", murmelte Kassie.

„Vielleicht", sagte Melissa mit einem Schulterzucken. „Aber ich bezweifle es, und falls es doch dazu kommt, na ja, dann hatte ich heute Abend auf jeden Fall riesig Spaß."

Briggs lachte leise. „Das Einzige, was das besser machen würde, wäre ein kühles Bier."

„Schade auch, dass sie uns das nicht mitgeben", sagte Melissa.

Kassie stand abrupt auf und verließ den Raum, ließ den halb leer gegessenen Teller auf dem Tisch zurück.

„Glaubst du, sie kommt zurück?", fragte Melissa.

Briggs hob eine Schulter. „Da kannst du genauso gut raten wie ich."

Danach aßen sie in Frieden. Kassie kam nicht zurück an den Tisch. Als sie fertig waren, nahm sich Melissa die Teller und schob sie in den Geschirrspüler, während Briggs den Tisch und die Flächen abwischte.

„Ich fühle mich so häuslich", sagte Melissa, während sie ein Geschirrtuch an den Ring hängte, der an der Spüle angebracht war.

„Ich habe dich gerne meiner Küche", sagte Briggs, der näherkam, um ihren Körper zwischen sich und dem Tresen festzusetzen. „Es fühlt sich einfach richtig an."

„Du weißt aber schon, dass der Satz ein bisschen sexistisch klingen könnte", sagte sie, noch während sie die Daumen in seine Gürtelschlaufen schob und ihn näher zog.

„Ich habe nicht gesagt, dass du in meine Küche *gehörst*. Ich habe gesagt, es fühlt sich richtig an, dass du da bist."

„Hmmm, okay, da kann ich mitgehen." Melissa starrte seine Lippen an, wartete ungeduldig darauf, dass er die ihren streifte.

„Gut", hauchte er. „Denn gerade jetzt kann ich nur daran denken, dich hochzuheben auf diesen Tresen und …"

„Sucht euch ein Zimmer", sagte Kassie, die die Stimmung völlig verdarb.

Briggs trat einen Schritt zurück und wandte sich der Frau zu. „Was brauchst du denn, Kassie?"

„Tee", sagte sie. „Nach dem ganzen Junkfood muss ich meine Kehle beruhigen."

Junkfood?, dachte Melissa. Klar, ein Burger mit Fritten war nicht die gesündeste Mahlzeit auf der Erde. Aber es war ja nicht so, als hätten sie Kuchen zu Abend gegessen. Nicht, dass man ihr das nicht zutrauen konnte. Besonders nicht, wenn es um Karottenkuchen ging.

„Gehen wir, Melissa", sagte Briggs, seine Stimme rau, während er sie über den Gang zu seinem Schlafzimmer zog. Sobald sie dort waren, lehnte er sich an die Tür und schloss die Augen, als bräuchte einen Augenblick, um sich zu entspannen.

Melissa nahm das als Hinweis und ließ ihn dort stehen, während sie sich bereit fürs Bett machte. Als sie aus dem Bad kam, stellte sie fest, dass er schon im Bett lag, die Augen geschlossen, seine bloße Brust hob und senkte sich in einem rhythmischen Muster. Leise ging sie durch den Raum, schaltete das Licht ab und schlüpfte neben ihn.

Fast sofort rollte er sich herum, zog sie in seine Arme und hielt sie von hinten fest. „Daran könnte ich mich auch gewöhnen", murmelte er.

Unerwartete Tränen prickelten in Melissas Augen, denn sie musste sich nicht an irgendwas gewöhnen. Nichts hatte sich für sie je so richtig angefüllt.

Briggs drückte ihr einen sanften Kuss auf den Nacken, und kurz danach hörte sie das tiefe, stete Atmen eines Menschen, der eingeschlafen war.

Melissa bedeckte eine seine Hände mit der ihren, kuschelte sich etwas näher heran, und dann schwebte sie weg ins Land der Träume.

Ein Schrei, zusammen mit einem Zerren an der Decke, weckte Melissa aus einem tiefen Schlaf. Sie richtete sich im Bett auf, ihr Herz sprang ihr fast aus der Brust. „Briggs?"

„Stopp!", rief er im Schlaf, während er um sich schlug.

„Briggs", sagte Melissa leise, während sie ihm leicht eine Hand auf die Brust legte. „Ist okay, Briggs. Es ist okay."

Seine Augen gingen auf und er schoss im Bett hoch. „Was ist passiert?"

„Du hast geträumt", sagte sie langsam.

Briggs starrte sie an, ohne etwas zu sehen. „Habe ich?"

Melissa rückte näher und legte ihm eine Hand an die Wange. „Briggs, schau mich an. Schau mich an!"

Der abwesende Ausdruck auf seinem Gesicht ließ nach, während er sich auf sie konzentrierte.

„Bist du bei mir?", fragte sie.

„Ja." Er blinzelte ein paar Mal. „Ich bin hier."

„Gut." Melissa strich ihm eine Haarsträhne aus den Augen. „Willst du mir erzählen, was gerade passiert ist?"

Er schlug die Augen wieder zu und sah aus, als wäre er um zehn Jahre gealtert.

„Es ist okay", sagte Melissa. „Du musst nicht reden. Wir können uns einfach zusammen hinsetzen, oder …"

„Der Traum kommt immer wieder", sagte Briggs, der sie nicht ansah.

Als er nicht fortfuhr, fragte sie: „Kämpfst du gegen jemanden in dem Traum?"

„Nein." Er schüttelte leicht den Kopf. Nachdem er tief Luft geholt hatte, sagte er: „Ich kämpfe darum, meine Magie zu kontrollieren."

Melissa schnappte heftig nach Luft, sagte aber kein Wort.

Er hob den Kopf und schaute auf sie herab. „Als ich jung war und meine Magie außer Kontrolle geriet, hat sie mir mein Vater ausgeprügelt. Eines Abends ging er zu weit und hat mir den Arm gebrochen. Das Jugendamt kam, und ich habe ihn niemals wieder gesehen."

„Ihr Götter", flüsterte sie, drückte ihm die Hand. „Es tut mir so leid, Briggs."

„Mir nicht. Er war ein schrecklicher Mensch. Nicht, dass meine Pflegeeltern irgendwie besser gewesen wären. Aber dort habe ich Briggs gefunden. Er ist die einzige Familie, die ich je hatte."

Sie wollte ihm sagen, dass kein Kind so etwas jemals durchmachen sollte, aber sie war sich ganz sicher, dass er das bereits wusste. Stattdessen legte sie nur die Arme um ihn und hielt ihn dicht an sich, versuchte, ihm zu zeigen, dass es Menschen auf der Welt gab, denen er wichtig war. Dass er *ihr* wichtig war.

„In meinem Traum nutze ich die Magie, um mich zu wehren. Ich kann sie nicht kontrollieren, und …" Seine Stimme brach.

„Und?", drängte sie.

„Meine Magie erstickt meinen Vater, und ich kann es nicht beenden. Es ist eine meiner größten Ängste, dass meine Magie aufflammt und jemand verletzt wird."

Man musste kein Genie sein, um zu merken, dass der Albtraum von dem ausgelöst worden war, was heute im Restaurant passiert war. Sie wollte etwas sagen, um ihn zu beruhigen, ihm sagen, dass er sich keine Sorgen machen brauchte, aber was wusste sie schon? Stattdessen stellte sie Fragen. „Ist das je zuvor passiert?"

„Ob ich jemanden verletzt habe?", fragte er.

„Ja." Obwohl sie die Antwort nicht wirklich wissen wollte.

„Nein, nicht direkt. Ich hatte einige Vorfälle wegen meiner Magie. Als ich zum Beispiel unabsichtlich ein Mikrofon habe fliegen lassen, und es King seitlich am Kopf getroffen hat." Bei dieser Erinnerung stieß er ein leises Lachen aus. „Er hat es einfach aufgehoben und mir damit eins auf die Eier verpasst. Man kann gerechterweise sagen, dass ich bei diesem Austausch schlechter weggekommen bin."

Ihre Lippen wölbten sich zu einem schwachen Lächeln. „So klingt es. Passiert dir so was oft?"

„Nein", sagte er, klang jetzt stärker. „Auf jeden Fall nicht hier in Keating Hollow. Es ist einer der Gründe, weshalb ich hergezogen bin. Ich weiß nicht, ob es daran liegt, dass ich hier einfach ruhiger bin, oder ob es die Magie ist, die durch die Stadt gewoben wurde, aber ich habe hier sehr viel bessere Kontrolle. Oder zumindest hatte ich die, bis Kassie anfing, mit total auf die Nerven zu gehen."

„Gefühle verstärken Magie", sagte sie. „Vielleicht gibt es etwas, was du deswegen unternehmen kannst. Vielleicht gehst du mal zur Heilerin oder einer Kräuterkundigen und siehst nach, ob es Tränke gibt, die dir helfen?"

„Das habe ich schon probiert. Die Heilerin sagte, es gäbe nichts, was sie tun könne. Die Kräuterkundige hat mir etwas gegeben, das es sogar schlimmer gemacht hat. Offensichtlich war es etwas, das meine Nervosität bekämpft, aber es hat dabei meine Hemmungen gesenkt, sodass es für meine Magie sogar noch leichter war, mir davonzulaufen. Jetzt versuche ich einfach nicht mehr sonderlich oft, Magie anzuwenden. Versuche, meinen Körper hereinzulegen, damit er denkt, dieser Teil von mir wäre kaputt oder so was."

„Was du also sagst, ist, um keine Restaurants mehr zu fluten, müssen wir Kassie loswerden", sagte sie.

„Das haben wir schon probiert", erwiderte er düster.

„Okay, da das nicht funktioniert, müssen wir uns darauf konzentrieren, dich außerhalb des Studios von ihr fernzuhalten. Vielleicht mehr Zeit mit King und deinen anderen Freunden verbringen, während sie sich um ihre Stimme kümmert."

„Andere Freunde bedeutet auch dich", sagte er und starrte ihr nun auf die Lippen. „Ziehst du bei mir ein, während sie hier ist?"

„Das hatte ich nicht geplant, aber wenn du mich brauchst …"

„Ich brauche dich", bestätigte er. Und dann waren seine Lippen auf denen von Melissa. Anfangs hielt sie sich zurück, nicht ganz sicher, ob sie mit dem Reden schon fertig waren. Doch als seine Hände allmählich über die Kurven ihres Körpers glitten und seine Lippen unterwegs zu ihrem Hals waren, gab sie nach und beschloss, nach diesem Albtraum musste er sich in jemandem verlieren.

Und sie war mehr als nur bereit, dieses Opfer zu bringen.

KAPITEL 9

*B*riggs kam ins Schlafzimmer, als Melissa gerade aus dem Bad ging, frisch geduscht und in eine eng anliegende schwarze Hose mit einem weichen, weißen Rollkragenpulli gekleidet. Ihr dunkles, lockiges Haar rahmte ihr Gesicht, und er wollte nichts mehr, als wieder seine Hände darin zu vergraben.

„Sieht aus, als hättest du heute Meetings", sagte er, während er ihr eine Tasse Kaffee reichte.

„Stimmt." Sie nahm einen Schluck, und reine Verzückung erhellte ihr Gesicht. „Der ist köstlich. Ich muss wissen, was für eine Sorte du kaufst."

Er lachte. „Das sind die Bohnen aus dem Incantation Café."

„Ernsthaft? Man möchte meinen, die hätte ich nach all der Zeit erkannt, die ich dort verbracht habe."

„Ich glaube, deine Sinne sind einfach nach letzter Nacht etwas verstärkt", sagte er mit einem Zwinkern.

„Das ist es bestimmt." Sie stellte die Tasse auf seine Kommode, gab ihm einen sanften Kuss, dann setze sie sich auf die Bettkante, um sich ein Paar Stiefel anzuziehen.

Briggs war an diesem Vormittag mit einem unbehaglichen Loch im Magen aufgewacht. Er hatte an die Decke gestarrt und sich gefragt, was über ihn gekommen war, als er beschlossen hatte, Melissa von seiner Kindheit zu erzählen. Er hatte niemals jemandem erzählt, wie er in der Pflege gelandet war, bis auf King vor vielen Jahren. Es war nichts, worüber er sprach. Aber der Traum war einfach so echt gewesen. Er hatte sich gefühlt, als wäre er wieder zwölf Jahre alt, zurück zu Hause bei seinem Vater, wie in der Falle und voller Angst davor, was der Tag bringen würde. Als er erwacht war, hatte er es einfach jemandem erzählen müssen ... Nein, *ihr* hatte er es erzählen müssen. Die Bürde erleichtern und nicht dafür verurteilt werden. Sie hatte ihn nicht enttäuscht.

Aber als sie die Augen geöffnet und ihn angelächelt hatte, waren die unbehaglichen Gefühle verschwunden. Im Licht des Tages hatte sie nicht plötzlich angefangen, weniger von ihm zu halten. Sie hatte den Traum nicht einmal erwähnt. Stattdessen war sie auf ihn gestiegen, und sie hatten sich eine weitere Runde lang geliebt.

Darum hatte sie auch kein Frühstück im Bett bekommen. Stattdessen bekam sie Kaffee und ein rasches Frühstück, bevor sie zur Arbeit aufbrach.

„Eier und Avocado-Toast sind bereit und warten auf dich", sagte er.

Melissa strahlte ihn an. „Perfekt." Sie schnappte sich ihren Kaffee und nahm dann seinen Arm, während er sie in die Küche führte.

Während Briggs Melissa ihr Frühstück reichte, kam Kassie herein.

„Guten Morgen", sagte sie fröhlich.

Ihre Haltung war so ein Richtungswechsel, dass Briggs kurz mit Stummheit geschlagen war. Aber dann erinnerte er sich, dass sie sich für Imogen erwärmt hatte, als die nett zu ihr gewesen war, und beschloss, das würde sich lohnen. Wenn er wochenlang mit ihr festsitzen würde, musste er das irgendwie zum Funktionieren bringen. „Kann ich dir was zum Frühstück anbieten, Kassie?", fragte er. „Es gibt Eier und Avocado-Toast, oder ich könnte dir auch einen Smoothie machen."

Überraschung strahlte aus ihrem herzförmigen Gesicht. „Ein Smoothie wäre einfach perfekt. Hast du Proteinpulver?"

„Schon", sagte er und machte sich an die Arbeit, während Kassie ihren Tee zubereite.

Zwanzig Minuten später brachte Briggs Melissa zur Tür. „Danke dir für letzte Nacht."

Sie lächelte sanft, drückte ihm die Hände auf die Brust und sagte: „Kein Dank nötig."

Sie wussten beide, dass sie nicht über ihre Sexeskapaden sprachen. Die Dankbarkeit war dafür, dass sie eine Freundin gewesen war, als er eine gebraucht hatte. „Ich ruf dich später an."

Sie nickte, gab ihm einen Kuss und ließ ihn dann mit Kassie Kinny allein. Er stieß ein leises Seufzen aus, während er in die Küche zurückkehrte, um das Geschirr zu spülen.

Sobald er fertig war, war er überrascht zu sehen, dass Kassie an der Tür bereits auf ihn wartete. Sie hatte ihren Tee in der Reisetasse, ihre Laptoptasche im Arm und ein zufriedenes Lächeln auf dem Gesicht. „Bereit?"

„Ja." Er folgte ihr nach draußen und betete, dass der Tag unaufgeregt blieb und er es schaffte, seine Magie für sich zu behalten.

„WIE LÄUFT ES?", fragte King, der ins Plattenstudio kam.

Briggs schaute von seinem Platz am Mischpult auf und grinste seinen Freund an. „Nicht schlecht. Wir hatten gerade Mittagessen."

„Kann ich eine Weile bleiben?", fragte er Austin.

„Ist gut", sagte Austin, während er auf seinem Handy nach der Zeit schaute. Dann rief er: „Kassie, wir sind bereit zum Weitermachen."

Es war kurz nach Mittag, und bisher war der Tag wenig ereignisreich gewesen. Sie hatten nur einen Track nach dem anderen für den neuen Song eingespielt. Denjenigen, bei dem Austin endlich nachgegeben und entschieden hatte, ihn zu einem Popsong zu machen. Sie hatten verschiedene Gesangsspuren und Arrangements ausprobiert, während Briggs mit der Produktion experimentiert hatte.

„Gleich!", rief sie, während sie zum heute zweihundertsten Mal durch ihr Handy scrollte. Was immer auf ihren sozialen Medien passierte, sie war begeistert und beantwortete Nachrichten, selbst als Austin allmählich die Geduld verlor.

„Was bringt dich hierher?", fragte Briggs King, während sie warteten.

„Sadie übernimmt eine Schicht in der Brauerei, und ich hatte sonst nichts zu tun, darum habe ich mir gedacht, ich komme vorbei und nerve dich. Geht's dir gut?"

„Ja. Ich versuche nur, durch diesen Song zu waten."

„Wir haben nicht den ganzen Tag", rief Austin, und Briggs war froh, dass er nicht derjenige war, der es sagen musste. Sie waren beide ungeduldig geworden, aber zumindest hatte Kassie ihr schlechtes Benehmen nicht mehr an den Tag gelegt. Briggs wollte glauben, dass das vielleicht daran lag, dass sie heute Vormittag wohlwollend angefangen hatten.

„Tut mir leid", sagte sie und stopfte sich das Handy in die

Tasche. „Ich bin bereit." Sie beeilte sich, in die Kabine zu kommen und wieder an die Arbeit zu gehen.

Zehn Minuten später nahm Austin den Kopfhörer ab und setzte sich schwer in seinen Stuhl. „Irgendwas stimmt nicht ganz. Noch nicht."

Kassie sank in der Kabine auf ihren Hocker, wirkte sowohl müde als auch ein bisschen frustriert, behielt aber ihre Gedanken für sich.

„Macht es euch was, wenn ich was ausprobiere?", fragte King.

Austin warf ihm einen Blick zu. „Du hast eine Idee? Klar, hören wir sie uns an." King ging entschlossen in die Kabine, schnappte sich Kopfhörer und stellte sich neben Kassie. „Fangen wir doch mal von vorne an."

Briggs spielte die Musik ein, lehnte sich zurück und wartete, um zu sehen, was King für ein Ass im Ärmel hatte.

Kassie begann zu singen, und dann kam King in einem weicheren Tonfall dazu, ein Echo ihrer Stimme. Als sie zum Refrain kamen, war es eine Harmonie, und Briggs wusste einfach, dass sie die magische Formel hatten. Er schaute zu Austin, und sein Boss schüttelte den Kopf, während er anfing zu lächeln.

„Das ist es!", rief Kassie. „Das ist die Single." Sie wandte sich zu King und warf die Arme um ihm. „Du bist ein Genie."

„Ich habe nur was ausprobiert", sagte King. „Ihr könnt es sogar nur mit Kassies Stimme als Backing-Track machen. Den Gesang irgendwie in Layers bringen oder so."

„Nein!" Kassie hüpfte fast von ihrem Hocker. „Wir sollten es genau so als Feature machen."

King presste die Lippen aufeinander, während er darüber nachdachte. „Ich werde mit meinem Management reden müssen."

Briggs wusste, dass das eine Lüge war. Es stand nichts in seinem Vertrag, das besagte, dass er nicht mit einem anderen Künstler kooperieren konnte. Er wollte Zeit, um darüber nachzudenken, was es bedeuten würde, mit Kassie zu arbeiten.

„Es ist echt perfekt, King", sagte Austin. „Ruf sie an und lass es mich wissen. Ich würde das zumindest gern als Remix aufnehmen. Das Label kann dann entscheiden, wie sie es spielen wollen."

King trat aus dem Aufnahmestudio, und Briggs ging ihm nach. Er sah, dass King draußen stand und einfach auf sein Handy starrte.

„Machst du diesen Anruf?", fragte Briggs.

Sein Freund lachte nur. „Nein. Und das weißt du bereits."

Briggs lehnte sich an das Verandageländer. „Was hat dich dazu gebracht, Kassie auszuhelfen?"

„Weiß nicht. Ich habe den Song einfach so in meinem Kopf gehört. Und du kennst mich doch, ich kann den Mund nicht halten, wenn ich Musik so höre."

„Nur zu gut ..." Briggs hatte King schon lange gekannt, bevor er einen Plattenvertrag bekommen hatte. Und so lange er ihn gekannt hatte, war er immer geplättet gewesen, wenn er beobachtete, wie sein Freund Musik schuf. Es war etwas, das ihn überkam, und er verlor sich einfach darin. „Also, was wirst du machen? Auf ihrer Platte singen, oder sie jemand anderen suchen lassen?"

„Würde es dich anpissen, wenn ich es mache?", fragte King, der ihn musterte.

„Warum sollte mich das kümmern?" Briggs sah ihn mit gerunzelter Stirn an.

„Weil ich, wenn ich auf diesem Album lande, vielleicht mit ihr als Promo auftreten muss. Sie könnte öfter da sein, schätze ich."

Briggs zuckte nur mit den Schultern. „Ich glaube, das ist etwas, das du Sadie fragen solltest, nicht mich."

King lachte leise. „Weißt du was? Du hast recht, ich rufe sie besser an."

„Viel Glück." Briggs ging zurück ins Studio, um Austin und Kassie die Aufnahme mit Kings Backing-Vocals abspielen zu hören. Kassie grinste über beide Ohren, und sogar Austin wirkte zufrieden.

Als der Track fertig war, tippte Kassie auf ihr Handy und sagte: „Das ist eine Nummer-1-Aufnahme."

Austin schürzte die Lippen. „Vielleicht. Sie hat alle Merkmale."

Kassie quietschte und sprang im Kreis.

King kam wieder herein und sagte: „Machen wir's."

„Ach, ihr Götter!" Kassie lief los und stürzte sich auf ihn. King fing sie gerade so eben auf, während sie die Arme um ihn schlang und sich fest anklammerte. „Ich liebe dich!"

Kings Augen wurden vor Panik groß, während er Briggs ansah.

„Besser du als ich", sagte Briggs mit einem Grinsen.

„Lass King los", sagte Austin. „Machen wir diesen Song fertig, und dann sind wir für heute durch."

Erleichterung ging über Kings Züge, sobald er von Kassies Umarmung befreit war, aber Briggs machte sich Sorgen, dass er sich sehr viel mehr aufgehalst hatte, als er sich ausgemalt hatte.

Während King an Briggs vorbeistreifte, murmelte er: „Was habe ich getan?"

Briggs konnte nur den Kopf schütteln.

KAPITEL 10

„*D*as war der perfekte Tag", sagte Kassie, die aus dem Studio ging. „Ich meine es ernst, King. Einfach perfekt. Einer dieser Tage, von denen ich geträumt habe, als ich verzweifelt um einen Vertrag gebettelt habe."

„Es wird weitere Tage wie diesen geben", sagte King, während er sich neben Briggs einreihte.

„Na ja, wir sollten den hier feiern. Was sagst du? Abendessen in dem Laden mit dem Krabbenschild im Fenster?", fragte sie hoffnungsfroh.

„Tut mir leid, Kas. Ich habe vor, Briggs bei Mystyk Pizza zu helfen."

Briggs kannte diesen Tonfall. King war langsam genervt, und wenn Kassie weiter drängte, würde er sich ganz verschließen. „Warum gehst du nicht essen, während wir arbeiten, und wenn wir Pause machen, kann dich einer von uns zurück zu mir fahren."

„Besser als Bauarbeiten, schätze ich", sagte sie, dann schnaubte sie, während sie sich die Straße entlang zum Cozy Cave aufmachte.

„Einer von uns?", fragte King. „Das wirst du sein. Ich habe meine gute Tat heute bereits hinter mir."

Briggs' Körper bebte in stummem Gelächter.

„Hör auf. Du und Sadie haben mich davor gewarnt. Aber ehrlich, wie kann diese Frau einfach so null gechillt sein?" Seine verblüffte Miene ließ Briggs nur noch fester lachen.

„Tut mir leid, Mann. Aber du wusstest, worauf du dich einlässt", sagte Briggs. „Du kannst es nicht mal leugnen."

„Ich bin ein Idiot." King seufzte.

Briggs schnaubte. „Das hast du gesagt, nicht ich."

Sie gingen das kurze Stück zu Mystyk Pizza und stellten fest, dass Bronwyn ihnen alle Materialien besorgt hatte, die sie brauchten.

„Auf geht's", sagte Briggs, während er sich die Ärmel hochrollte.

King nickte, und die beiden beschäftigen sich damit, die Decke zu erneuern.

Ein paar Stunden später hörte Briggs Kassie einen laufenden Kommentar abgeben, wie ein Einwohner von Keating Hollow die Kontrolle über seine Magie verloren hatte und nun seine Schulden bei der Geschäftsbesitzerin abarbeitete. Er drehte sich um und stellte fest, dass Kassie das Restaurant aufnahm und dann ihr Handy genau auf ihn richtete.

„Das, meine lieben Follower, ist die arme Seele, die nie lernte, ihre Magie zu kontrollieren. Wollt ihr ihm vielleicht ein paar Tipps da lassen?" Sie lächelte Briggs frech an.

Er hielt seine Züge unter Kontrolle, wollte ihr auf keinen Fall die Reaktion geben, die sie sich erhoffte. Stattdessen drehte er sich nur um und brachte das nächste Stück Rigips fertig an.

„Sieht so aus, als wäre unser Antiheld nicht dafür zu haben.

Vielleicht nächstes Mal. Bis dann, Küsschen!" Sie beendete das Video und sagte: „Das war perfekt!"

Briggs biss die Zähne zusammen, setzte alles daran, sie zu ignorieren. Wenn er sie wieder an sich herankommen ließ, wer wusste schon, was er diesmal tun würde? Stattdessen konzentrierte er sich auf das Abbild von Melissas Gesicht und die Erinnerung an ihre Berührung in der Nacht zuvor, und schob alle Gedanken an den mediensüchtigen Popstar aus seinem Kopf.

Als Briggs und King mit dem letzten Stück Rigips fertig waren, sagten sie Bronwyn, dass sie am nächsten Abend zum Streichen zurück sein würden.

„Vielen Dank", sagte Bronwyn, Erleichterung strömte mehr oder weniger von ihr aus. „Ich hatte mir solche Sorgen gemacht, aber ihr habt echt geliefert. Nach dem Streichen müssen wir nur noch ein bisschen sauber machen, und wir sind wieder im Geschäft."

Briggs schüttelte ihr die Hand, entschuldigte sich einmal mehr dafür, die Kontrolle verloren zu haben, und folgte King aus dem Restaurant.

„Willst du dir was zu essen holen?", fragte King.

„Ja. Ich bin am Verhungern." Briggs schaute sich in der Hauptstraße um und runzelte die Stirn. „Wieder die Brauerei?"

„Ich glaube nicht, dass sonst noch was auf hat."

Briggs nickte, und die beiden reihten sich nebeneinander ein.

„Wartet!", rief Kassie, die loslief, um auf sie aufzuholen.

„Sie ist noch hier?", fragte King leise. „Ich dachte, sie wäre weg."

„Nicht ohne einen Fahrer", sagte Briggs seufzend. Er war stolz darauf, dass er sie in der letzten Stunde erfolgreich vergessen hatte. Es hatte etwas Aufwand erfordert, aber zumindest wusste er, dass er es konnte, wenn er es versuchte.

„Zwei beste Freunde nach einem langen Arbeitstag", sagte Kassie „Und schaut, wie der Mond auf sie herabscheint, das ist doch irgendwie wie aus einem Romance-Roman, oder nicht?" Dann senkte sie die Stimme zu einem verschwörerischen Tonfall. „Ich weiß, da draußen gibt es viele, die die zwei shippen. Speichert euch das in eurem Beweisordner ab, und wenn sie dann endlich ihr Coming-out haben, könnt ihr sagen: ‚Ich habe es die ganze Zeit gewusst.'"

King blieb abrupt stehen, während ein elektrischer Blitz aus Magie Briggs' Rückgrat hinauffuhr. Sie schauten einander an, und Briggs sah den Sturm, der in Kings Augen tobte. Er hatte mehr als nur seinen Anteil an verrückten Fans gehabt, die ihn stalkten. Es war das eine, was er am meisten an seinem Ruhm hasste. Sie wussten beide, dass über die Art ihrer Beziehung spekuliert wurde, aber das war in den düsteren Ecken des Internets gewesen, wo Leute Fan Fiction schrieben. Sie hatten meistens darüber gelacht.

Aber nun fachte Kassie dieses Feuer für mehr Likes an. Und da sie mit ihnen beiden arbeitete, verlieh das ihren grundlosen Gerüchten einige Glaubwürdigkeit.

Kassie kicherte vor sich hin, und Briggs wusste, dass sie mit dem Filmen fertig war. Er wirbelte herum und sah sie finster an. „Poste dieses Video nicht."

„Warum? Es ist witzig", sagte sie und lächelte ihn schelmisch an.

„Kassie", warnte King. „Ich sage dir, wenn du dieses Video nicht sofort löschst, ziehe ich mich aus dem Song zurück, den wir heute aufgenommen haben."

Ihr Gesicht wurde geisterhaft weiß, wirkte krank unter dem Laternenlicht.

Auf Kings Handy pingte eine eintreffende Nachricht. Er schaute hinab, und sein Blick wurde düster, während er es Briggs zeigte.

Es war Kings Manager. Das Video war bereits gepostet worden.

Briggs griff nach Kassies Handy, aber als sie es wegzog und ihn finster anschaute, glitt seine Magie wieder glühend außer Kontrolle, und sie hörten alle nur einen lauten Krach, gefolgt von Fensterglas, das auf den Bürgersteig regnete.

Er stand da und bebte, während er die Szenerie betrachtete. Er hatte das große Schaufenster von Hollow Books zerschmettert. Als wäre das nicht schon genug, pulsierte die Magie noch über seine Haut. Er schloss die Augen, zählte bis zehn und zwang die Magie zum Aufhören. Aber als er sie wieder öffnete, war das Glühen der Magie noch da, klebte an ihm wie ein schlimmer Geruch.

„Briggs, ich …", setzte Kassie an.

„Nicht", knurrte King. „Von dir kein Wort."

Als Briggs' Magie wieder knisterte, als würde er Energiespitzen abgeben, deutete King auf Kassie. „Weg mit dir."

„Wo soll ich denn hin?", fragte sie, wirkte regelrecht trotzig. „Es ist doch nicht meine Schuld, dass er keine Kontrolle …"

„Geh!", brüllte King. „Bevor er die ganze Stadt in die Luft jagt."

Kassie warf einen weiteren Blick auf Briggs, dann eilte sie weg.

„Briggs?", fragte King, der nach ihm greifen wollte.

Die Magie funkte wieder, aber Briggs spürte es kaum. Er war innerlich taub, beobachtete, wie seine Magie überall über ihn kroch. Er schaute zu seinem besten Freund auf und brachte hervor: „Ruf Melissa an. Bring sie hierher, jetzt."

~

NACH IHREM LANGEN Tag unterwegs war Melissa nach Hause gekommen, um einige Sachen zu packen, die sie zu Briggs' Haus mitnahm. Als sie fertig war, rollte sie sich in ihrem Polstersessel am Kamin zusammen, eine Tasse heiße Schokolade bei sich, als gerade ihr Handy summte. Sie lächelte, dachte, dass es Briggs war, der sie wissen ließ, dass er zu Hause war. Sie hatte gedacht, dass sie ihn dort treffen würde, nachdem er bei Mystyk Pizza fertig war. Aber als sie auf das Handy schaute, sah sie stattdessen Sadies Namen. „Hey. Bist du zu Hause? Ich habe heiße Schokolade, und ich könnte ...“

„Es ist Briggs", sagte Sadie, die ihr das Wort abschnitt. „Er braucht dich."

„Was ist passiert?"

„Ich habe keine Details. Ich weiß nur, dass King sagt, seine Magie wäre wieder außer Kontrolle, und er braucht dich ... und zwar vorgestern."

Melissas Puls fuhr hoch, während sie aufsprang, schon unterwegs zur Tür. Sie schnappte sich ihre Tasche und ihre Schlüssel und fragte Sadie: „Wo sind sie?"

„Hollow Books an der Hauptstraße. Ich treffe dich an deinem Auto."

Melissa eilte aus der Tür. Als sie gerade in ihr SUV stieg, lief Sadie aus ihrem Haus und schloss sich ihr an.

Bevor Sandy auch nur angeschnallt war, fuhr Melissa aus ihrer Zufahrt und raste die Straße entlang. „Weißt du sonst noch was?"

„Nein. Nur, dass Kassie sie beide angepisst hat, und Briggs hat die Kontrolle verloren."

„Wie denn diesmal? Hat sie versucht, ihn zu zwingen, für

Botox zu bezahlen, oder was?", fragte Melissa, die sich wunderte, welche Albernheit Kassie diesmal ausgebrütet hatte.

„King hat nichts gesagt, aber ich glaube, das könnte deine Frage irgendwie beantworten." Sie spähte auf ihr Handy, drehte den Ton hoch und wartete, während sie zuhörten, wie Kassie nahelegte, dass King und Briggs mehr als nur Freunde waren.

Melissas Nasenflügel bebten vor Zorn. „Weiß diese Frau nicht, wie man auch nur einen Tag übersteht, ohne ein riesiges Drama zu machen? Ich schwöre, sie ist die Allerschlimmste."

„Das wird King hassen", sagte Sadie. „Nicht die Unterstellung, dass er vielleicht was anderes ist als hetero", fügte sie rasch hinzu. „So was ist ihm völlig egal, aber die Fans, die ihn stalken, und die endlosen Gerüchte über ihn sind endlich ein bisschen zur Ruhe gekommen, nun, da wir zusammen sind. Wenn das Internet das aufnimmt und damit loslegt, wer weiß, was für verrückte Leute sich vielleicht wieder ans Licht wagen."

„Es sind nicht nur King und Briggs, die sich mit der Belästigung herumschlagen müssen, wenn die Leute glauben, dass ihr beiden lügt. Sie werden dich seine Alibi-Freundin nennen und dich hassen, weil du so tust, als wärst du mit King zusammen. Das ist dir klar, oder?", fragte Melissa. Das Internet war ein seltsamer Ort. Darum hatte sich Melissa die meiste Zeit ferngehalten, aber vor ein paar Monaten hatte sie die dunkle Seite davon zu sehen bekommen, als King das Opfer von Internetdetektiven geworden war, die jeder seiner Bewegungen nachstellten. Sie hatte ein wenig herumgewühlt, um zu verstehen, worauf sich Sadie da einließ. Die diversen Ecken der Online-Social-Media-Seite Reddit waren echt ein Augenöffner gewesen. Sie war nicht hoffnungsfroh, dass die Leute rational mit Kassies Engagement-Bait-Video umgingen.

„Uarrgh, da hast du recht", sagte Sadie. „Dazu gibt es bei dem Video bereits Kommentare." Sie schaltete ihr Handy ab und schob es sich in die Tasche. „Am besten schaut man gar nicht hin."

„Guter Plan." Melissa wurde etwas langsamer, als sie auf die Hauptstraße kam. Als sie abbog, um vor dem Buchladen zu parken, blitzte in ihren Scheinwerfern der Schaden auf, sodass sie zusammenfuhr. Überall war Glas.

Aber was sie wirklich verblüffte, war Briggs. Er saß auf dem Randstein, sein ganzer Körper glühte vor Magie.

Sie stellte das SUV auf Parken und raste aus dem Fahrzeug zu ihm. „Briggs?", fragte sie zögerlich, als sie vor ihm in die Hocke ging. „Gib mir deine Hände."

Er stand auf, schüttelte den Kopf. „Ich will dir nicht wehtun."

Melissa sah ihn finster an, stand auf und griff trotzdem nach ihm, aber er trat einen Schritt zurück.

„Mach es, Mann. Du hast mir gesagt, ich soll sie anrufen", sagte King. „Wenn du ihre Hilfe nicht annehmen willst, weshalb solltest du …"

„Ich hatte Zeit, darüber nachzudenken!", rief er, und weitere Funken flogen.

Magie streifte Melissas Haut, schob sie ein paar Schritte zurück. Sie stieß ein leises, überraschtes Keuchen aus, aber Angst hatte sie nicht. Seine Magie hatte ihr nicht wehgetan. Sie glaubte nicht, dass es in Briggs steckte, jemanden zu verletzen. Aber das bedeutete nicht, dass er keine weiteren Besitztümer zerstören würde, wenn man ihn bedrängte.

„Seht ihr! Ich habe es gerade wieder getan. Diese Magie … Ich kann nicht …" Er schüttelte den Kopf, Frust strahlte in Wellen von ihm aus. „Ich glaube, es lodert gleich hoch."

Ohne ein Wort ging Melissa zu ihm zurück und legte die Arme um ihn.

Er versteifte sich, stand stockstill, seine Magie warf immer noch ein Glühen um ihn herum.

„Ist schon okay, Briggs", flüsterte sie ihm ins Ohr. „Du hast es im Griff. Ich weiß, das hast du." Sie zog sich zurück, schaute ihm in die Augen und sagte: „Lass es los."

Die Magie weitete sich aus, hüllte sie beide in ein sanftes Glühen, dann verschwand sie, ließ sie dort auf dem verwüsteten Bürgersteig stehen, nur mit dem sanften Leuchten der Gaslampen, die die Straßen säumten.

Briggs stieß ein schweres Seufzen der Erleichterung aus, und dann holte er sie in eine feste Umarmung. „Vielen Dank."

„Der Göttin sei gedankt", sagte Sadie leise hinter ihnen.

Melissa hielt sich an Briggs fest, fühlte sich ein wenig erschüttert. Sie hatte getan, was im Augenblick nötig gewesen war, aber das bedeutete nicht, dass sie nicht höllisch nervös gewesen war. Melissa hatte sich gefühlt, als wäre sie im Blindflug, obwohl sie wusste, dass sie ihn schon vorher aus seiner Magie hatte herausholen können, und das hatte ihr Zuversicht gegeben. War Melissa sein Kryptonit? Und wenn sie versuchte, sich bei jemand anderem einzumischen, würde es genauso passieren, oder war an Briggs etwas Besonderes? Das musste man noch sehen, aber vorerst war sie dankbar, dass sie ihm hatte helfen können.

Ein Auto fuhr auf den Parkplatz gleich neben Melissas Audi.

Yvette Townsend-Burton sprang aus dem Fahrzeug und stellte sich dann auf den Bürgersteig, starrte auf das zerbrochene Glas. „Was ist passiert?"

Briggs ließ Melissa los, schob aber seine Hand in ihre, während er sagte: „Es tut mir so leid, Yvette. Ich habe die

Kontrolle über meine Magie verloren, und sie hat das Fenster zerschlagen. Ich zahle für den Ersatz. Und wenn du Hilfe beim Aufräumen brauchst, mache ich das auch."

Melissas Herz wurde für ihn schwer. Das waren schon zwei Geschäfte in einer Woche, die er ernsthaft beschädigt hatte. Wenn er so weitermachte, fürchtete sie, dass die Geschäftsbesitzer ihn aus ihren Läden verbannen würden.

„Hast du sie jetzt unter Kontrolle?", fragte Yvette, die eher besorgt klang als genervt.

„Ich glaube schon", erwiderte er, während er Melissas Hand drückte.

„Gut. Magie kann manchmal so unvorhersehbar sein", sagte sie freundlich. „Vielleicht solltest du mal zu Heilerin Whipple gehen, wenn du die Gelegenheit hast. Sie kann womöglich helfen."

Er nickte, aber Melissa glaubte nicht, dass er sich den Rat zu Herzen nehmen würde. Nicht nach seiner letzten Erfahrung mit einer Heilerin.

„In Ordnung. Machen wir hier sauber", sagte Yvette, während sie ihr Handy aus der Tasche holte. „Noel? Ja, ich brauche deine Hilfe mit einem zerbrochenen Fenster im Buchladen. Ich würde ja Jacob hier runterholen, aber er passt auf die Kinder auf. Toll, wir sehen uns in ein paar Minuten." Sie beendete den Anruf. „Meine Schwester ist eine Lufthexe. Das hat sie in ein paar Minuten repariert."

„Kann ich irgendwas tun, um zu helfen?", fragte Briggs.

„Hast du Luftmagie?", fragte sie.

„Schon, aber ..." Er holte scharf Luft. „Da ich derjenige bin, der das herbeigeführt hat, bin ich nicht sicher, ob ich das noch mal anzapfen sollte."

Yvette klopfte ihm auf die Schulter. „Wenn Noel herkommt, beschließen wir, ob du gebraucht wirst."

Melissa blieb an Briggs' Seite, bis Noel kam, in einer Jogginghose und einem T-Shirt. Sie ging zu Yvette hinüber, musterte die Zerstörung und sagte: „Das ist eine Menge Glas zu reparieren."

„Briggs hat Luftmagie, wenn du seine Hilfe willst", erklärte Yvette Noel. „Aber er ist ein bisschen nervös, da seine Magie das herbeigeführt hat." Noel musterte Briggs kurz. Dann sagte sie: „Du hast es verbrochen. Du musst helfen, es zu reparieren. Komm hier rüber."

Briggs warf einen Blick auf Melissa, seine Miene war panisch.

„Ich bin gleich neben dir", sagte Melissa, die ihn zu Noel hinüberzog.

„Tut mir leid", sagte Briggs. „Ich will einfach nicht noch mehr Ärger machen."

„Die beste Art, um Magie zu meistern, ist, Kontrolle zu üben", sagte Noel, die ganz wie die Mom klang, die sie auch war. „Leih mir einfach deine Kraft, und ich nutze sie. Damit kannst du spüren, wie ich sie kontrolliere, verstehst du?"

Briggs entspannte sich sichtlich und sagte: „Ja, okay. Aber wenn die Dinge wieder schief gehen, ist Melissa hier, um als Unterbrechung zu dienen."

„Das kannst du?", fragte Noel.

„Für Briggs schon. Ich bin nicht sicher, ob es bei anderen funktioniert." Sie zuckte mit einer Schulter. „Ich bin mir nicht mal sicher, ob ich diejenige bin, die das tut oder ob ich Briggs nur so weit beruhige, dass er anfangen kann, seine Magie wieder zu kontrollieren."

„Das ist total interessant", sagte Noel, die sie musterte. „Du solltest ein paar Experimente machen, um es herauszufinden. Aber im Augenblick reparieren wir mal das Fenster." Sie drehte sich zu Briggs. „Bereit?"

Er nickte.

Noel nahm seine Hand und sagte: „Ruf deine Magie."

Briggs schloss die Augen, und einen Augenblick später prickelte das sanfte Glühen von Magie über seine Hände.

„Perfekt." Noel hob ihre freie Hand, deutete auf das zerbrochene Glas, das herumlag, und dann wirbelte sie die Finger in der Luft, bevor sie direkt auf den Laden zielte, wo das Fenster gewesen war.

Magie brach aus ihrem Finger hervor und wirbelte in einer Spirale, bildete einen kleinen Tornado. Das Glas wurde ein Stück nach dem anderen in ihren magischen Trichter gezogen. Während der Trichter immer größer wurde, wurde die Magie, die ihre und Briggs' Hände bedeckte, immer heller. Schweiß bildete sich allmählich auf Noels Stirn, und Briggs begann vor der Anstrengung zu beben, die nötig war, um so viel Magie zu produzieren.

Melissa biss sich auf die Unterlippe und betete, dass Noel wusste, was sie tat.

„Du schaffst das, Noel!", rief Yvette über den Wind hinweg.

Noel nickte einmal, schaute zu Briggs, und dann rief sie: „Wiederherstellung!"

Das Glas flog aus dem Trichter in die Fensteröffnung, und einfach so war das Fenster wieder dort, ohne dass es noch einen Riss gab. Obwohl der aufgemalte Fensterschmuck, der einen Schwarzbären gezeigt hatte, der *Pu der Bär* las, nun eine Mischung aus Farben war, die eher wie ein Rorschachtest aussah als eine Zeichnung.

Yvette klatschte, dann stieß sie ein leises Lachen aus. „Ich schätze, das müssen wir sauber machen und eine neue Zeichnung dort anbringen."

„Lass mich zumindest für das Kunstwerk zahlen", sagte Briggs.

„Nö", sagte Yvette. „Das hätte sowieso bald geändert werden müssen. Keine Sorge deswegen." Die Frau legte die Arme um Noels Schultern und sagte: „Danke, Schwester. Du bist die Beste."

Die zwei Schwestern plauderten ein paar Minuten, und dann stiegen sie beide in ihre Autos und fuhren los.

King wandte sich an Briggs. „Ich glaube nicht, dass du heute Nacht um Kassie herum sein solltest."

„Was soll ich denn tun? Sie rauswerfen?", fragte er, wirkte besorgt. „Das *will* ich tun."

„Ja, das würde jeder vernünftige Mensch tun, aber wir wissen beide, das wird die Dinge noch schlimmer machen. So, wie sie alles dokumentiert, wirst du es nächstes der Schurke in ihrer Social-Media-Saga", sagte King.

„Komm mit mir nach Hause", sagte Melissa, die zustimmte, dass das Letzte, was Briggs brauchte, war, irgendwo in der Nähe von Kassie Kinny zu sein.

„Und sie bei mir zu Hause lassen? Allein?", fragte Briggs. „Damit ist es mir auch nicht behaglich. Da sie so viele Schwierigkeiten macht, würde es mich nicht überraschen, nach Hause zu kommen und versteckte Kameras oder so was zu finden."

King stieß ein zustimmendes Knurren aus, aber dann sagte er: „Ich werde dort heute übernachten. Morgen arbeiten wir eine neue Möglichkeit aus." Er wandte sich an Sadie, die stumm zustimmend nickte.

„Es gibt nichts, wo man in der Stadt übernachten kann", sagte Briggs. „Melissa hat bereits nachgesehen."

„Geh einfach mit Melissa nach Hause und lass mich daran arbeiten", beharrte King. Als Briggs versuchte, wieder etwas einzuwenden, hob King eine Hand. „Du warst während meines ganzen Dramas für mich da. Ich werde jetzt für dich da sein.

Und verdammt soll ich sein, wenn ich zulasse, dass sie dir das gute Leben ruiniert, das du hier in Keating Hollow hast. Von allen Menschen bist du derjenige, der das am meisten verdient. Verstanden?"

Briggs zögerte, dann schaute er King in die Augen und nickte. „Okay. Danke, Bruder."

Melissa schaute zu Briggs. „Bereit?"

Er nickte. „Kannst du mich bei meinem Truck rauslassen? Der ist am Studio."

„Klar." Sie verabschiedeten sich von Sadie und King und gingen dann zu ihrem Audi. Melissa sagte nichts, sie hielt nur seine Hand, während sie ihn zu seinem Truck fuhr.

KAPITEL 11

„Das ist also deine Bude", sagte Briggs, während er in Melissas Eingang stand und sich fühlte, als wäre er gerade in ein Haus getreten, das er in einem Schnulzenfilm gesehen hatte. Das kleine zweistöckige Haus war schieferblau gestrichen und hatte weiße Fensterläden und hölzerne Blumentöpfe unter den Fenstern, die ohne Zweifel jeden Frühling und Sommer voller Blüten waren. Das Innere fühlte sich an wie eine gemütliche Umarmung. Es gab gerahmte Bilder von Melissa und einer Frau, von der er annahm, dass es ihre Mutter war, zusammen mit anderen, die Sadie und eine weitere Frau zeigten. Kerzen waren auf einem steinernen Kamin aufgestellt, und eine wie selbst gemacht aussehende Flickendecke war über ein cremefarbenes Polstersofa gelegt.

Es war so ein Haus, das ihn an die Vorstellung erinnerte, seiner Oma selbst gebackene Kekse mitzubringen. Nicht, dass er so etwas je selbst erlebt hätte, aber er hatte sich nach einer solchen Szene gesehnt, als er ein Kind gewesen war.

„Das ist es", sagte sie. „Mein Zimmer ist hier entlang." Sie führte ihn nach oben zum großen Schlafzimmer, das das ganze

Stockwerk einnahm. Sie deutete auf ihren zweiten begehbaren Schrank. „In diesem Schrank ist links Platz, falls du irgendwas aufhängen musst."

Er war auf dem Weg hierher bei sich zu Hause vorbeigefahren, damit er frische Kleider und seinen Kulturbeutel holen konnte.

„In der Arbeit trage ich Jeans und Flanellhemden. Ich glaube, ich brauche keine Kleiderbügel", sagte er mit einem leisen Lachen, während er hinüber zum Schrank ging und seine Tasche hineinstellte. Der Raum war großzügig, mit ein paar Blumenbildern an einer Wand und einem Bild vom Keating Hollow River auf der anderen. Er schrie einfach danach, die Oase einer Frau zu sein, die zufrieden mit ihrem Leben und ihrem Lebensort war.

Melissa schob ihre Übernachtungstasche, die sie kürzlich gepackt hatte, in den anderen Schrank und deutete dann auf eine Schiebetür aus Glas. „Hier raus gibt es einen Balkon, aber der wird nicht viel genutzt, bis die Temperaturen ein bisschen wärmer werden."

Briggs kam, um sich an das Fenster zu stellen. Er spähte hinaus und sagte: „Schöne Aussicht auf den Berg."

„Schon, oder? Es gab mal eine Menge Bäume, die das blockiert haben, aber sobald meine Mom nach Befana Bay gezogen ist und ich dieses Zimmer für mich beansprucht habe, habe ich sie fällen lassen. Jetzt habe ich den Wald im Osten und den Berg im Norden."

„Du hast dein ganzes Leben hier verbracht?", fragte er, überlegte, wie es sein würde, so tiefe Wurzeln zu besitzen. Seine eigene Familie war alle paar Jahre umgezogen, und dann, als er wegen der Misshandlung durch seinen Vater dort rausgenommen worden war, war er in drei unterschiedlichen Pflegefamilien gewesen, bevor er schließlich in einer vierten gelandet war, wo er King getroffen hatte. Lange Zeit war sein einziges Heim immer gewesen, wo King war. Nun hatte er sein eigenes Haus in Keating Hollow. Dasjenige, in das sein unwillkommener Hausgast eingedrungen war.

„Habe ich. Ich habe mich oft gefragt, wie es sein würde, im Wald zu leben wie du", sagte sie sehnsüchtig. „Der Ausblick ist zwar schön, aber ich lebe immer noch in einer Siedlung mit Menschen überall um mich herum."

„Menschen? Du meinst so was wie, dass Sadie nebenan wohnt?", fragte er mit erhobener Augenbraue. „Irgendwas sagt mir, solange das zutrifft, wirst du nie aus diesem Haus ausziehen."

Sie lachte leise. „Ich mag es gerne, sie neben mir zu haben. Ich bin sicher, das verstehst du, da du ein ganzes Zimmer für King hast."

Er lächelte sie an. „Ja. Aber das ist sein Zimmer. Seine Dinge. Und bis er auszieht, wird es sein Zimmer sein, wann immer er es will."

„Verstehe ich." Sie schaute zum Bett, und dann trat sie unbehaglich von einem Fuß auf den anderen. „Hast du Hunger? Ich habe noch Reste im Kühlschrank."

Plötzlich grollte sein Magen. Wann hatte er denn zum letzten Mal gegessen? Mittagessen? Er und King waren auf dem Weg gewesen, sich was zu holen, als die Hölle losgebrochen war.

„Das klingt wie ein klares Ja." Melissa schob den Arm durch seinen und führte ihn aus dem Zimmer.

Briggs folgte ihr die Stufen hinab in ihre hellgelbe Küche mit weißen Schränken und Arbeitsflächen. Dort gab es sehr viel Licht, und Briggs wünschte sich, seine eigene Küche wäre so einladend.

„Ich hoffe, du magst Tomaten-Basilikum-Pasta, denn dieses

Chili sieht aus, als hätte es seine besten Tage hinter sich", sagte sie, während sie in ihre Plastikbehälter spähte.

„Wenn es Essen ist, mag ich es", sagte er, während er um sie ging, um in ihrem Schrank ein Glas zu suchen.

Sie schaute ihn an. „Es gibt Limo, Saft oder gekühltes Wasser. Bedien dich."

„Willst du was?", fragte er, als er die Wasserkaraffe aus dem Kühlschrank holte.

„Wasser ist gut."

Er schenkte ihnen beiden ein Glas ein, dann lehnte er sich an den Tresen, während sie sein Abendessen aufwärmte.

Als die Mikrowelle piepte, nahm sie seinen Teller und ging, um ihn auf den Tisch zu stellen. „Essen ist fertig."

„Du isst nichts?", fragte er, während er Platz nahm.

Sie setzte sich neben ihn und schüttelte den Kopf. „Ich habe vorhin was gegessen, aber ich setze mich gern eine Weile mit dir hin."

Er fühlte sich ein bisschen unbehaglich, weil sie nur dort saß und ihn beobachtete. Er war nicht ganz sicher, weshalb. Es war nicht so, als würde er nie vor anderen essen. Vielleicht lag es daran, dass es etwas spät war, und er in ihrem Haus war, während sie auf ihn wartete. Er war nicht daran gewöhnt, dass irgendwer außer King etwas für ihn tat.

Er musste zugeben, ihm gefiel, dass er Melissa wichtig genug war, dass sie ihn ein bisschen verwöhnte.

„Warum glaubst du, dass ich deine Magie neutralisieren kann?", fragte Melissa.

Briggs erstickte beinahe an einem Bissen Pasta. Rasch schluckte er und spülte das Essen mit Wasser hinunter, bevor er die Gabel ablegte und sagte: „Was?"

„Du hast mich gehört. Jedes Mal, wenn deine Magie außer Kontrolle gerät, scheine ich diejenige zu sein, die dich da rausholen kann. Nicht mal King konnte helfen. Ich frage nur, weshalb du glaubst, dass ich diejenige bin, die es kann."

Sein Herz begann an seine Rippen zu hämmern. Es war die eine Frage, die er vermieden hatte, sich zu stellen. „Ich weiß es ehrlich nicht. Ich schätze, du beruhigst mich einfach."

Sie schürzte die Lippen, während sie die Augen zusammenkniff. „Vielleicht sollten wir es testen. Du weißt schon, du versuchst etwas mit deiner Magie, und ich werde ... ich weiß auch nicht, sehen, ob ich es unterbrechen kann?"

Sorge bis tief ins Innerste wogte durch ihn hindurch. „Ich weiß nicht, ob das eine gute Idee ist. Nach dem, was heute Abend passiert ist, glaube ich, ich sollte meine Magie für immer vergraben."

Melissa starrte ihn an, warf ihm einen verärgerten Blick zu. „Ich bin ziemlich sicher, dass du nicht tatsächlich versucht hast, deine Magie anzuwenden, als dieses Fenster heute Abend zu Bruch gegangen ist, oder als du es im Inneren von Mystyk Pizza hast regnen lassen. Diese zwei Vorfälle sind nur wegen Kassie passiert. Sie ist nicht hier, oder?"

„Nein, aber ..." Er brach ab, konnte nicht ausdrücken, wie zögerlich er wirklich war, auch nur an seine Magie zu denken.

Melissa strich sanft mit der Hand über seinen Arm. „Hör mal, ich kann dir nicht vorwerfen, dass du ein bisschen verschüchtert bist, deine Magie nach den letzten paar Tagen abzurufen, aber es war in Ordnung, während du Noel geholfen hast, das Fenster zu reparieren. Ich versuche nur, herauszufinden, was los ist, und wie ich dir vielleicht helfen kann. Für mich ist das auch seltsam, weißt du. Ich habe keine eigene Magie, und dass ich dir helfen kann, deine zu kontrollieren, ist für mich der totale Wahnsinn. Wenn es mehr gibt, was ich kann, wüsste ich das einfach gerne."

Sie war so ernst, so aufrichtig, dass Briggs einfach nicht

Nein sagen konnte. Er presste die Lippen zu einer dünnen Linie aufeinander und nickte dann. „Ja. In Ordnung. Lass mich fertig essen, und dann versuchen wir ein paar Dinge. Okay?"

Melissa strahlte ihn an, in ihren Augen blitzte der Triumph.

„Benimm dich nicht so glücklich. Das könnte ein riesiger Fehler sein", sagte er.

„Könnte es. Aber ich will wetten, das ist es nicht", sagte sie und nahm sich dann seine Gabel, um einen Bissen Pasta zu stehlen. Nachdem sie mit den Lippen geschmatzt hatte, reichte sie ihm die Gabel und stand dann auf, um etwas aus dem Kühlschrank zu holen. Als sie zurückkehrte, hatte sie ein Stück Käsekuchen und zwei saubere Gabeln.

„Du bist eine Göttin", sagt er, während er den Rest der Pasta aß.

„Pasta und Käsekuchen. Die magische Formel." Sie grinste ihn an, dann nahm sie einen kleinen Bissen von der dekadenten Köstlichkeit.

Er schob seinen Teller weg und stürzte sich auf das Dessert.

Nach zwei weiteren Bissen legte Melissa ihre Gabel ab und schob ihm den Teller hin. „Gehört ganz dir."

„Bist du sicher? Denn ich würde den Rest einfach verputzen", sagte er.

Sie lachte. „Nur zu."

Als die letzten Krümel Käsekuchen vom Teller verschwunden waren, räumte Briggs den Tisch ab und fing an, den Geschirrspüler zu beladen.

„Hey, das musst du nicht machen", sagte sie und versuchte, ihn von der Spüle wegzuschieben. „Du bist mein Gast. Nicht mein Mitbewohner."

„Wir sind befreundet und du hast mir was zu essen gemacht, also räume ich auf", entgegnete er.

„Ich habe was zu essen aufgewärmt. Das ist nicht dasselbe."

Sie stand da, die Hände auf den Hüften, und funkelte ihn an.

„Du hast Essen auf den Tisch gebracht. Das zählt für mich."

Ein paar Augenblicke später schloss er den Geschirrspüler und räumte die Spüle aus. Als er sich wieder umdrehte, funkelte sie noch immer. Er lachte, während er ihr einen Arm um die Schultern legte. „Komm schon. Sehen wir, was du tun kannst, wenn ich Sachen von deinem Bücherregal fliegen lasse."

„Nicht meine Bücher!", rief sie.

„Halt mich auf, wenn du kannst", sagte er kichernd, während er in ihr Wohnzimmer lief und dann auf das Buchregal zeigte. Er rief seine Magie herbei und hielt sie an den Fingerspitzen, während er wartete, um zu sehen, was sie vielleicht tat.

Melissa blieb gleich vor ihm stehen, die Hände erhoben, als würde sie ihre Bücher schützen.

Er lachte. „Was glaubst du denn, dass ich mit ihnen anstelle?"

„Ich weiß es nicht, aber das sind meine Babys. Was immer es ist, lass sie nicht durch das Zimmer fliegen, wo sie vielleicht runterfallen, und dann werden Ecken angestoßen, oder schlimmer noch, sie fallen offen hin und die Seiten sind zerknittert."

„Dann hältst du mich wohl besser auf", scherzte er und ließ seine Luftmagie los.

„Nein!" Sie sprang vor ihn, nahm seine Hände und neutralisierte sofort seine Magie. Aber es war zu spät. Er hatte bereits eines der Bücher vom Regal fliegen lassen. Es fiel harmlos auf den Teppich. „Verflixt!" Sie lief hinüber, inspizierte das Buch, und dann stellte sie es sorgsam zurück aufs Regal. Als er sich umdrehte, blitzte Feuer in ihren Augen.

„Ich habe gesagt, die Bücher nicht anfassen. Das habe ich ernst gemeint."

„Okay, okay", sagte er sanft, als würde er ein nervöses Tier beruhigen wollen. „Tut mir leid. Ich wusste nicht, dass sie so was Besonderes sind."

Sie stieß Luft aus. „Nein, mir tut es leid. Es ist nur, dass meine Mom und ich so ein Ding haben, dass wir Bücher in Spezialausgaben sammeln, Exemplare mit Autogramm und seltene Drucke."

Er warf einen Blick zurück zu den Büchern. „Du sagst, ich habe gerade Schabernack mit einer teuren Sammleredition betrieben?"

„Teuer?" Sie schüttelte den Kopf. „Himmel, nein. Die Sonderausgaben kosten ein bisschen mehr als die normalen, aber normalerweise nicht viel. Sie sind einfach nur von sentimentalem Wert, und ich versuche sie in perfektem Zustand zu erhalten. Wie es die meisten Buchfreunde tun."

„Verstanden. Die Bücher in Frieden lassen." Er ging zu dem Sessel, um sich an den Kamin zu setzen. „Diesen Fehler mache ich nicht wieder."

Melissa sah ihn finster an, während sie am Ende des Sofas Platz nahm.

„Was jetzt?", fragte Briggs, der sich fragte, was er diesmal getan hatte, um sie zu ärgern.

„Nichts." Sie stieß ein leises Lachen aus. „Du hast dich nur auf meinen Lieblingsplatz gesetzt."

„Ach, wirklich?" Er lachte. „Na ja, in diesem Fall …" Er lehnte sich zurück und machte es sich bequem. „Bereit, noch mal diese Magiesache zu probieren?"

„Ja, aber halte dich von den Bildern und Büchern fern", warnte sie.

„Verstanden. Diesen Fehler mache ich nicht wieder." Er

zwinkerte, und dann wandte er sich um, um auf den Kamin zu starren. Seine Haut glühte mit einer schwachen Spur Magie, und dann ging plötzlich brüllend ein Feuer im Kamin an. Er schaute zu Melissa. „Nichts?"

„Nichts. Ich habe deine Magie gesehen und wusste, dass du dich darauf konzentrierst, ein Feuer zu machen, aber ich konnte nichts abfangen", sagte sie. „Ich glaube, ich muss dich berühren."

„Da habe ich nichts einzuwenden", sagte er, konnte sein selbstzufriedenes Lächeln nicht von seinem Gesicht fernhalten.

Melissa verdrehte die Augen und kam, um sich auf die Sessellehne zu setzen. „Okay, nutz wieder deine Magie."

„Du bist so fordernd", sagte er, dann konzentrierte er sich wieder auf das Feuer. In dem Augenblick, als seine Magie auf seiner Haut erschien, schnappte sich Melissa seine Hand und keuchte dann, als die Flammen höherschlugen, bevor sie wieder normal wurden. „Huch, das habe ich nicht getan", sagte er verlegen.

Melissa starrte das Feuer an, ihr stand der Mund offen. Als sie ihm schließlich in die Augen schaute, sagte sie: „Ich glaube, das war ich."

KAPITEL 12

„*D*u hast das Feuer kontrolliert?", fragte Briggs, seine Miene erstaunt. „Echt jetzt?"

„Ich glaube schon." Melissa war hocherfreut, fühlte sich, als hätte sie etwas geschafft, das sie ihr ganzes Leben lang gewollt hatte. Ihre Mutter war eine Feuerhexe, konnte das Element manipulieren. Melissa hatte immer wissen wollen, wie sich das wohl anfühlte, und jetzt wusste sie es. Als sie Briggs berührt hatte, während er sich auf seine Magie konzentriert hatte, hatte sie sich lebendig gefühlt, mächtig, und dieses eine Mal in Kontrolle. Sie hatte sich vorgestellt, wie die Flammen intensiver wurden, und dann hatten sie genau vor ihren Augen höhergeschlagen, bevor sie wieder auf ihre normale Größe zurückgeschrumpft waren.

„Machen wir es noch einmal", sagte er. „Diesmal werde ich was anderes als Feuer manipulieren."

„Ich bin bereit", sagte sie, beugte sich vor, als wolle sie schon aus dem Sessel springen.

Briggs drehte sich und sah die Eingangstür an. Als seine Magie erschien, nahm ihn Melissa am Arm, dann stellte sie sich vor, wie die Tür aufschwang, langsam, als würde jemand hereinspähen.

Die Tür ging quietschend auf.

Sie stieß ein triumphierendes Johlen aus, dann rief sie: „Jetzt schließen!"

Die Tür fiel zu, sorgte dafür, dass sie aufsprang und ein wenig tanzte, während sie feierte.

Briggs kicherte. „Tolle Moves."

„Ich habe es getan! Ich habe es getan! Ich habe deine Magie geschnappt und die Tür das tun lassen, was ich tun wollte. Ich bin ein Genie."

„Vielleicht, aber ich glaube, genauer gesagt bis du eine Hexe."

„Nein. Kann ich nicht sein", sagte Melissa automatisch.

„Nur Hexen können Magie kontrollieren", erwiderte er sanft.

„Aber es ist nicht meine Magie. Es ist deine", sagte sie, während sie sich eine Hand auf die Stirn legte, versuchte, zu verstehen, was gerade geschah.

„Mel." Briggs erhob sich aus seinem Sessel und stellte sich vor sie. „Nur weil du keine innere Magie hervorrufen kannst, heißt das nicht, dass du nicht die Werkzeuge hast, um sie zu wirken. Du kanalisierst meine Magie. Darum kannst du mich zum Aufhören bringen, wenn sie außer Kontrolle ist. King kann das nicht. Niemand hat das bisher gekonnt, obwohl sie es unbedingt gewollt haben."

Melissa erinnerte sich, daran, was er über seinen Vater gesagt hatte. Wie sein Vater versucht hatte, ihm die Magie auszuprügeln. Sie fragte sich, was für furchtbare Schrecken er noch hatte durchmachen müssen. Es war nicht ungewöhnlich, dass Kinder ihre Magie nicht kontrollieren konnten, sobald ihnen klar wurde, dass sie Macht besaßen. Die meisten hatten ein Aufflackern und unabsichtliche Vorfälle. Dass Eltern ein Kind bestraften, weil es nicht wusste, wie es sie kontrollieren sollte, war unverzeihlich. Sie hatten es verdient, dass man ihnen in ihr Kind wegnahm.

„Bist du sicher, dass das passiert? Vielleicht unterbreche ich nur, was immer du zu tun versuchst, und darum gingen die Dinge schief", spekulierte sie, aber das klang für sie nicht richtig. Sie hatte sich vorgestellt, was sie die Tür tun lassen wollte.

„Ich schätze, das ist möglich", sagte er. „Vielleicht sollten wir dich versuchen lassen, jemand anderen zu kontrollieren, und sehen, ob du seine Magie auch manipulieren kannst. Das würde diese Frage beantworten."

Melissa dachte sofort an Sadie, aber ihre Freundin war eine Empathin und konnte Emotionen beim Singen kontrollieren. Das schien nicht wie etwas, das sie sich aneignen konnte. Aber es war sowieso schon spät. Zu spät, um sie anzurufen. „Ich könnte Amelia fragen. Sie ist eine Feuerhexe. Oder Hanna im Café. Sie ist eine Wasserhexe."

„Es lohnt sich, das zu überprüfen, glaubst du nicht?", fragte Briggs.

Sie nickte. „Mache ich. Aber vorerst wissen wir, dass ich deine Magie unterbrechen kann, was hilfreich ist, um zu dich zu neutralisieren, falls dir Kassie wieder auf die Nerven geht."

Briggs setzte sich schwer in seinen Sessel zurück, hielt das Gesicht in den Händen. „Bei den Göttern. Ich will keine weiteren Schäden mehr an irgendwas herbeiführen."

„Die einzige Art, wie du dir da sicher sein kannst, ist, dich so weit möglich von ihr fernzuhalten. Zumindest, bis du eine Möglichkeit findest, deine Magie in ihrer Gegenwart zu kontrollieren", sagte Melissa.

Er stieß ein lautes, humorloses Lachen aus. „Das wird schwer, wenn sie bei mir zu Hause wohnt."

„King sagt, er würde sich darum kümmern", sagte Melissa, selbst wenn sie nicht glaubte, dass dabei etwas herauskommen würde.

„Du weißt genauso gut wie ich, dass es nichts Verfügbares in so kurzer Zeit in dieser Stadt gibt", sagte Briggs, der sich damit abgefunden zu haben schien, dass er in der näheren Zukunft zusammen mit der Frau wohnen und arbeiten würde.

„Stimmt, aber sie kann nicht bei dir wohnen", beharrte Melissa. „Wir müssen uns was anderes einfallen lassen."

Er spähte sie an. „Ich bin ganz Ohr."

Sie holte tief Luft und sagte: „Ich glaube, Kassie sollte hier einziehen, während sie in der Stadt ist."

Briggs sagte einen langen Augenblick nichts. Dann sagte er: „Nein."

„Nein? Das ist alles? Du denkst nicht mal darüber nach?", fragte sie.

„Ich lasse nicht ihren Irrsinn auf dich los, nur weil ich nicht mit ihr fertig werde", sagte er, Entschlossenheit im Blick. „Verstehst du das?"

„Klar, aber das ändert nichts an der Tatsache, dass du nicht mehr als absolut nötig um sie sein solltest", sagte Melissa. „Ich habe ein Gästezimmer. Warum kann sie nicht da wohnen? Ich werde ein paar Tage der kommenden Woche nicht mal da sein."

„Wirst du nicht?" Er wirkte ein wenig panisch bei ihrer Enthüllung.

„Ganz genau. Ich muss runter in den Süden und ein paar Weingüter besuchen, und ich habe Treffen mit Klienten", sagte sie. „Ich reise viel. Das weißt du doch."

„Du wirst nicht hier sein, wenn ich dich brauche?", fragte er.

Melissa schüttelte den Kopf, dann stieg sie auf seinen Schoß und legte die Arme um ihn. „Lass mich das für dich tun. Ich weiß, sie ist eine Nervensäge. Aber ich würde mich besser fühlen, wenn sie dich nicht rund um die Uhr auf die Palme bringt."

„Die Vorfälle sind aber nicht mal zu Hause passiert", sagte er.

„Stimmt, aber glaubst du nicht, je weniger Zeit ihr miteinander verbringt, desto leichter wird es für dich, ihren ganzen Müll einfach zu ignorieren?", fragte Melissa. „Gerade jetzt ist es den ganzen Tag, jeden Tag, und auch die ganze Nacht. Wenn du sie nur bei der Arbeit siehst, klingt das sicherer. Oder?"

An seinem Kinn zuckte ein Muskel. „Ich hasse es, wenn du recht hast."

Melissa wusste, dass sie den Streit gewonnen hatte, beschloss aber, nicht darauf herumzureiten. Stattdessen stieg sie von ihm, zog ihn hoch und legte die Arme um ihn, hielt ihn fest. Als sie losließ, sagte sie: „Wir warten und sehen, ob King irgendwas auftut, und falls nicht, verkünden wir die Neuigkeit, dass die Prinzessin hier herziehen muss. Abgemacht?"

Mit einem müden Seufzen sagte er: „Abgemacht."

„Gut. Jetzt gehen wir ins Bett. Ich habe Pläne mit dir." Sie ging zu den Stufen, aber bevor sie auch nur den ersten Schritt nach oben schaffte, nahm Briggs sie in die Arme und rannte mehr oder weniger ins Schlafzimmer, während Melissa lachte.

Wenn so das Leben zusammen mit Briggs Williams war, wusste sie, dass sie den Mann niemals würde gehen lassen können.

Sie betete nur, dass Mr. Verpflichte-mich-nicht eine

Möglichkeit fand, zum selben Schluss zu kommen. Ansonsten würde ihr Herz in eine Million Teile zerbrechen, und das hatte sie nur sich selbst vorzuwerfen.

Als sie im Schlafzimmer ankamen, legte sie Briggs sanft auf das Bett, beugte sich über sie und sagte: „Du bist unfassbar. Das weißt du, oder?"

Sie schüttelte den Kopf.

„Umwerfend, klug und großzügig. Du bist das ganze Paket."

Melissa schluckte heftig. Ja, er würde sie vernichten. Daran gab es keinen Zweifel. Sie schaute zu ihm auf und sagte: „Küss mich."

„Gerne." Sein Mund senkte sich herab und presste sich auf ihren, und für die nächsten paar Stunden verlor sich Melissa in Briggs Williams, dem Mann, von dem sie fürchtete, dass er vielleicht die Liebe ihres Lebens sein könnte.

KAPITEL 13

„Vorsicht, setz dich nicht zu nahe ran." Briggs' Tonfall troff vor Sarkasmus, als King in der Brauerei den Hocker neben ihm nahm. Es war Mittagszeit, und sobald Austin sie zur Pause entlassen hatte, war er aus dem Studio geflohen, ohne ein Wort zu Kassie zu sagen. Er war damit fertig, sich mit ihr herumzuschlagen, außer allem, was für die Arbeit nötig war.

King schüttelte den Kopf, wirkte angeekelt. „Du solltest die Kommentare auf meinen sozialen Medien sehen."

„Es gibt einen Grund, warum ich heute noch nicht in mein Handy geschaut habe."

„Habe ich auch nicht, bis mein Manager mich angerufen hat, um mir von den Gerüchten zu erzählen, die sich übers ganze Internet verbreiten. Man hat mir sogar den Rat gegeben, mich von dir fernzuhalten." Er schnaubte. „Ich habe ihm gesagt, das würde die Gerüchte nur anheizen, da wir seit über zehn Jahren beste Freunde sind."

Briggs warf einen Blick zu King. „Falls es für dich besser ist, nicht mit mir gesehen zu werden …"

„Hör auf. Ich gebe doch keinen lächerlichen Internetgerüchten nach. Ganz bestimmt entferne ich dich nicht aus meinem Leben, nur weil die doofe Kassie Kinny beschlossen hat, grundlose Gerüchte auf TikTok zu posten, um dort Reichweite zu generieren. So lebe ich mein Leben nicht, das weißt du doch besser."

Es stimmte. King und Briggs waren Brüder, zumindest auf jede Art, auf die es ankam, und sie teilten sich ein Band, das unzerbrechlich war. Sie hatten einander den Rücken gestärkt, seit sie beide siebzehn gewesen waren. „Schon", sagte Briggs, und dann stellte er die Frage, die er gemieden hatte. „Wie ist es gestern Abend mit Kassie gelaufen?"

„Wie man es erwarten konnte. Ich habe sie draußen vor dem Studio sitzen sehen, das Gesicht im Handy vergraben. Anfangs hat mich die kleine Diva ignoriert, aber als ich ihr gesagt habe, ich würde sie hierlassen, ist sie schließlich ins Auto gestiegen. Und sobald wir bei dir waren, gingen wir beide in unsere Zimmer und haben die ganze Nacht nicht miteinander gesprochen. Die Fahrt zum Studio heute Vormittag war ziemlich genauso."

„Ich strebe danach, wie du zu sein, wenn ich dazu gezwungen werde, mich mit Leuten zu befassen, mit denen ich mich nicht befassen möchte", sagte Briggs, und dann versuchte er das Thema zu wechseln. „Was hast du heute vor?"

„Mittagessen mit dir, und dann muss sich ein paar Papiere am Studio unterschreiben, damit alles offiziell ist mit dem Song, den wir gestern aufgenommen haben, aber ich werde von Kassie erst verlangen, dass sie einen Rückzieher macht. Ich werde nicht mit jemandem arbeiten, der Lügen über mich verbreitet, nur als Clickbait."

„Da mache ich dir gar keinen Vorwurf. Wenn ich du wäre, würde ich mich ganz herausziehen, aber das bin ja nur ich", sagte Briggs, der nichts mit dem Popstar und ihren Eskapaden zu tun haben wollte.

Er seufzte schwer. „Würde ich, aber das Label liebt den Song. Sie glauben, dass es der perfekte Nachfolger für denjenigen ist, den Sadie und ich gerade rausgebracht haben. Solange sie mich nicht öffentlich mit ihr auftreten lassen, lasse ich es durchgehen. Der Song ist immerhin bereits aufgenommen.“

Briggs verstand das. Er wusste auch, dass die Langlebigkeit seiner Musikkarriere das war, wonach sich King am meisten sehnte. Und wenn das Label dachte, die Arbeit mit Kassie Kinny wäre ein guter Schachzug, um ihn in den Charts zu halten, dann würde er es tun. Stabilität war für sie beide ein Antriebsfaktor, nachdem sie ihr Erwachsenenleben so holprig begonnen hatten.

„Und dann heute Abend streichen wir die Decke bei Mystyk Pizza“, fügte King an. „So viel zum heutigen Tagesprogramm.“

„Ich wette, Sadie freut sich, dich heute Abend wieder für sich zu haben“, sagte Briggs.

„Das auf jeden Fall“, sagte Sadie, die hinter dem Tresen erschien, während sie sich eine Schürze band. Sie grinste sie an. „Was zu trinken?“

Sie bestellten beide eine Limo. Und dann nahm Briggs anstatt des Burgers Chicken Wings.

„Nehme ich auch“, sagte King.

Sadie lachte leise. „Natürlich. Ich schwöre, ihr beiden könntet Zwillinge sein, wenn ihr euch irgendwie ähnlich sehen würdest.“ Sie zwinkerte und machte sich dann daran, ihre Getränke einzuschenken.

Als Sadie gerade die Gläser vor ihnen abstellte, setzte sich ein dünner, dunkelhaariger Mann, der nach altem

Zigarettenrauch roch, gleich neben sie. Er riss eine Kammer heraus und machte eine Reihe Bilder, bevor Clay Garrison, der Brauereibesitzer, vor ihnen auftauchte.

„He, weg hier!", brüllte Clay. „Der Laden ist nur für Gäste. Gehen Sie jetzt, oder ich werde gezwungen sein, beim Sheriff anzurufen."

Der Mann stand auf und zuckte mit den Schultern. „Ich versuch nur, mir meinen Lebensunterhalt zu verdienen, Mann."

„Verdienen Sie ihn woanders", sagte Clay, der die Arme vor der Brust verschränkte, während er den Mann finster anschaute.

„Bin schon raus", sagte der Mann. „Aber nur eine Frage, King. Ist Briggs Williams dein Freund? Wie lange seid ihr zwei zusammen? Und weiß es Sadie? Ist sie dein Alibi? Warum habt ihr kein Coming-out?"

King starrte direkt nach vorne, weigerte sich, dem Mann irgendeine Reaktion oder einen Kommentar zukommen zu lassen.

„Briggs, was ist mit dir? Wie fühlt es sich an, wenn die Liebe deines Lebens so tut, als wäre er mit einer Frau zusammen?", fragte der Mann.

Briggs biss die Zähne zusammen und folgte Kings Vorbild. Er wusste aus der Erfahrung der Vergangenheit, dass jede Antwort verdreht werden würde, um ins Narrativ zu passen. Egal welches. Aber er würde dabei nicht mitmachen.

„Ich sagte, raus mit Ihnen!", brüllte Clay, während er um den Tresen kam, die Fäuste geballt.

„Ich geh ja schon", sagte der Mann, während er eine Karte auf den Tresen warf. „Ruft mich an, wenn ihr eine Aussage machen wollt."

Sadie erschien wieder, und in den Augen des Mannes

glitzerte es, als er eine Gelegenheit witterte. „Sadie Lewis, wie stehst du denn dazu, die Tarnung deines angeblichen Freundes zu sein?"

Sie stellte sich hinter den Tresen, sah aus wie ein Reh im Scheinwerferlicht, und Briggs stöhnte innerlich, als der Mann ihr Foto aufnahm. Ihr Gesicht würde in weniger als fünfzehn Minuten über die ganzen Klatschseiten gepflastert sein.

„Sadie", sagte King leise. „Alles okay?" Seine Freundin schaute ihm in die Augen, blinzelte, und dann nickte sie. „Ja. Tut mir leid. Das habe ich nur nicht erwartet. Ich schätze, ich habe mich daran gewöhnt, dass sie uns in Ruhe lassen."

„Vielleicht läuft es diese Woche träge in der Klatschlandschaft", sagte Briggs, der einen tiefen Frust empfand, dass sein Freund dieses Eindringen in der Öffentlichkeit aushalten musste, nur weil seine Kunst das Singen war. Er wusste, dass der Ruhm einen Preis hatte, aber das bedeutete nicht, dass man belästigt werden sollte, wenn man einfach nur sein Leben lebte.

„Die sind wie Haie, wenn sie Blut im Wasser spüren", sagte King, sein Tonfall kalt wie Eis.

Sie aßen ihr Mittagessen, keiner von ihnen sagte viel. Dass der Paparazzi aufgetaucht war, hatte die ganze Luft aus dem Raum gesaugt.

Als sie fertig waren, legte Briggs ein paar Scheine auf den Tresen und wartete, während King Sadie zum Abschied küsste. Er schaute zum Fenster und sah, wie der Fotograf einfach in die Brauerei starrte, und runzelte die Stirn. Es sah aus, es wäre er an der Wahrheit nicht interessiert. Wäre er das gewesen, hätte er ein Foto von King gemacht, wie er Sadie einen Abschiedskuss gab.

Als King sich ihm anschloss, sagte Briggs: „Die Paparazzi sind noch draußen."

„Dachte ich mir. Gehen wir einfach ins Studio."

Sie verließen das Restaurant, die Köpfe gesenkt, und versuchten ihr Bestes, um den Fotografen zu ignorieren. Aber als der Mann zu ihnen lief und anfing, eine Aufnahme abzuspielen, blieb King abrupt stehen.

Es war ein Schnipsel aus dem Song, den er und Kassie am Vortag aufgenommen hatten. Jemand – sehr wahrscheinlich Kassie – hatte es für etwas Trubel geleakt.

King vibrierte mehr oder weniger vor Zorn.

„Gehen wir, King", drängte Briggs.

Sein Freund zögerte nur eine Sekunde länger, dann marschierte er die Straße entlang weg, sodass Briggs laufen musste, um mit ihm mitzuhalten.

Als sie zu Kings Toyota kamen, brüllte er: „Steig ein."

Briggs zögerte nicht, obwohl das Studio nur ein paar Blöcke entfernt war.

King fuhr das SUV schnell aus dem Parkplatz und raste zum Studio. Abrupt kam das Fahrzeug zum Stillstand, sodass sich der Sicherheitsgurt in Briggs' Brust bohrte, als er nach vorne fiel. Und bevor Briggs auch nur aus dem Fahrzeug steigen konnte, war King schon ins Studio hineingeplatzt.

Als Briggs ihm folgte, hörte er ihn brüllen.

„Der Deal ist gelaufen!", rief er.

Briggs blieb gleich hinter der Tür stehen, während er zusah, wie im Studio alles auf der Kippe stand. Austin war nirgends zu sehen, aber Kassie war da, ihre Lippen bildeten ein schockiertes O.

„Ich singe nicht in diesem Song", fügte King an.

„Wir hatten es abgemacht", sagte Kassie mit weißem Gesicht.

„Zu der Abmachung gehörte nicht, dass du Spekulationen über mein Privatleben im Internet verbreitest, und auch nicht, dass du den Song an die Medien leakst", tobte King. „Ich bin raus. Mir egal, ob das der größte Hit seit den Beatles ist. Ich will nicht, dass mein Name mit dir in Verbindung kommt."

„Das kannst du nicht machen!", rief Kassie sofort zurück. „Ich habe gar nichts geleakt. Und ich habe nichts über dein Privatleben gesagt. Ich habe mich über Leute lustig gemacht, die sich wegen dir und Briggs Vorstellungen machen!"

„Du hast stark nahegelegt, dass Briggs und ich ein Paar sind. Jetzt sind die Paparazzi wieder in der Stadt!"

„Ach, armer King. Er ist einfach viel zu beliebt!", rief Kassie mit trotziger Stimme. „Ist dir je in den Sinn gekommen, dass, wenn Leute im Internet über dich reden, deine Musik beliebter wird? Ich habe dir einen Gefallen getan. Du solltest mir danken!"

King stieß ein Knurren aus und machte einen Schritt vor.

„Ja, komm doch", sagte Kassie, die eine Handbewegung zu ihrer Brust hin machte, als würde sie ihn einladen, sich mit ihr zu prügeln. „Zeig mir, was du kannst, Großer!"

„Das reicht jetzt!", rief Briggs, der zwischen sie ging. „Kassie, du weißt, was du getan hast. Jetzt zurück mit dir."

„Ach, jetzt beschützt du ihn also?", knurrte sie. „Vielleicht seid ihr zwei wirklich zusammen. Warte nur, bis ..."

Intensive Magie brannte in Briggs' Adern, und plötzlich packte King ihn, während er rief: „Nein!" Die beiden stürzten durch die Tür und landeten auf dem gepflasterten Bürgersteig, ein Kuddelmuddel aus Gliedern.

„Was zum Teufel?", fragte Briggs, während er in den grauen Himmel hinauf starrte.

King löste sich und setzte sich hoch, hielt den Ellbogen dicht am Körper. „Bist du verletzt?"

„Nein. Aber warum hast du mich gepackt?", fragte Briggs.

„Um zu verhindern, dass du das Studio in die Luft jagst", sagte er, während er aufstand und das Gesicht verzog.

Briggs beäugte seinen Arm. „Du musst zu einem Heiler."

„Mache ich, wenn du es auch machst", sagte King. „Du musst diese Magie unter Kontrolle kriegen."

„Danke für diese Beobachtung, Captain Obvious", scherzte Briggs.

„Was zum Teufel ist los?", fragte Austin, der wie aus dem Nichts erschienen.

Kassie stand an der Tür und machte damit weiter, sich zu beschweren, dass King einen Rückzieher machte und dass sie gestritten hatten.

King knurrte und erklärte dann ihre Eskapaden in den letzten vierundzwanzig Stunden.

Beide fingen sie wieder an zu brüllen, und Austin hob die Hände. „Stopp!"

Briggs setzte sich mit gesenktem Kopf auf den Bürgersteig und tat ein Bestes, um sich in Schach zu halten. Sein Ärger auf sie beide war himmelhoch. Was er wirklich brauchte, war Zeit weg … von ihnen allen.

Der Wunsch wurde ihm gewährt, als Austin sagte: „Nehmen wir den Rest des Tages frei und treffen uns morgen wieder. Kassie, halte Kings Angelegenheiten aus deinen sozialen Medien fern. Und King, schlafen wir über die Entscheidung. Wir reden morgen weiter."

„Also gut", sagte Kassie. Dann sah sie zu Briggs. „Ich brauche einen Fahrer nach Hause." Briggs antwortete nicht.

King nahm seinen Arm und zog ihn zur Seite. „Sie kann nicht bei dir wohnen. Deine Magie ist außer Kontrolle."

„Ich weiß", sagte Briggs. „Hast du was für sie gefunden?"

„Das Nächstbeste ist in Eureka. Das ist eine echte Absteige, aber da muss sie einfach drüber wegkommen und …"

„Ich kann jetzt schon ihre TikTok-Videos sehen", sagte Briggs ausdruckslos. „Das können wir nicht machen." Er rieb sich über die Schläfen und sagte: „Melissa hat angeboten, sie bei sich wohnen zu lassen."

„Das war großzügig." King beäugte ihn. „Und du hast gesagt?"

„Natürlich Nein, aber ich habe fast das Studio in die Luft gejagt, darum glaube ich nicht, dass ich eine Wahl habe."

King nickte und ging wieder zurück hinüber zu Kassie. „Wir haben eine Planänderung."

KAPITEL 14

$\mathcal{M}$elissa stand an der geschlossenen Tür ihres Gästezimmers und klopfte. „Kassie?"

Schweigen.

„Hast du Hunger?"

Melissa hörte die Dielen quietschen und wartete, um zu sehen, ob Kassie antworten würde. Als sie das nicht tat, stieß Melissa einen Atemzug aus und fügte an: „Ich mache Abendessen. Wenn du hungrig bist, ist es in etwa fünfzehn Minuten fertig."

Immer noch keine Antwort.

Also gut dann, dachte Melissa. *So viel also zu dem Versuch, es für sie einladend zu gestalten.* King hatte sie vor ein paar Stunden abgesetzt, und nachdem Melissa ihr das Gästezimmer gezeigt hatte, hatte sie von ihr nichts mehr gesehen oder gehört. Sie tappte zurück in die Küche, wo ein Topf Tomatensuppe auf dem Ofen köchelte. Nachdem sie gerührt hatte, holte sie das Sauerteigbrot und den Gouda heraus, die sie genau für diesen Anlass aufgehoben hatte.

Als sie die Pfanne erhitzte, um ihr gegrilltes Käsesandwich zu machen, wurde ihr schon den Mund wässrig. Es war ewig her, dass sie sich diese Mahlzeit gegönnt hatte, die sie als Kind geliebt hatte. Es gab nichts Besseres als eine Schüssel heißer Tomatensuppe und ein gegrilltes Käsesandwich an einem kalten Januartag.

Auf ihrem Handy summte eine Nachricht von Sadie.

Du musst dir Kassies neuestes TikTok ansehen.

Melissa stieß ein Stöhnen aus. *Was jetzt?* Nachdem sie ihr Käsesandwich in die Pfanne gelegt hatte, drehte sie den Brenner an und ging dann, um sich Kassies letzten Schrei nach Aufmerksamkeit anzusehen.

Das Video zeigte Kassie in Melissas Gästezimmer. Sie saß auf dem Boden neben einem ihrer Koffer, aus dem Kleider quollen, und sie hatte auf ihrem hübschen Gesicht einen niedergeschlagenen Ausdruck.

„Hallo, Freunde", sagte sie mit einem traurigen Lächeln. „Da bin ich wieder. Es war ein ziemlich heftiger Tag. Meine Wohngelegenheit hat sich aufgelöst. Einfach aus dem Nichts heraus hat der Freund, der gesagt hat, ich könnte bei ihm wohnen, beschlossen, dass es zu viel Ärger macht, mir sein Gästezimmer zu leihen, und er hat mich ohne Vorwarnung rausgeworfen. Jetzt versuche ich also, meine nächsten Schritte zu planen, während ich ein bisschen couchsurfe. Ich will nicht lügen. Das war ein Schlag sowohl für meinen kreativen Geist als auch mein Herz. Und jetzt auch noch meine Geldbörse, da ich versuche, eine Bleibe zu finden, die ich finanziell gar nicht eingeplant hatte. Aber ich werde dran bleiben. Ihr kennt mich. Ich hangle mich immer durch. Aber wenn ihr mir aushelfen wollt, nutzt doch den Link in meiner Bio und kauft mir einen Kaffee. Jedes bisschen hilft." Sie gab sich einen Kuss auf die

Finger und verteilte Luftküsse an ihr Publikum, bevor sie sich ausloggte.

Die Kommentare waren voller Zorn auf jeden, der ihr das antun würde, und die meisten sagten, dass sie ihr Geld geschickt hatten, um ihr den Kaffee zu kaufen.

Melissa schrieb Sadie zurück. *Ich schwöre bei den Göttern, ich habe noch nie eine solche Opportunistin gesehen. Sie hat überhaupt keine Scham.*

So kann man es auch ausdrücken, schrieb Sadie zurück. *Viel Glück mit ihr.*

Ich glaube, das brauche ich.

Melissa drehte ihr Sandwich um und hörte dann hinter sich schlurfende Schritte.

„Was gibt's zum Abendessen?", fragte Kassie. Ihr Tonfall war sehr viel zögerlicher und niedergeschlagener, als er es bei den paar anderen Malen gewesen war, wenn Melissa um sie gewesen war.

„Im Topf ist Tomatensuppe", sagte Melissa. „Ich mache auch gegrillte Käsesandwiches, wenn du das willst."

„Kein Käse, aber danke schön. Ich nehme etwas Suppe", sagte Kassie.

„Die Schüsseln sind in diesem Schrank." Melissa deutete auf den Schrank rechts von der Spüle. „Bedien dich. Es gibt Mineralwasser oder Wein im Kühlschrank. Oder Leitungswasser."

Kassie bediente sich ohne Kommentar und setzte sich dann an den Tisch.

Nicht lange danach stellte Melissa ihr gegrilltes Käsesandwich und die Suppe auf den Tisch und nahm sich dann ein Glas Merlot, bevor sie sich ihr anschloss.

Kassie beäugte den Wein mit einem sehnsüchtigen Blick.

„Willst du was?", fragte Melissa, während sie das Glas an die Lippen hob.

„Sollte ich vermutlich nicht." Kassie tauchte ihren Löffel in die Suppe und rührte, nahm aber nichts.

Melissa war sicher, sie hatte ihre Gründe, darum versuchte sie nicht, sie zu überzeugen. Sie sagte nur: „Deine Entscheidung, wenn du es dir anders überlegst, bedien dich."

„Danke." Die Frau nahm einen großen Schluck Wasser und probierte dann die Suppe. Als sie etwa halb fertig war, sah sie auf und sagte: „Es ist ewig her, dass ich das hatte. Ist echt lecker."

„Es ist eines meiner Lieblingsgerichte, die meine Mom früher gemacht hat. Das Rezept kam von meiner Oma", sagte Melissa.

„Ich frage mich, wie das ist?", murmelte Kassie.

Melissa legte ihren Löffel ab und nahm ihr gegrilltes Sandwich. „Deine Mom hat nicht so viel gekocht?"

Kassie schnaubte. „Wenn du mit Kochen nicht Mahlzeiten aus der Mikrowelle meinst. Sie war immer auf Diät, und in der Gefriertruhe waren nur diese Diätmahlzeiten."

„Das ist heftig. Also hast du nie kochen gelernt?"

„Ich kann schon ein paar Dinge machen. Dafür ist YouTube perfekt", sagte sie. „Es ist schon gut. Ich denke da kaum je dran. Nur wenn Leute über normale Familiensachen reden, stelle ich mir immer etwas vor wie in einem Schnulzenfilm, mit Müttern, die sich um mehr kümmern als um Vorsprechen und in winzige Designerklamotten zu passen."

Melissa setzte ihr gegrilltes Käsesandwich ab und nahm ihr Weinglas. „So bist du aufgewachsen? Während deine Mom in der Unterhaltungsindustrie rauskommen wollte?"

„Ha! Wenn es nur so wäre. Nein, sie war eine ambitionierte Mom. Hat mich immer zum Vorsprechen gebracht,

Singstunden, Tanzen. Wenn jemand gesucht wurde, wenn es um Statisten ging, was immer mir helfen würde, damit in meinem Lebenslauf Film-Credits standen, die einen Agenten oder Manager anziehen würden."

In ihrem Tonfall lag eine Bitterkeit, die Melissa nicht erwartet hatte. Kassie jagte eindeutig dem Ruhm nach, aber Melissa musste sich fragen, ob sie das wirklich wollte oder ob Kassie einfach nur versuchte, ihrer Mutter gefällig zu sein. „Es sieht aus, als hätte es funktioniert. Du hast einen Plattenvertrag."

„Ja. Hat es." Sie starrte hinab auf ihre halb gegessene Suppe. „Jetzt kann ich nur sicherstellen, dass ich ihn nicht verliere. Wenn ich das tue …" Kassie biss sich auf die Unterlippe und zuckte leicht die Schultern vor Melissa. „Es ist stressig. Das ist alles."

„Machst du deswegen immer diese ganzen Clickbait-Videos?", fragte Melissa. „Weil du Angst hast, dass dich das Label fallen lässt, wenn du nicht genug Streams für deine Musik kriegst?"

Kassie versteifte sich, dann fixierte sie Melissa mit eisernem Blick. „Es wird von Künstlern erwartet, dass sie erfolgreiche Social-Media-Kanäle betreiben."

„King macht das nicht", forderte Melissa sie heraus. Er hatte Fans in allen Ecken des Internets, und trotzdem hatte er nur über seine Musik oder seine geplanten Auftritte gepostet.

„Das liegt daran, dass er das nicht muss", sagte sie und klang wütend. „Er hatte Glück, dass er diese ganzen Internetstalker hatte, und dann die ganze Aufmerksamkeit der Medien."

„Glück?", fragte Melissa. „Ich glaube nicht, wenn man überall belästigt wird, wo man hingeht, dass man Glück hat. So lässt es sich doch nicht leben."

„Das mag ja nervig sein, aber da bleiben die Fans und die Öffentlichkeit dran. Menschen kennen seinen Namen. Er muss nichts über seinen Tag posten oder es ausschmücken, um Klicks zu kriegen, denn die Leute hungern ja bereits nach Informationen über ihn. Sag mir nicht, dass er kein Glück hat, wenn er keine Kreditkarten über dem Limit hat, und eine ganze Last an Schulden, weil er sich nicht nur um sich kümmern muss, sondern auch seine Mom." Sie stand plötzlich auf und marschierte aus dem Raum.

Melissa starrte ihr nach. Kassie würde es sich vielleicht anders überlegen, wie viel Glück King wirklich hatte, wenn sie gewusst hätte, dass seine Mutter ihn erpresst und Sadie verflucht hatte. Aber es war nicht an Melissa, ihr das zu erzählen. Diese eine Unterhaltung hatte so viel Licht darauf geworfen, weshalb die Sängerin tat, was sie tat. Und es klang auch, als würde sie nach Ruhm dürsten und ihre Mutter unterstützen. Kein Wunder, dass ihre Kreditkarten am Limit waren. Wäre Melissa nicht so genervt davon gewesen, wie Kassie Briggs behandelt hatte, hätte ihr die Frau vielleicht sogar ein bisschen leidgetan.

Aber Kassie war in Briggs Leben eingedrungen und hatte es seit ihrer Ankunft zur lebenden Hölle gestaltet. Es war schwer, mit so jemandem Mitleid zu haben.

Trotzdem hatte Melissa das Gefühl, als würde sie die Frau etwas besser verstehen. Zu wissen, wie sie tickte, würde helfen, in den nächsten paar Wochen mit ihr zu leben.

Nachdem sie ihr Abendessen beendet und die Küche aufgeräumt hatte, ging Melissa durchs Haus, sperrte Türen ab. Als sie gerade die Stufen hochgehen wollte, hörte sie Kassies Stimme und hielt inne.

„Nein, komm nicht her", sagte ihr Hausgast, ihre Stimme genervt. „Ich sage dir, ich habe es im Griff." Es gab eine lange

Pause, dann fuhr sie fort. „Ich weiß, was ich gesagt habe, aber es ist gut. Ich muss nur diese Platte machen."

Ihre Stimme verklang, als sich eine Tür schloss, und Melissa nahm an, sie wäre wieder in ihr Zimmer gegangen.

Worum ging es denn da? Machte Kassies Mom ihr das Leben schwer? Oder war es jemand anders? Melissa schüttelte den Kopf und stieg die Stufen hinauf, um zu ihrem Schlafzimmer zu gehen. Sobald sie ihre Abendroutine hinter sich hatte, ging sie ins Bett und schrieb Briggs.

Bist du schon zu Hause?

Ihr Handy klingelt beinahe sofort. „Hey", sagte sie.

„Du hast Kassie noch nicht umgebracht, oder?", fragte er.

„Noch nicht?" Melissa lachte. „Nein, habe ich nicht. Nicht mal annähernd."

„Gut." Er stieß ein erleichtertes Seufzen aus und gähnte dann. „Tut mir leid. Es war eine tierisch lange Woche."

„War es. Seid ihr mit den Malerarbeiten fertig?"

„Ja." Er hielt inne und fügte dann an: „Ich wünschte, du wärst jetzt hier."

„Du kannst meine Gedanken lesen", sagte sie mit einem Lächeln. „Aber du kannst vermutlich eine Mütze Schlaf vertragen."

„Mit dir neben mir würde ich besser schlafen", entgegnete er.

„Da möchte ich wetten." Melissa lachte leise. „Reden wir morgen?"

„Morgen", versprach er.

Die Leitung war tot, und Melissa kuschelte sich ins Bett, vermisste Briggs' bereits vertraute Berührung. Sie stieß ein Stöhnen aus und umarmte ein Kissen, während sie sich herumrollte und fragte, was sie sich dabei gedacht hatte, als sie darauf beharrt hatte, dass Kassie bei ihr wohnen sollte.

Ach, das war es ja. Sie hatte versucht, zu verhindern, dass Briggs alles andere zerstörte. Sie hoffte nur, er würde bald eine Möglichkeit finden, seine Magie zu kontrollieren, sonst könnte sie für den aufstrebenden Popstar noch wochenlang die Babysitterin spielen. Das würde heißen, jegliche Hoffnung, dass sie wieder in seinem Bett aufschlug, würde sich in Luft auflösen. Und das wäre inakzeptabel.

KAPITEL 15

„Brauchst du einen Chauffeur?", fragte Melissa Kassie. Sie stand in der Küche, trank ihren Kaffee und dachte drüber nach, ob sie sich ein Frühstück machen oder sich einfach was im Incantation Café kaufen sollte. Es war ein weiterer Tag mit Papierkram. Sie hatte Berichte durchzugehen, bevor sie in den nächsten zwei Tagen die Stadt verließ.

„Macht es dir was aus? Das würde mich davor retten, Briggs bitten zu müssen, dass er mich abholt", sagte sie. „Irgendwas sagt mir, darüber wäre er nicht sonderlich erfreut."

Daran gab es keinen Zweifel. Nach Kassies übertriebenen Videos war Briggs vermutlich genervter denn je. Außerdem, soweit es Melissa betraf, brauchten sie keine Zeit allein zusammen zu verbringen. Außer Briggs fand eine Möglichkeit, seine Magie zu kontrollieren.

„Mir macht es nichts aus. Aber morgen verlasse ich die Stadt für ein paar Tage, also werde ich nicht da sein, um den Chauffeur zu spielen. In der Garage ist ein Fahrrad, das du gerne nehmen kannst."

„Du willst, dass ich Fahrrad fahre … im Januar?", keuchte sie.

Melissa zuckte mit den Schultern. „Es sind ein paar Meilen in die Stadt, darum schätze ich, du könntest auch zu Fuß gehen, wenn du das Rad nicht nehmen willst. Aber es ist kein Regen angesagt, also gibt es keinen Grund, weshalb du es nicht nehmen solltest, wenn du möchtest."

„Bei den Göttern", sagte Kassie und rümpfte die Nase. „Ich kann nicht glauben, dass das jetzt mein Leben ist."

„Du meinst das Leben, in dem du über fünfhunderttausend Follower hast, gerade eine erfolgreiche Tour hinter dich gebracht hast und dein neues Album aufnimmst?"

„Nein. Dasjenige, in dem ich in Keating Hollow festsitze, bei der Verlobten meines Ex wohne und ein Rad zur Arbeit nehme", spuckte sie aus.

Verlobte. Diese Lüge hatte Melissa fast vergessen.

„Was ich nicht verstehe, warum wohnt ihr zwei noch nicht zusammen? Ist es nicht das, was man als Verlobte tut?", fragte Kassie, die Melissa musterte.

„Manche machen das, schätze ich. Gibt alle möglichen Menschen, oder?"

„Sieht so aus." Kassie schenkte ihren Tee in eine von Melissas Reisetassen und sagte: „Ich bin bereit."

„Toll." Melissa nahm ihren Laptop und ihren roten Kunstfellmantel und ging voraus nach draußen.

Kassie lief, um mit ihr mitzuhalten, und als sie in den Audi sprang, klapperten ihre Zähne vor Kälte. „Niemand hat mir gesagt, dass ich sibirische Temperaturen ertragen müsste."

„Draußen hat es sieben Grad. Das sind doch wohl kaum sibirische Temperaturen", sagte Melissa.

„Na, es sind keine zwanzig wie in L.A. zu dieser Zeit", grollte Kassie.

Melissa stieß ein ungläubiges Lachen aus. „Gibt es denn irgendwas, über das du dich nicht beschwerst?"

„Diese Woche? Nein." Ihr Handy klingelte. Sie schaute auf den Bildschirm, runzelte die Stirn, dann ging sie ran. „Ich hab dir doch gesagt, alles klar. Ich bin jetzt auf dem Weg zur Arbeit."

Melissa konnte am anderen Ende der Leitung jemanden reden hören, aber die Worte nicht verstehen.

„Nein. Komm. Nicht. Her." Sie beendet den Anruf.

„War das deine Mutter?", fragte Melissa, während sie auf die Hauptstraße abbog.

„Meine Mom? Nein." Kassie warf ihr einen wilden Blick zu. „Warum solltest du das denken?"

„Weiß auch nicht. Gestern Abend hast du gesagt, sie wäre eine ziemliche aggressive ruhmsüchtige Mutter. Ich dachte nur, dass sie vielleicht sehen will, was du vorhast."

„Ach. Das. Na ja, sie hat nicht wirklich die Mittel, um mir durch den Staat zu folgen, sonst wäre sie hier", sagte Kassie verbittert. „Das war einer der Bonuspunkte, hier aufzunehmen. Das war ein … äh, Freund. Na ja, eher ein Fan, der kommen will und mich aus meiner Wohnsituation retten." Sie grinste. „Die Leute nehmen meine TikTok-Videos viel zu buchstäblich."

„Wenn du ehrlicher wärst, würden sie vielleicht nicht so überdrehen", schlug Melissa vor.

„Würden sie nicht überdrehen, wären sie keine Superfans", entgegnete Kassie.

„Schätze nicht." Melissa fuhr auf einen Parkplatz gleich neben Briggs' Truck.

Kassie sprang raus und eilte ins Studio.

Briggs steckte den Kopf durch die Tür, und als er sie immer noch im Leerlauf auf dem Parkplatz stehen sah, eilte er heraus und blieb an der Autotür stehen. Nachdem sie das Fenster heruntergelassen hatte, sagte er: „Hey, Schöne."

„Hey auch. Hast du gut geschlafen?"

„Nein. Ich habe mich immer wieder nach der hübschen Brünetten umgedreht, aber sie war nicht da. So hat sich mein Bett schrecklich leer angefühlt", sagte er und starrte ihr auf die Lippen.

„Ich kenne das Gefühl", erwiderte sie atemlos.

„Du hast auch eine hübsche Brünette vermisst?"

Sie warf ihm ein freches Grinsen zu und strich mit der Hand durch seine dunklen Haare. „Ja. Irgendwie schon."

Er beugte sich herab, nahm ihre Wangen und küsste sie so heftig, dass sogar ihre Zehen prickelten. Als er zurücktrat, war sie atemlos.

„Kann ich dich heute Abend zum Essen ausführen?", fragte er.

„Und Kassie sich selbst überlassen?"

Er nickte. „Sie wird es überleben."

„Wahrscheinlich schon. Holst du mich um sechs ab?"

„Ich werde da sein." Er zwinkerte und marschierte zurück ins Studio.

Melissa wollte gerade ihr Fenster hochfahren, als sie Kings Toyota sah, der neben ihr ranfuhr.

„Hey", rief sie, sobald er am Bürgersteig stand.

Kings Kopf ging hoch, er sah sie und kam sofort herüber an die Fahrerseite ihres Audi.

Sie sagte: „Nimmst du wieder was auf?"

„Nein. Ich bin hier, um Briggs im Auge zu behalten, und um Kassie dazu zu bringen, dieses verdammte Video runterzunehmen."

Melissa wusste, dass er sich auf das bezog, das sich

Gedanken um ihre Sexualität machte. „Glaubst du, das macht sie?"

„Wenn sie will, dass unsere Single rauskommt, macht sie es. Wenn nicht, werde ich sie begraben. Wenn sie sich aufregt, verklage ich sie wegen Verleumdung." Seine Miene war ausdruckslos. „Die Belästigung wird schlimmer. Letzte Nacht haben wildfremde Leute angefangen, Sadie Nachrichten zu schreiben, und sie musste ihr Handy abschalten. Ich glaube, heute holt sie sich eine neue Nummer, wenn du sie also erreichen musst, warte einfach, bis sie dich kontaktiert."

Ein unbehagliches Gefühl machte sich in Melissas Eingeweiden breit. „Sadie kriegt einfach aus dem Nichts Nachrichten?"

„So könnte man es ausdrücken. Sie hat Fragen bekommen, wie viel ihr dafür bezahlt wird, ein Alibi zu sein, andere waren AI-Bilder von mir und Briggs, auf denen wir als Paar auftreten, noch andere baten sie darum, mit mir Schluss zu machen."

„Das ist furchtbar." Galle stieg in Melissas Kehle auf. „Vielleicht sollte ich rüber zu ihr nach Hause."

„Sie ist bereits los, aber wenn du dich beeilst, erwischst du sie vielleicht im Incantation Café", sagte er.

„Dann gehe ich lieber mal. Behalte unseren Jungen im Auge", sagte sie, dann ließ sie das Fenster hoch und fuhr die drei Blocks zum Café.

„Sadie!", rief Melissa, die ihre Freundin mit einem Getränkebehälter in der Hand herauskommen sah.

„Mel?" Sadie spähte zu ihr und lächelte dann. „Hast du einen Café-Arbeitstag?"

„Der war geplant, aber das hängt jetzt von dir ab. Was hast du vor?"

„Ich bringe diesen Kaffee zu Imogen und schaue mir ihren neuen Partyraum an. Willst du mitkommen?"

Melissa nahm ihr Lenkrad, weil sie wusste, dass sie arbeiten sollte, aber sie musste wirklich mit ihren Freundinnen über alles reden, was sie über ihre Fähigkeit zum Unterbrechen von Magie herausgefunden hatte, und ihr verrücktes Beharren darauf, Kassie Kinny eine Bleibe zu geben. „Lass mich meinen Kaffee holen, und etwas Kürbisbrot, und dann bin ich bereit."

Fünfzehn Minuten später gingen Sadie und Melissa die Treppen zu Imogens Veranda hoch. Sie war frisch gestrichen, weiß mit schieferblauen Fensterläden und Einfassungen, und es gab einladende Weidenkorbstühle, wo Melissa sich vorstellen konnte, dass ihre Freundin jeden Tag ihren Nachmittagskaffee trank.

„Sadie!", rief Imogen, die die Tür öffnete. Dann sah sie Melissa. „Oh, hervorragend. Du bist auch da. Perfekt. Kommt rein."

Die drei gingen in das gemütliche Haus, das so warm war, dass Melissa sofort ihren roten Mantel ausziehen musste. Sie stellte den Kaffee und den Kürbisbrotlaib auf den Tisch in der Nähe und schaute sich um. „Imogen, das ist echt hübsch."

„Danke", sagte die Frau. „Ich habe lang daran gearbeitet."

Dran arbeiten war untertrieben. Das Haus sah aus wie direkt aus einer edlen Architekturzeitschrift. Die Holzböden waren abgeschmirgelt und neu eingelassen, sodass das Holz leuchtete. Innen war alles gestrichen, und die Möbel wirkten wie etwas aus einem altmodischen Katalog. Aber die wahre Schönheit war die Küche. Sie hatte die Schränke in einem meeresschaumgrün neu gestrichen und neue weiße Marmorarbeitsflächen und eine weiße Bauernhausspüle eingebaut. Es war wirklich hübsch.

„Kommst du zu mir zum Einrichten, wenn ich jemals zum Renovieren komme?", fragte Melissa.

„Dein Haus ist bereits perfekt", sagte Imogen. „Wenn du aber eine Veränderung willst, werde ich natürlich helfen."

Melissa lächelte und sagte: „Es ist tatsächlich perfekt, oder?"

„Hör auf", scherzte Sadie. „Wenn jemand renovieren muss, bin es ja wohl ich. Ihr Mädels wisst ja gar nicht, was mit eurer Bleibe passiert, wenn ein Mann einzieht. Jetzt habe ich einen Fernseher, der meine ganze Wand bedeckt, und dazu kommen noch diese Raumlautsprecher. Ich fühle mich, als würde ich in einem Kino leben, nur dass es kein lasches Popcorn und Drinks für dreißig Dollar gibt."

Sie lachten alle. Dann drehte Imogen eine Runde mit ihnen durch das Haus. „Es ist klein, aber ich glaube, das wird perfekt."

„Ich denke, da gibt es keine Frage. Es ist bereits perfekt", sagte Melissa, die ihre Freundin anlächelte. „Ich freue mich einfach so sehr für dich."

Imogen kam zu einer Umarmung. „Danke. Du weißt nicht, wie viel mir das bedeutet, nach allem, was ich durchgemacht habe."

„Wir haben so eine Ahnung", sagte Sadie, die ihr die Hand drückte und sie betont anschaute.

Etwa ein Jahr, bevor Imogen nach Keating Hollow gezogen war, war sie von einem Geist in Besitz genommen worden. Einem bösen. Imogen hatte fast alles verloren, darunter ihre Schwester, weil sich der Geist so aufgeführt hatte. Schließlich hatte ihre Schwester Harlow den Fluch gebrochen, und Imogen hatte ihr Leben zurückbekommen. Jetzt war sie mit jemandem zusammen, hatte ein eigenes Geschäft und hatte sich sogar das Grundstück gekauft, zu dem ein kleines Haus und eine riesige Scheune gehörten.

„Okay, genug von mir", sagte Imogen, während sie sie alle

einlud, sich an ihren kleinen Tisch zu setzen. „Was geht bei euch beiden? Ich habe Gerüchte über King und Briggs gehört. Ist daraus irgendwas geworden?"

„Ja", sagte Melissa, während Sadie gleichzeitig sagte: „Nein, nicht wirklich. Das heißt aber nicht, dass er nicht tierisch angepisst ist."

Melissa und Sadie schauten einander an, dann fingen sie an zu lachen.

„Es ist bei Briggs nur was draus geworden, weil er sich von ihr nerven lässt, und das lässt seine Magie aufflackern und außer Kontrolle geraten", sagte Melissa.

„Und King ist wütend, weil wir beide belästigt werden", erklärte Sadie. „Er ist schon von jedem Magazin da draußen gefragt worden, wie lange er und Briggs zusammen sind. Ich meine, was erwartet man von ihm, dass er tatsächlich die Katze für ihre Klatschspalte aus dem Sack lässt? Stattdessen ignorieren wir alles."

„Das ist der beste Plan", stimmte Imogen zu und wandte dann ihre Aufmerksamkeit zu Melissa. „Erzähl mir von dieser Magiesache. Ist es noch mal passiert?"

Melissa nickte und erzählte ihr von dem zerbrochenen Fenster bei Hollow Books. „Er kann es buchstäblich nicht kontrollieren. Ich musste ein paar Mal einschreiten, um die Katastrophe zu verhindern."

„Wie?", fragte Imogen, die Stirn in Falten gelegt. „Was hast du gemacht? Dich zwischen diese Frau und einen seiner Zauber geworfen?"

„Na, das wäre aufregend", sagte Sadie schnaubend.

„Nein. So nicht." Melissa erklärte, dass sie Briggs nur berühren musste, um seine Magie zu unterbrechen. „Wie ich es im Pizzaladen gemacht habe. Aber ich habe auch erfahren, dass ich seine Magie kontrollieren kann, wenn ich mich konzentriere."

„Das kannst du?" Verwunderung spiegelte sich in Imogens Augen. „Hast du das schon immer gekonnt?"

„Nein … Na ja, ich weiß es nicht, schätze ich", sagte sie. „Ich dachte immer, ich hätte keine Macht, aber es sieht aus, als könnte ich die Magie anderer Menschen wirken, und das ist eine ziemliche Gabe."

„Oder Waffe, je nachdem, wie man es betrachtet", sagte Imogen.

„Auf jeden Fall. Ich wollte das nur nicht so ausdrücken, denn ich habe kein Interesse daran, Magie zur Waffe zu machen. Ich will einfach nur sicherstellen, dass Briggs und alle meine Freunde in Sicherheit sind."

Imogen ging näher an Melissa. „Wir brauchen jemanden mit Magie, damit wir die Theorie testen und sehen können, ob du sie kontrollieren kannst."

„Ich weiß nicht …", setzte Melissa an, aber sie wurde unterbrochen, als die Eingangstür zufiel und Amelia Holiday-Riley in ihrer Uniform von der Feuerwehr Keating Hollow hereinkam.

Sie schaute sich um. „Ich bin hier, um die Scheune zu inspizieren, für die Veranstaltungszulassung."

„Genau", sagte Imogen. „Kannst du glauben, dass ich das fast vergessen habe?"

„Ist ja auch nicht so sexy wie Wandfarbe oder Beleuchtung. Die meisten Leute kümmern sich einfach nicht", sagte Amelia.

„Komm schon", sagte Imogen, die sie am Arm nahm. „Machen wir das, und dann entführen wir dich, damit du bei allem auf den neuesten Stand kommst, was los war."

Sadie und Melissa setzten sich an den Tresen, nippten an ihrem Kaffee und warteten darauf, dass Imogen und Amelia zurückkehrten. Als sie es taten, lachten sie beide und waren guter Dinge.

„Gute Nachrichten, Melissa", sagte Imogen. „Amelia hat sich angeboten, dein Versuchskaninchen zu sein."

„Was?"

„Du hast mich gehört. Sie ist eine Feuerhexe, und wenn du wirklich die Magie anderer Leute kontrollieren kannst, ist das etwas sehr Leichtes, um es auszuprobieren."

Melissa schaute Amelia zurückhaltend an. „Bist du sicher, dass du das tun willst?"

„Oh, ja", sagte sie aufgeregt. „Ich habe noch niemanden getroffen, der die Magie eines anderen übernehmen kann. Ich werde nur zu gern dein Testobjekt."

„Wenn du sicher bist ..."

„Bin ich. Aber machen wir's draußen ... nur für den Fall", sagte Amelia.

Melissa folgte ihr zu einer sumpfigen Stelle hinter der Scheune.

Amelia drehte sich abrupt um und sagte: „Versuch deine Magie jetzt."

Auf dem falschen Fuß erwischt, musste Melissa sich erst einmal erden, aber dann griff sie mit den Gedanken aus, um zu sehen, ob sie Amelia spüren konnte. Das tat sie, fast sofort.

„Gut. Jetzt sieh mal, ob du das aufhalten kannst." Amelia warf einen Feuerblitz zu dem sumpfigen Teich.

Erst hatte Melissa Mühe, sich zu konzentrieren, aber dann, als sie aufgeben wollte, spürte sie den prickelnden Faden der Magie, der mit den Fingerspitzen ihrer Freundin verbunden war. Sie schaute Amelia in die Augen, nickte einmal und ließ dann den Feuerblitz um die improvisierte Feuergrube tanzen.

„Ach du liebe Zeit", sagte Sadie voller Ehrfurcht, während

sie Melissa mit großen Augen anstarrte. „Es ist offiziell. Du bist eine Hexe!"

„Nein, ich …"

„Doch, bist du", bestätigte Amelia. „Nur jemand mit sehr großer Macht könnte so etwas tun."

„Na ja, ich habe deine Magie benutzt", rief ihr Melissa in Erinnerung. „Das ist der Grund, weshalb sie so stark ist."

„Mach's noch mal", befahl Amelia.

Melissa tat, wie geheißen, und schickte das Feuer direkt hoch in die Luft, schaffte es, zu verhindern, dass jemand oder etwas verbrannt wurde.

Alle schauten sie an, ihnen stand der Mund offen. Dann lachten sie, und Sadie sagte: „Ich bin auf jeden Fall froh, dass du auf meiner Seite stehst."

„Immer", sagte Melissa. „Jetzt lass uns diese Scheune ansehen."

KAPITEL 16

*B*riggs saß an seinem Computer, die Handflächen
verschwitzt, während er auf den Link klickte, den
man ihm zur Verfügung gestellt hatte. Als er an diesem
Morgen aufgewacht war, hatte er im Bett gelegen und es
gehasst, dass Melissa nicht da war. Oder, um es genauer zu
sagen, dass sie nicht da war, weil er seine Gefühle nicht im
Griff hatte.

Jedes Mal, wenn seine Magie außer Kontrolle geriet,
richtete sich Angst in den Nischen seines Herzens ein. Was,
wenn er sie niemals kontrollieren können würde? Würde er
sich früher oder später von allen lossagen müssen, die er liebte,
nur für den Fall, dass er sich über irgendetwas ärgerte? Bilder
von seinem Vater, der seinen Arm brach, blitzten in seinen
Gedanken auf und sorgten dafür, dass sich ihm der Magen
umdrehte.

Es gab zwei Wahlmöglichkeiten; er konnte weiter mit den
Konsequenzen leben, oder versuchen, etwas dagegen zu
unternehmen. Eine traditionelle Heilerin aufzusuchen, hatte

nicht funktioniert. Genauso wenig der Versuch, sich selbst mit Tränken zu kurieren.

Seine letzte Möglichkeit war, Therapie zu versuchen. Er hatte sich mit Heilerin Whipple in Kontakt gesetzt, die respektierteste Heilerin der Stadt, und hatte eine Empfehlung für einen Therapeuten gekommen, der sich auf den Umgang mit magischen Störungen spezialisiert hatte.

Zu seiner großen Überraschung hatte Dr. Blackwood, als er nach einem Termin gefragt hatte, zurückgeschrieben, dass er heute Nachmittag etwas frei hatte. Briggs hatte es sofort angenommen. Zum Glück hatte Austin kein Problem damit, dass er an diesem Tag früher ging. Also war er nun hier, bereitete sich darauf vor, vor einem Fremden alles rauszulassen, in der Hoffnung, dass der irgendeine Fähigkeit hatte, um ihm zu helfen, seine Emotionen zu kontrollieren.

Die Stimme in seinem Kopf sagte ihm, dass das alles belangloser Blödsinn war, aber nichts anderes hatte geholfen. Was hatte er denn zu verlieren?

Briggs klickte auf den Link, und der Video-Chat ploppte auf seinem Bildschirm auf. Dr. Blackwood war bereits im Video, einen einladenden Ausdruck auf dem Gesicht. Der ältere Mann hatte grau meliertes Haar, freundliche Augen und tiefe Lachfalten. Seine Erscheinung beruhigte Briggs sofort.

„Einen schönen Nachmittag, Mr. Williams", sagte Dr. Blackwood. „Meinen Notizen entnehme ich, dass Sie Schwierigkeiten haben, Ihre Magie zu kontrollieren."

„Ja, das stimmt", sagte Briggs. „Da gibt es einen Menschen, der kürzlich in mein Leben getreten ist und echt an mich rankommt, und jedes Mal, wenn ich wütend werde, manifestiert sich meine Magie auf unvorhersehbare und destruktive Art." Er erklärte dann die Vorfälle mit dem Regen und dem Fenster, und wie Melissa die Einzige gewesen war, die ihm helfen zu können schien, aus dem Kreislauf auszubrechen.

„Ihre Freundin beruhigt Sie. Das ist ein Zeichen des Vertrauens. Sie haben wohl eine ziemlich gute Beziehung", sagte der Arzt, der sich ein paar Notizen machte.

„Na ja, sie ist nicht unbedingt meine Freundin. Wir sind nur befreundet", wich Briggs aus. Bis auf ihre vorgespielte Verlobung und die körperliche Nähe hatten er und Melissa sich nicht über irgendeine Art Verpflichtung unterhalten. Klar, sie hatten Pläne für heute Abend, aber das war offiziell ihr erstes Date.

„Haben Sie eine romantische Beziehung zu dieser Frau?"

„Ja, aber es ist nichts Ernstes", erklärte Briggs.

Der Arzt schaute neugierig zu ihm auf. „Warum nicht?"

Briggs stieß ein lautes Lachen aus und erklärte, dass er sie angefleht hatte, so zu tun, als wäre sie seine Verlobte, und dass sie bis zu dieser Woche eine Beziehung gehabt hatten, die freundlich und ein Flirt gewesen war. „Ich war noch nie der Typ, der Verpflichtungen eingeht."

„Was ist mit ihr?", fragte er. „Will sie etwas mehr als was Lockeres?"

„Ja. Sie sagt, sie sucht nach Mr. Right, nicht Mr. Right Now." Briggs sah ihn finster an. „Was hat das denn damit zu tun, dass ich meine Magie nicht kontrollieren kann?"

„Da bin ich noch nicht sicher." Der Arzt lächelte ihn locker an. „Ich versuche nur, Sie ein bisschen kennenzulernen und Ihre bestehenden Beziehungen zu durchblicken. Lassen Sie mich sicherstellen, dass ich das richtig habe. Sie sind in einer körperlichen Beziehung mit Melissa, aber sie ist nicht Ihre Freundin. Sie sagen, Sie sind befreundet. Stimmt das?"

„Ja", stimmte Briggs zu.

„Und sie scheint der Mensch zu sein, dem Sie mehr als allen anderen vertrauen?"

„Nein." Briggs schüttelte den Kopf. „Diese Auszeichnung geht an meinen Bruder King. Seit ich siebzehn Jahre alt war, war er meine einzige Familie." Briggs nahm sich ein paar Augenblicke, um ihm ihre gemeinsame Vergangenheit in der Pflegefamilie zu erzählen, und dass sie immer füreinander da gewesen waren, was immer das Leben ihnen vor die Füße geworfen hatte.

„Erzählen Sie mir davon", sagte Dr. Blackwood. „Was haben Sie beide durchgemacht, außer das Pflegesystem zu überstehen?"

„Reicht das denn nicht?", fragte Briggs, seine Stimme kalt.

„Ich würde diesen Ausdruck nicht nutzen, aber ich bin mir bewusst, dass Trauma verursacht wird, wenn man seine Familie verliert und sich an eine Pflegesituation anpassen muss, die nicht ideal ist. Für mich wirkt es, als hätten Sie beide gelernt, sich während dieser Zeit aufeinander zu stützen. Ich bin mir ziemlich sicher, Sie beide teilen ein Band, das den Rest Ihres Lebens halten wird. Ich will nur wissen, wie sich die Beziehung seit damals entwickelt hat."

Briggs verstand nicht, weshalb sich der Doktor auf die zwei Beziehungen konzentrieren wollte, die Briggs am meisten bedeuteten, wenn sein Trauma ganz eindeutig von seinen Eltern und seinem Pflegeheim kam. Aber er stellte fest, dass es leicht war, über seinen besten Freund zu reden, also stürzte er sich hinein. „Nachdem King und ich die Pflegefamilie verlassen haben, haben wir alle möglichen Jobs gemacht, um flüssig zu bleiben. King hat immer versucht, im Musikbusiness rauszukommen, das hat eine Menge seiner Zeit gebraucht, und er wurde anfangs nicht sonderlich gut bezahlt. Darum habe ich zwei oder drei Jobs angenommen, sichergestellt, dass wir unsere Miete zahlen können. Er hat beigesteuert, was immer er hatte, aber ganz am Anfang war es ein Kampf.

Als King dann immer mehr Auftritte bekam, glichen sich die Finanzen einander an, und King zahlte alles zurück. Da habe ich angefangen, auf mein eigenes Haus hier in Keating Hollow zu sparen." Briggs schluckte, versuchte, seine Gefühle zurückzuhalten. „King hat sogar angeboten, mir mit der Anzahlung für das Haus zu helfen, aber ich habe mich geweigert. Ich wollte, dass es etwas ist, das ich nur für mich erreiche, wenn das irgendwie Sinn macht. Kings Stern war am Steigen. Er war eine Menge unterwegs auf Tour, und wenn er das nicht war, wurde er immer berühmter."

„Und wie sind Sie damit umgegangen? Ihr bester Freund wurde in viele Richtungen weggezogen. Fühlten Sie sich zurückgelassen?"

„Nein. Überhaupt nicht." Briggs schüttelte den Kopf. „King hat immer darauf bestanden, mich einzubeziehen. Und dann, als er berühmt wurde, habe ich als so eine Art Puffer zwischen ihm und seinen Fans gedient. So eine Art Bodyguard, wenn man möchte." Briggs erklärte all das verrückte Fanverhalten, das King durchgemacht hatte, und dass Briggs derjenige gewesen war, der ihn vor einer Menge davon beschützt hatte.

„Sie sind sein Beschützer geworden", erklärte der Arzt. „Und Sie haben ihm sein eigenes Zimmer in Ihrem Haus gegeben."

„Ja. Genau. Aber er ist meine Familie, also war das ja nicht gerade ein Opfer", sagte Briggs, der sich ein wenig abwehrend fühlte.

„Das Gefühl haben Sie also? Dass Sie einen Teil Ihres Wachstums für Ihren Freund geopfert haben?", fragte Dr. Blackwood.

„Nein. Überhaupt nicht. Habe ich nicht gerade gesagt, dass es kein Opfer war?"

„Schon. Ich fand es nur interessant, dass Sie dieses Wort benutzt haben, und wollte das genauer klären." Der Doktor setzte seinen Stift ab und spähte auf den Bildschirm. „Es klingt, als wäre Ihre Beziehung zu King ein wenig von gegenseitiger Abhängigkeit geprägt, aber das ist verständlich, wenn man Ihre gemeinsame Geschichte betrachtet."

„Wir teilen ein Trauma. Das ist kein so großer Schock."

„Nein, ist es nicht, aber es erklärt vielleicht, warum King nicht der Mensch ist, der helfen kann, Ihre Magie zu kontrollieren, wenn sie aufflackert. Diese Reaktion auf das Trauma ist immer im Hintergrund, ob Sie es nun merken oder nicht."

Briggs zuckte mit den Schultern. „Okay. Aber ich muss nicht wissen, warum King mir nicht helfen kann. Ich muss erfahren, wie ich mir selbst helfen kann."

„Da kommen wir hin. Das gehört alles dazu. Sind Sie bereit, über Ihre Eltern zu reden?"

„Nein", sagte Briggs. „Ich bin nie bereit, über sie zu reden."

Der Doktor nickte. „Das müssen wir nicht heute machen, aber es wäre hilfreich, wenn ich Ihren Hintergrund verstehe."

Briggs schnappte scharf nach Luft. „Ich erzähle Ihnen nur, dass ich sogar als Kind Schwierigkeiten hatte, meine Magie zu kontrollieren. Wie die meisten Kinder. Aber mein Vater wollte nicht weniger als Perfektion akzeptieren, und er versuchte, mir meinen Ungehorsam auszuprügeln. Mit zwölf hat er mir den Arm gebrochen, und das war das letzte Mal, dass ich ihn oder meine Mutter gesehen habe." Er schaute weg, konnte dem Therapeuten nicht in die Augen sehen.

„Ich verstehe."

Briggs hörte, wie er sich Notizen aufschrieb, hob aber den Blick nicht.

„Wollen Sie mir erzählen, wie Sie inzwischen zu Ihren Eltern stehen?", fragte Dr. Blackwood.

„Ich bin ziemlich sicher, das können Sie erraten."

„Könnte ich, aber dann wäre ich kein sonderlich guter Therapeut", sagte er freundlich. „Wie wäre es, wenn Sie einfach nur erzählen, wie Sie sich fühlen, wenn Sie an sie denken?"

Briggs schloss die Augen. „Nachtragend. Verraten. Verlassen. Unliebenswert."

„Das reicht", sagte Dr. Blackwood leise. „Ist es okay, wenn wir weitermachen, oder brauchen Sie eine Pause?"

„Schon gut", beharrte Briggs, während seine Augen aufgingen. „Ich will nur ein paar Werkzeuge, die mir helfen, diese Magie zu kontrollieren, damit ich niemanden verletze."

„Okay. Das ist gut. Jetzt erzählen Sie mir von dieser Frau, die wieder in Ihrem Leben ist. Diejenige, die dafür sorgt, dass Ihre Magie aufflackert. Was macht sie, dass sie so an Sie rankommt?"

„Ich glaube nicht, dass dieser Termin lang genug ist, um all das zu erklären", scherzte Briggs. Aber dann fing er damit an, dass sie eine Affäre gehabt hatten, er sie beendet hatte, aber sie diesen Wink nie verstanden hatte. Dann, wie sie aufgetaucht war und sich manipulativ bei ihm eingeschlichen hatte, und jetzt nutzte sie ihn und King, um ihre Online-Aktivitäten weiter voranzutreiben.

Der Doktor nickte, während er das alles erfasste.

Als Briggs schließlich fertig war, fügte er an: „Die Manipulation kann ich nicht ertragen. Da fühle ich mich wie in der Falle."

Der Doktor lächelte ihn an. „Da haben wir es. Den tiefer liegenden Grund, weshalb Sie so schlimm auf sie reagieren."

„Das ist ja wohl kaum eine Enthüllung", sagte Briggs ausdruckslos.

„Aber wissen Sie, weshalb diese Manipulation Ihre Magie auslöst?"

„Nein. Ich greife nicht danach, und ich benutze meine Magie sowieso kaum. Ich weiß nicht, warum es passiert, nur dass ich das nicht will", sagte Briggs.

„Ich will mal raten, dass diese Kassie versucht, Sie auf die gleiche Art zu manipulieren, wie es Ihr Vater getan hat", sagte der Doktor. „Die Art, wie sie nicht auf Sie hört oder Ihre Wünsche respektiert, stochert in der Verletzung herum, die Ihr Vater hinterlassen hat. Sie ist nicht körperlich gewalttätig, aber ihre Worte sind sorgsam geschmiedet, um von Ihnen zu kriegen, was sie will, und wenn sie es nicht kriegt, findet sie einen Weg, Sie zu bestrafen. Ob das mit einer bissigen Bemerkung ist, ob sie Sie zu ihrem persönlichen Vorankommen benutzt, oder Ihnen absichtlich auf die Nerven geht, um Ihnen eine Reaktion zu entlocken, das geht alles auf dasselbe zurück. Während Ihr Vater versucht hat, Ihre Magie zum Nachgeben zu prügeln, hat er Sie stattdessen darauf konditioniert, damit um sich zu schlagen. Nun machen Sie dasselbe bei Kassie."

Briggs blieb damit lange sitzen. Dann nickte er. „Ich schätze, hätte ich ein bisschen Abstand gehabt, hätte ich das selbst sehen können."

„Das passiert aber selten, Briggs. Nicht, wenn es um Kindheitstraumata geht. Jetzt wegen dieser Werkzeuge. Sind Sie bereit für ein paar Vorschläge?"

„Bitte." Ein Gefühl der Erleichterung fing an, durch Briggs zu wogen. Er wusste nicht, ob die Vorschläge für ihn funktionieren würden, aber einfach mit dem Therapeuten zu sprechen, hatte ihm geholfen, ein paar seiner Gefühle wertzuschätzen. Es gab ihm das Gefühl, dass er vielleicht doch nicht verrückt war.

„Erst einmal möchte ich, dass Sie an einen Ort denken, wo Sie sich sicher fühlen. Ihre Komfortzone, wenn Sie so möchten. Das kann ein direkter Ort sein. Oder es kann eine Person sein. Oder ein Gegenstand, wenn das Ihre Seele beruhigt."

„Ein sicherer Ort. In Ordnung."

„Schließen Sie die Augen und warten Sie, bis er bei Ihnen ankommt, und wenn er das tut, packen Sie ihn in einen Winkel Ihrer Gedanken. Machen Sie es lebhaft genug, dass Sie ihn leicht abrufen können, wenn Sie ihn brauchen."

Briggs tat, wie geheißen, und dachte, dass ein Bild seines hübschen gelben Hauses erscheinen würde. Es war das Einzige, was wirklich ihm gehörte. Etwas, das er sich verdient hatte. Und er liebte es. Aber stattdessen waren da Melissas freundliche Augen und ihr süßes Lächeln, während sie ihn ansah. Seine Augen gingen auf, und er blinzelte heftig.

„Ihr sicherer Ort war für Sie eine Überraschung." Die Worte des Doktors waren eine Aussage, keine Frage.

„Ja", sagte Briggs.

„Ich möchte mal raten, Ihr sicherer Ort ist der Mensch, dem Sie am meisten auf der Welt vertrauen. Und das ist nicht King."

„King sollte mein sicherer Ort sein", sagte Briggs mit gerunzelter Stirn. Wie konnte Melissa die Person sein, der er am meisten vertraute, wo er sie doch nur so kurz kannte?

„Oft ist unser sicherer Ort bei einer Person, die uns nie im Stich gelassen hat, oder die eine erdende Energie hat", sagte Blackwood.

„In diesem Fall ist es beides", gab Briggs zu.

„Okay. Das ist gut", sagte der Doktor mit einem Nicken. „Jetzt, wenn Sie spüren, wie Sie sich aufregen, bis zu dem Punkt hin, dass Sie das Gefühl haben, Sie werden die Kontrolle verlieren, dann möchte ich, dass Sie sich Ihren sicheren Ort vorstellen. Sich an die Gefühle klammern, die Sie spüren, wenn sie bei Ihnen ist, und den Frust loslassen, der Sie so angespannt macht, dass Sie Angst haben, die Kontrolle zu verlieren."

„Also wollen Sie, dass ich einfach an Melissa denke?", fragte Briggs, der das Gefühl hatte, dass das viel zu leicht war.

„Nein, Briggs. Ich will, dass Sie sich an das erinnern, was Sie spüren, wenn Sie bei ihr sind", betonte er. „Wenn Sie nicht in Habachtstellung sind und nicht das Gefühl haben, sich schützen zu müssen."

In Briggs' Kopf war es, es ginge ein Licht an. Natürlich. Die ganze unkontrollierbare Magie. Weshalb er nicht aufhören konnte, selbst wenn er es wollte. Die Fäuste seines Vaters hatten ihn darauf trainiert, sich um jeden Preis zu schützen.

Dr. Blackwood lächelte über den Ausdruck auf Briggs' Gesicht. „Na, ich glaube, wir hatten heute ein sehr produktives Gespräch. Sollen wir nächste Woche einen weiteren Termin vereinbaren und sehen, wie sich die Dinge entwickeln?", fragte er.

„Ja, gerne", sagte Briggs.

„Ich maile Ihnen den Kalender, und dann können Sie eine Zeit und ein Datum aussuchen. Haben Sie einen schönen Abend, Briggs."

Das Video des Doktors verschwand von seinem Laptop-Bildschirm, und Briggs saß am Schreibtisch, fühlte sich irgendwie zutiefst erschüttert. Es hatte nur einen Termin gebraucht, um direkt zum Kern der Dinge vorzustoßen. Er erlag nicht der Vorstellung, dass er über Nacht in Ordnung kommen würde, aber er musste hoffen, dass das er endlich auf dem richtigen Weg war.

KAPITEL 17

*M*elissa beäugte sich in ihrem bodenlangen Spiegel und fragte sich, ob sie sich zu sehr aufgebrezelt hatte. Sie hatte sich für ein schwarzes Kleid mit einem Hauch Schimmer entschieden, schwarze Stiefel und ihren roten Kunstfellmantel. Das Mieder des Kleides zeigte genau das richtige Maß Dekolleté, dass es sexy war, aber nicht zu enthüllend. Aber falls Briggs beschloss, sie ins Kino mitzunehmen, oder zum Minigolf drüben an der Küste, war sie auf jeden Fall overdressed.

Die einzige Frage war, spielte es eine Rolle?

Nein. Wenn sie das wirklich machten, würde sie einfach so tun, als würden sie später irgendwohin gehen, wo es schicker war. Mit einem selbstzufriedenen Lächeln legte sie ihren liebsten roten Lippenstift auf und ging nach unten, um auf ihr Date zu warten.

„Heiliges Kanonenrohr. Wo gehst du denn hin, in den Hustler Club?", fragte Kassie.

Melissa ignorierte die Beleidigung. Sie hatte Augen und

wusste, dass sie nicht wie eine Stripperin aussah, nicht mal wie ein hochklassiges Callgirl. „Ich habe ein Date."

„Und du vertraust mir hier ganz allein?", fragte Kassie.

„Was kannst du denn schon tun, mein ganzes Haus mit Kameras verwanzen? Viel Glück damit. Der spannendste, was du mich tun sehen wirst, ist Wein trinken, während ich am Kamin lese. Außerdem bin ich morgen ein paar Tage lang nicht in der Stadt, darum hast du die Bude sowieso für dich."

„Wirklich?" Die Sängerin wirkte ein wenig schockiert.

„Wirklich. Ich habe doch einen Job. Solange du den Laden nicht abbrennst, ist alles in Ordnung."

Kassie warf ihr ein schwaches Lächeln zu. „Ich denke, damit komme ich klar."

Es klopfte an der Tür, und Kassie lief hin, um sie zu öffnen, bevor Melissa hingehen konnte.

„Briggs", sagte sie und legte ihm eine Hand auf die Brust. „Ich wollte mich nur wegen dieses Videos entschuldigen. King und ich haben geredet, und …"

„Ich weiß, dass du es runtergenommen hast", sagte er, während er ihre Hand von seinem Körper pflückte.

Melissa war froh, dass er es tat, dann musste sie es nicht machen.

„Genau, aber ich wollte dir sagen, dass ich nur Witze gemacht habe, wegen dieser dummen Gerüchte im Internet, und …"

„Spielt keine Rolle." Briggs stand auf der Schwelle und starrte mit milder Verachtung auf die Musikerin, bevor er an ihr vorbeischaute. Seine Miene wandelte sich sofort, und ein sexy schiefes Lächeln spielte um seine Lippen. „Du siehst unfassbar aus."

Melissa spürte, wie ihre Wangen vor Freude warm wurden. „Ich hoffe, du bringst mich irgendwohin, wo sich dieses Kleid lohnt. Falls nicht, muss ich es vielleicht einfach ausziehen."

„Dabei helfe ich dir, aber später. Behalt es erst mal an. Ich will dich ein wenig vorführen."

„O ihr Götter", sagte Kassie dramatisch. „Ihr zwei seid eklig, das wisst ihr, oder?"

Weder Briggs noch Melissa nahmen ihre Bemerkung zur Kenntnis.

Melissa nahm sich ihre rote Tasche und fegte an Kassie vorbei. Briggs beugte sich vor, um ihr einen Kuss auf die Wange zu geben, dann führte er sie hinaus auf die Veranda.

Während sie zum Truck gingen, rief Kassie: „Bleibt sicher! Vergesst die Kondome nicht!"

Briggs grinste und flüsterte: „Keine Sorge. Habe ich nicht."

Melissa lachte leise. „Wenn du glaubst, dass ich hinten im Truck mit dir rummache, bist du nicht so clever, wie ich gedacht habe."

„Was, wenn ich da drin einen Schlafsack habe?", scherzte er. „Eine Nacht unter den Sternen klingt geradezu perfekt, wenn du mich fragst."

„Wenn es draußen nicht fünf Grad hätte vielleicht", entgegnete sie.

„Keine Sorge. Ich halte dich warm", sagte er mit einem übertriebenen Zwinkern.

Melissa warf den Kopf zurück und lachte. „Du bist albern."

„Aber ich habe dich zum Lachen gebracht, oder?"

„Stimmt."

Briggs öffnete ihr die Tür des Trucks und stellte sicher, dass sie drinnen war, bevor er sie sanft wieder schloss.

„Was für ein Gentleman", sagte sie, sobald er im Truck war.

„Es ist unser erstes Date. Ich lasse es krachen." Er lenkte den Truck in die Stadt, griff herüber, nahm ihre Hand und streifte mit dem Daumen über ihren Handrücken. „Hattest du einen guten Tag?"

„Schon", sagte sie und spürte Wärme in der Brust. „Ich habe einige Zeit mit Imogen und Sadie in Imogens neuem Haus verbracht. Während wir da waren, kam Amelia Holiday-Riley vorbei und half mir, rauszukriegen, dass es nicht nur deine Magie ist, die ich kontrollieren kann. Ihre kann ich auch nutzen. Während ich also wohl keine eigene Magie habe, sieht es aus, als könnte ich mir die anderer Leute zunutze machen."

„Wow, echt? Das ist ziemlich selten, oder?"

„Ich weiß nicht", sagte sie mit einem nervösen Lachen. „Ich schätze schon."

Briggs schüttelte den Kopf, während er ein leises Lachen ausstieß. „Wir sind schon ein ziemliches Paar. Da bin ich, eine Elementarhexe mit mehr Magie, als ich zu schätzen weiß, und du … Na ja, du hast keine eigene, aber du scheinst sie zu wirken wie ein Profi."

Das klang für Melissa wie das perfekte Paar, aber diesen Gedanken behielt sie für sich. „Na ja, ist ja nicht so, als hätte ich vor, meine neu entdeckte Kraft zu nutzen. Was sollte ich schon damit tun? Einfach zu jemanden hingehen, der gerade einen Zauber oder Spruch wirkt, und übernehmen? Das klingt ziemlich übergriffig, wenn du mich fragst."

Briggs führte ihre Hand an seine Lippen und küsste sie auf die Knöchel. „Ich kann mir nicht vorstellen, dass du so was tun würdest, aber ich zumindest bin dankbar, dass du da gewesen bist, um mir zu helfen."

„Ich auch", erwiderte sie leise, fühlte sich plötzlich befangen. „Aber na ja, genug davon. Nach meinem Besuch bin ich nach Hause gegangen und habe etwas Arbeit aufgeholt, sodass ich bereit für meine Meetings in den nächsten paar Tagen bin. Jetzt erzähl mir von deinem Tag. Sadie sagt, es sieht aus, als wären King und Kassie zu einer Art Einverständnis gekommen."

„So ist es. Kassie war ziemlich belämmert, dass King einen Rückzieher aus dem Song machen möchte, darum hat sie sich ganz groß entschuldigt und dann den Rest des Vormittags lang ihr bestes Benehmen an den Tag gelegt. Ehrlich, sie war mehr wie die Kassie, die ich damals in L.A. kannte, anstatt diese neue ätzende, nach Ruhm gierende Version, die sie nach Keating Hollow gebracht hat."

„Das ist gut, oder?", fragte Melissa. Aber noch während die Worte ihren Mund verließen, wurde ihr ein wenig übel bei dem Gedanken an Kassie und Briggs, wie sie damals in L.A. gewesen waren. Damals waren sie ein Paar gewesen. Das war nichts, über das sie gern nachdachte.

„Ja. Ist es. King ist immer noch genervt von allem, aber zumindest droht er nicht mehr mit Klagen. Und hoffentlich beschließt Kassie, dass sie mit Honig mehr Fliegen fängt als mit Essig. Wir hatten einen guten Vormittag im Studio. Wir haben eine Menge Arbeit erledigt, und dann..."

Als er den Satz nicht zu Ende sprach, spähte Melissa zu ihm. „Dann was?"

Briggs machte ein seltsames Gesicht, bevor er sagte: „Ich hatte eine Therapiesitzung."

„Echt?" Das kam überraschend. Er hatte davon noch nichts gesagt. „Wie ist es gelaufen?"

„Ziemlich gut, glaube ich. Er hat mir Rat gegeben, was ich tun soll, wenn meine Magie wieder aufflammt und außer Kontrolle gerät."

Melissa wollte mehr fragen, doch das tat sie nicht. Sie war nie bei der Therapie gewesen, aber sie stellte sich vor, dass es intensiv war. Besonders für jemanden mit Briggs' Vorgeschichte. „Das ist toll, Briggs." Sie versuchte sich an einem leichteren Tonfall und fügte an: „Ich hoffe, das funktioniert besser als die Tränke."

Er lachte leise. „Da sind wir schon zwei."

Als sie in die Stadt kamen, parkte Briggs vor dem neuen Restaurant, dem Elegant Cauldron, und dann eilte er hinüber, um die Tür für sie zu öffnen. „Ich hoffe, du bist hungrig, denn nach meinem Tag verhungere ich fast."

„Ich kann auf jeden Fall essen", sagte sie.

Während seine Hand auf ihrem Rücken lag, führte er sie in das verzauberte Restaurant.

Die Tür öffnete sich augenscheinlich von selbst in dem Augenblick, in dem sie auf den kurzen roten Teppich gleich vor der Tür traten. Der Eingang war dunkel, sodass Melissa zögerte, aber als sie einen Hauch der leckeren Düfte von drinnen erhaschte, wurde ihr der Mund wässrig, und ihre Füße begannen sich wie von selbst zu bewegen.

Sobald sie über die Schwelle waren, gingen flackernd Kerzen an, und eine Frau in einem violetten Samtkleid und mit verzierten kniehohen Schnürstiefeln erschien vor ihnen.

„Mr. Williams", sagte sie. „Sie kommen genau rechtzeitig. Ihr Tisch ist fertig. Gleich hier entlang."

Lichterketten waren entlang der Wände und an der Decke aufgehängt, sodass das charmante Restaurant wunderschön leuchtete. Und als sie an ihren Tisch kamen, wurden Stühle ganz von allein herausgezogen. Während Melissa sich setzte, rutschte der Stuhl genauso hin, dass sie den richtigen Abstand hatte, um ihre Mahlzeit zu genießen.

„Das ist beeindruckend", sagte sie, genoss die besonderen magischen Kleinigkeiten, die die Hexen angefügt hatten, um das Abendessen einfach ein bisschen einzigartiger zu gestalten. „Schön ist es auch", fügte sie an, während sie die umwerfenden Wandbehänge betrachtete, die verschiedenste

Tränke, Kräuter und ätherische Hexen zeigten, die mit ihnen arbeiteten.

„Guten Abend", sagte ein Kellner in einem grünen Crushsamt-Anzug. „Kann ich Ihnen etwas zu trinken bringen?"

Melissa runzelte die Stirn. „Haben Sie eine Weinkarte?"

„Natürlich." Er schnippte mit den Fingern, und plötzlich erschien eine schwebende Schiefertafel gleich neben ihrem Tisch mit einer Liste von Flaschenweinen und anderen.

„Netter Trick", sagte Briggs.

Der Kellner lächelte. „Danke. Das war meine Idee."

„Kann ich den italienischen Rotwein haben?", fragte Melissa.

„Natürlich. Wollen Sie eine Flasche oder ein Glas?"

„Bringen Sie die Flasche", sagte Briggs.

„Gute Wahl." Der Kellner schrieb sich nichts auf oder machte eine anderweitige Notiz. Er schnippte nur wieder mit den Fingern, und die Weinliste wurde von den Speisekarten ersetzt. Er ratterte ein paar Tagesgerichte herunter, und dann sagte er, er wäre bald wieder mit ihrem Wein zurück.

Sobald er außer Hörweite war, beäugte Melissa ihr Date. „Versuchst du mich betrunken zu machen?"

„Nein", sagte er mit einem leisen Lachen. „Außer du willst das."

„Verführerisch", sagte sie. „Aber ich muss morgen früh raus."

„Was für ein Unglück. Ich vermisse es bereits, aufzuwachen und dir Frühstück zu machen."

Sie zwinkerte ihm zu. „Ich bin mir ziemlich sicher, du vermisst das, was *vor* dem Frühstück passiert."

„Das auch", sagte er, in seinen Augen glitzerte der Schalk.

Die Weingläser und Flasche erschienen aus dem Nichts. Sie

beobachteten, wie die Flasche sich in die Luft hob und den Wein in die Gläser schenkte. Dann hob sich das von Melissa und schwebte gleich hinüber zu ihrem Teller. Sie nahm es, probierte den Wein und sagte: „Er ist köstlich."

Eine mysteriöse Stimme erklang aus dem Nichts. „Hervorragend. Genießen Sie ihn."

Melissa grinste. „Ist das ihre Art, die Personalkosten niedrig zu halten?"

„Vielleicht." Briggs schaute sich um, beäugte die ganze Magie, die um sie herum stattfand. „Es ist aber bezaubernd, oder?"

„Sehr."

Sie verbrachten den Rest des Abends im Restaurant und erfreuten sich an den magischen Kleinigkeiten, aber die echte Show war das Essen. Melissa hatte noch niemals ein schmackhafteres Risotto gegessen. Briggs schwärmte von seiner glasierten Ente. Und dann war da noch das Dessert. Der Key Lime Pie Cheesecake war himmlisch. Wirklich himmlisch.

Als sie gingen, fragte Melissa sich allmählich, ob sie das Essen auch verzaubert hatten. Alles war so gut, es war bestimmt mit einem Hauch Magie gefertigt.

„Das war wunderbar", sagte Melissa, sobald sie wieder im Truck waren.

„Und ich hab dich nicht mal betrunken gemacht." Er zwinkerte ihr zu.

„Fast, aber nicht ganz", sagte sie. „Ich kann nicht glauben, dass wir die Flasche nicht ausgetrunken haben."

„Ich will doch nicht, dass du mir vorwirfst, ich würde dich ausnutzen", sagte er, während er auf den Highway abbog, der aus der Stadt zu den Bergen im Osten führte.

„Ist das so?" Sie spähte durch die Windschutzscheibe in die mondbeschienene Nacht. „Wohin sind wir jetzt unterwegs?"

„Nur zu einem hübschen kleinen Fleck mit einer tollen Aussicht."

„Bringst du mich zu einer abgeschiedenen Knutschecke?", fragte sie.

„Wäre das ein Problem?"

„Nein." Sie lehnte sich zu ihm, und diesmal war es Melissa, die seine Hand nahm. „Ich glaube, ich hätte gerne ein bisschen Zeit allein mit dir."

Dieses sexy schiefe Lächeln war wieder da, und Melissa spürte ein Prickeln der Vorfreude ihr Rückgrat hinauflaufen, sodass sie das Gefühl bekam, sie wäre wieder siebzehn.

Es dauerte nicht lang, bis er vom Highway abfuhr und dann ein paar Meilen zurück in die Wälder. Als er schließlich stehen blieb, schauten sie über einen kleinen See hinaus, hinter dem der Berg war, und der Mond hoch oben.

„Komm schon", sagte er, während er aus der Kabine des Trucks stieg.

„Wir steigen aus?", fragte sie, als er ihre Tür aufzog.

Sobald sie auf den Beinen war, führte er sie zur Rückseite seines Trucks und half ihr, einzusteigen.

Sie lachte, als sie zwei Schlafsäcke sah, die zusammengezippt waren. „Du hast keine Scherze gemacht."

„Nein." Er stieg nach ihr ein und schob dann die Arme in ihren Mantel und zog sie an sich. „Ich habe dich vermisst, Melissa."

„Ich habe dich auch vermisst", hauchte sie, während sein Mund ihr nacktes Schlüsselbein streifte.

„Sag mir, dass ich dich haben kann, gleich hier unter den Sternen", flüsterte er.

Ihr Körper stand in Flammen, und sie konnte nur nicken.

Eine Stunde später, als sie in den Schlafsäcken lagen und hinauf zu den Sternen schauten, sagte Melissa: „Ich wünschte, wir könnten für alle Ewigkeit in diesem Augenblick leben."

Er fuhr mit den Fingern durch ihre Locken. „Ich auch."

Sie schauten hinauf zum Himmel, beide zufrieden, einfach beieinander zu sein. Und als eine Sternschnuppe erschien, hielt Briggs sie nur fester und sagte: „Es sind immer die kleinen Augenblicke, die bei einem bleiben."

Melissa wollte lachen. „Du nennst das einen kleinen Augenblick?"

Er schaute zu ihr hinab und lachte dann. „Okay, vielleicht ein stiller Augenblick."

„Vorerst zumindest", scherzte sie, und dann richtete sie sich auf, um ihn zu küssen. Sie verloren sich wieder aneinander, und als sie ihm sagte, dass es Zeit zum Gehen war, war es schon kurz vor Sonnenaufgang.

Er seufzte leise, küsste sie ein letztes Mal, bevor sie sich anzogen, und dann brachte er sie nach Hause.

Briggs ging mit ihr zur Tür, und kurz bevor sie hineingingen, sagte er: „Ich glaube, es ist jetzt sicher zu sagen, dass wir zusammen sind."

„Nach einem Date?", fragte sie mit einer gehobenen Augenbraue.

„Einem *epischen* Date", verbesserte er. „Ich weiß, du sollst ja meine Verlobte sein, aber ich glaube, ich wäre vielleicht als erstes gern dein Freund."

„Mein Freund?", fragte sie grinsend.

„Ja. Ist das für dich in Ordnung?"

Melissa trat vor, gab ihm einen sanften Kuss auf die Lippen und sagte: „Ja, das ist mehr als nur in Ordnung für mich."

KAPITEL 18

*M*elissa schwebte mehr oder weniger in ihr Haus. Ihr Date mit Briggs war geradezu perfekt gewesen. Ein gutes Essen, toller Sex unter den Sternen, und dann hatten sie ihre Beziehung offiziell gemacht. Sie wusste, dass Briggs ein Päckchen zu tragen hatte, aber wer denn nicht? Und er arbeitete daran. Was sollte sie sich denn sonst noch wünschen?

Wenn es nach ihr gegangen wäre, hätte sie zum Wochenende nicht die Stadt verlassen. Leider war das, wenn die meisten Weingüter, die sie aufsuchen musste, geöffnet hatten, darum arbeitete sie mit ihren Terminplänen. Die Reisen hatten sie noch nie zuvor gestört. Sie mochte sie sogar sehr. Oder zumindest hatte sie sie gemocht. In diesem Augenblick wollte Melissa sich eigentlich nur umziehen und dann direkt hinüber zu Briggs.

Stattdessen eilte sie nach oben und sprang unter die Dusche.

Sobald sie angezogen war und fertig gepackt hatte, ging

Melissa zurück nach unten, um sich rasch ein Frühstück zu schnappen. Aber als sie in die Küche trat, erstarrte sie. Es war überall Geschirr, und auf allen Arbeitsflächen war Mehl.

Sie mahlte mit den Zähnen und musterte den Saustall. Es sah aus, als hätte Kassie eine Ladung Kekse gemacht – und verbrannt. Außerdem hatte sie etwas in der Pfanne gebraten, die nun eine verkrustete Schicht schwarzer Reste am Boden kleben hatte.

Wenn es eines gab, was sie in ihrem Haus nicht leiden konnte, war es eine schmutzige Küche. Melissa war halb danach, Kassie aus ihrem Zimmer zu treiben und zu fordern, dass sie die Unordnung sofort aufräumte, aber sie hatte keine Zuversicht, dass die jüngere Frau auch nur das Talent hatte, etwas zu säubern.

Mit finsterem Gesicht hängte sie sich eine Schürze um und machte sich an die Arbeit. Bis sie das letzte Mehl abgewischt hatte, das auf der Arbeitsfläche war, schwitzte sie leicht und war mehr als nur bereit, ihren Hausgast rauszuwerfen.

„Du liebe Zeit!", sagte Kassie, die in den kürzesten Schlafshorts und einem engen, anliegenden Unterhemd in der Küche erschien. „Das hättest du doch nicht aufräumen müssen. Das wollte ich heute Vormittag machen."

„Ist jetzt zu spät", fuhr Melissa sie an. „So konnte ich es ja nicht lassen, ganz zu schweigen davon, einen Zentimeter Platz auf der Arbeitsfläche zu finden, um mir Frühstück zu machen."

Kassie fuhr zusammen. „Tut mir leid. Ich habe ehrlich nicht erwartet, dass du so früh zurück bist."

Melissa wandte sich um, um die Frau anzuschauen. „Hör mal, Kassie." Sie stieß Luft aus. „Mach einfach gleich danach sauber in der Küche, okay? Ich kann es nicht leiden, auch nur Geschirr in der Spüle stehen zu haben."

„Na gut. Tut mir leid." Sie ging hinüber zum Tresen und zog einen Plastikbehälter heraus. „Ich habe die für dich gemacht ... als Dankeschön."

„Was?", fragte Melissa, während sie auf die Plastikschale starrte.

„Das sind Erdnussbutterkekse. Ich dachte, die könntest du für unterwegs mitnehmen. Aber wenn du Erdnussbutter nicht magst, dann ..."

„Doch, mag ich", sagte Melissa, die sich ein bisschen wie ein Arschloch vorkam. „Vielen Dank. Das war sehr nett."

„Das war gar nichts. Backen hilft mir beim Entspannen. Genauso der Wein, den ich mir gestern Abend genehmigt habe, und darum habe ich die Küche nicht aufgeräumt. Das tut mir leid." Kassie kaute auf der Unterlippe, dann wollte sie sich schon in den Gang zurückziehen.

„Kassie!", rief Melissa.

„Ja?" Sie drehte sich zurück, schaute Melissa in die Augen.

„Tut mir leid, dass ich dich angefahren habe. Der Morgen ist nicht gerade meine beste Zeit."

„Mach dir deswegen keine Sorgen. Ich bin eine unordentliche Köchin. Hab eine gute Fahrt." Sie lächelte zögerlich, dann verschwand sie im Gästezimmer.

Mit dem Gefühl, die Böse zu sein, steckte sich Melissa die Kekse in die Tasche, schnappte sich einen Bagel und eine Reisetasse mit Kaffee, und dann brach sie auf. Sie betete nur, dass man in dem Haus noch wohnen konnte, wenn sie zurückkehrte.

BRIGGS WACHTE von einem Nickerchen auf seinem Sofa auf, als es laut an seiner Tür klopfte. Er rieb sich den Schlaf aus den

Augen und lächelte vor sich hin, weil er hoffte, es wäre ein Überraschungsbesuch von seiner umwerfenden Freundin.

„Briggs!", rief eine viel zu vertraute Stimme durch die Tür. „Bist du da drin? Dein Truck ist hier. Mach auf."

Er stöhnte. Kassie Kinny war an der Tür. Wie war sie überhaupt hergekommen? Hatte sie eine Möglichkeit gefunden, wieder ein Auto zu mieten? Sich eine Fahrt von jemandem erschlichen? Er wischte sich den Schlaf aus den Augen und schälte sich vom Sofa.

„Kassie, was machst du hier?", fragte er, als er die Eingangstür öffnete.

„Hi." Sie hatte ein scheues Lächeln auf, und ihre Wangen waren leicht gerötet. „Tut mir leid, dass ich einfach auftauche, ohne vorher anzurufen. Ich habe nur … einfach mit dir reden müssen."

Er schluckte ein Seufzen, als ihm das blaue Fahrrad auffiel, das an seinem Verandageländer lehnte, und öffnete die Tür weiter, um sie einzulassen. „Brauchst du was zu trinken? Es ist eine ziemlich lange Fahrt von Melissas Haus."

„Ja, bitte." Sie folgte ihm in die Küche und setzte sich auf einen der Barhocker, während sie auf ihr Wasser wartete.

„Hast du Hunger? Im Korb ist Obst."

„Nein, danke", sagte sie. „Wasser ist gut."

Briggs reichte ihr das Glas, und dann stand er einfach in der Küche und beobachtete sie. Es war Wochenende, und obwohl sie sich nicht an normale Geschäftszeiten für die Aufnahme hielten, hatte Austin gesagt, sie sollten ein paar Tage freinehmen, damit sie am Montag frisch anfangen konnten. Briggs hatte sich auf eine Pause von ihr gefreut. Sich wieder neu auszurichten und sie ein paar Tage lang aus seinen Gedanken zu schieben.

Aber da war sie, saß in seiner Küche, nahm Raum ein, den er wieder als seinen eigenen hatte beanspruchen wollen.

Sie nippte am Wasser und starrte an ihm vorbei aus dem hinteren Fenster.

„Ich will nicht unhöflich sein", sagte Briggs, „aber was bringt dich hier rüber, Kassie?"

Sie stellte das Glas ab. „Ich bin da, um mich zu entschuldigen."

Er hob schockiert beide Augenbrauen. Hatte er sie je sagen hören, dass ihr etwas leidtat? Soweit er sich erinnern konnte, waren diese Worte immer nur gemurmelt worden, wenn sie sarkastisch war oder passiv-aggressiv. „Echt? Wofür denn genau, dass du in mein Leben eingedrungen bist? Lügen über mich und King gepostet hast? Dass du eine allgemeine Nervensäge bist?"

Sie fuhr zusammen. „Alles davon, schätze ich." Sie sah ihm nun endlich in die Augen. „Ich weiß, dass ich nicht einfach annehmen hätte sollen, dass du mich bei dir wohnen lässt. In Wahrheit bin ich einfach total pleite."

„Ja, das hast du gesagt." Er verschränkte die Arme vor der Brust und wartete darauf, dass sie fortfuhr.

„Es ist meine Mom. Sie hat ihre Miete nicht bezahlt und hat Schulden bei einigen ziemlich schlimmen Leuten. Ich habe ihr am Ende geholfen, und jetzt habe ich Mühe, flüssig zu bleiben. Das Geld von der Tour war nicht so viel, wie ich gedacht hatte. Die Ausgaben … Na ja, ich war nicht so vorsichtig, wie ich es hätte sein sollen, und jetzt bin ich ziemlich schlimm dran."

„Bist du hergekommen, um mich um Geld zu bitten?", fragte er, kniff vor ihr die Augen zusammen. War das der Grund, weshalb sie ihm all das erzählte?

„Geld?", wiederholte sie, wirkte überrascht und ein wenig verletzt. „Bei den Göttern, nein. So armselig bin ich nicht."

Er war nicht sicher, was das anbetraf, aber er war erleichtert, dass er sie nicht abweisen musste.

„Ich erkläre nur, warum ich mich in dein Leben gedrängt habe. Ich habe mir eingeredet, dass es dir nichts ausmachen würde, wenn ich bei dir wohne. Wir haben so viel Zeit miteinander verbracht, während wir am letzten Album gearbeitet haben, und du warst so locker, dass ich geschätzt habe, wir würden einfach darauf zurück verfallen. Als ich dann von Melissa erfahren habe, war ich eifersüchtig und hatte Panik, weil ich nicht wusste, was ich tun sollte."

„Okay", sagte er, nicht sicher, was er sonst sagen sollte.

„Ich wollte dir nur sagen, dass ich deine Hilfe zu schätzen weiß. Und die von Melissa auch. Ich mag sie. Sie tut dir gut."

„Tut sie", stimmte er zu.

„Ich habe mir nur Sorgen gemacht, wie ich meine Rechnungen zahle. Und jetzt ruft meine Mom die ganze Zeit an, bittet um mehr Geld, und das Album muss einfach funktionieren." Sie betastete den Saum ihres glitzernden T-Shirts. „Ich schätze, ich wollte nur sicherstellen, dass wir das alles hinter uns lassen und diese Platte raushauen können."

„Klar, das kann ich machen", sagte Briggs, der hoffte, dass sie aufrichtig war. Er war niemand, der sich lange an Groll klammerte. Er würde niemals beste Freunde mit Kassie Kinny werden, aber er konnte sich zivilisiert verhalten. Vielleicht sogar freundlich sein, wenn sie sich wieder wie die Frau benahm, die er damals in L.A. gekannt hatte. Er mochte nur diese nach Ruhm dürstende Version von ihr nicht.

„Gut." Sie stieß ein erleichtertes Seufzen aus. Nach einer kurzen Pause fragte sie: „Wie, glaubst du, wird das Album laufen?"

„Ziemlich gut", sagte er aufrichtig. „Dieser Song mit King

ist der Hammer. Ich wäre schockiert, wenn der nicht massiv im Radio läuft."

„Was ist mit dem Rest?" Sie starrte ihn intensiv an, als wäre es ihr wirklich wichtig, was er dachte.

Bisher hatte er den Großteil seiner Meinung für sich behalten. Er hatte sich nicht wirklich länger mit Kassie befassen wollen, als er musste. Aber da sie aufrichtig schien, sagte er: „Ich mag am liebsten die Songs, die die Seele bloßlegen und mit Aufrichtigkeit vollgepackt sind."

Sie wirkte ein bisschen blass, nickte aber. „Ich schätze, dein Liebling ist ,Stripped'."

„Ja." Er nickte. „Der geht direkt an den Kern, wie verletzlich man sein muss, um seine Seele vor einer anderen Person bloßzulegen. Und wie schmerzhaft es sein kann, wenn man zurückgewiesen wird. Dieser Song ist eindringlich und schön. Und roh. Das ist die Art von Song, die Preise einheimst."

„Das ist der, der für mich am schwersten zu singen ist", sagte sie, in ihren Augen glitzerten unvergossene Tränen.

„Daran erkennst du, dass er ehrlich ist", sagte er leise.

„Schätze schon." Sie schloss kurz die Augen, schien sich zu sammeln. „Ich kann kein ganzes Album voller solcher Songs haben. Da wäre ich dann ja drauf festgelegt."

„Natürlich nicht, aber du kannst immer noch ehrlich und unverstellt in den meisten fröhlicheren Popsongs sein. Das macht sie doch interessant."

„Ich schätze schon." Sie schürzte die Lippen, dann holte sie ihr Handy aus der hinteren Hosentasche. „Hörst du dir was für mich an?"

„Natürlich." Er setzte sich neben sie und wartete.

Kassie scrollte durch ihr Handy, bis sie die richtige Aufnahme fand. Der Schnipsel, den sie abspielte, war nur grob geschnitten, ihre Stimme und das Klavier. Es war ein Up-Tempo-Song, und im Text ging es ums Fliegen. Nur dass sie damit kein Flugzeug meinte. Der Song handelte von emotionalen Höhen und Tiefen, und wie sie im Flug lebte, selbst wenn sie sich etwas vorlügen musste, um es zu tun.

„Was meinst du?", fragte sie.

Briggs' Gedanken gingen sofort in den Produktionsmodus. Er stand auf. „Komm schon. Gehen wir ins Studio. Ich habe ein paar Ideen."

„Aber Austin sagte, wir sollen uns das Wochenende nehmen, um uns neu zu sammeln", sagte sie, wirkte sowohl hoffnungsvoll als auch ein wenig zögerlich.

„Das ist doch neu Sammeln. Gehen wir." Er schnappte sich seine Schlüssel und schritt durch die Tür. Unterwegs nahm er das Fahrrad und warf es hinten in seinen Truck. „Wenn wir fertig sind, lass ich dich bei Melissa raus."

Kassies Grinsen ließ ihr ganzes Gesicht strahlen, während sie in seinen Truck stieg. Dann sagte sie: „So hatte ich es mir ausgemalt, als ich beschlossen habe, nach Keating Holler zu kommen, um mein Album aufzunehmen."

Er schaute zu ihr, während er den Truck startete. „Zusammenarbeit?"

Sie nickte. „Du hast mich und mein Songwriting immer verstanden."

Er stieß ein humorloses Schnauben aus. „Das hättest du einfach am Anfang sagen sollen. Wir hätten uns eine Menge Drama sparen können."

„Selbst nach all diesen Nachrichten, die ich dir von meiner Tour geschickt habe?", fragte sie.

Er musste zugeben, dass es ihn überraschte, dass sie diesen Fauxpas überhaupt zur Kenntnis nahm. Lachend sagte er:

„Vielleicht nicht. Aber lassen wir das doch einfach hinter uns und machen die beste Platte, die wir machen können, okay?"

„Okay." Sie hielt ihm ihre Faust hin, und Briggs lachte, während er mit seiner Faust ihre berührte, genau, wie er es bei King gemacht hätte.

Nur für einen Augenblick beschloss er, dass er vielleicht einen Weg zurück zu einer Freundschaft finden könnte.

KAPITEL 19

„Was meinst du?", fragte Briggs King. Sie saßen im Studio, hörten sich ein Playback von Kassies neuem Song „Flying High" an. Auf dem Weg ins Studio hatte Briggs Austin angerufen, um die Erlaubnis kriegen, ein paar neue Sachen auszuprobieren. Er hatte gewusst, dass das für seinen Boss cool sein würde, darum war er nicht überrascht, als Austin ihm gesagt hatte, er solle es machen. Und dann, als King angerufen hatte, während Kassie gerade dabei war, an einem Text zu arbeiten, hatte Briggs ihn gebeten, rüberzukommen und sein Input einzubringen.

Die drei waren stundenlang im Studio gewesen und hatten gerade den Song fertig.

King wandte sich an Briggs. „Es ist genial. Das Riff, das du gleich vor der Bridge eingespielt hast, ist absolut unfassbar. Ich bin eifersüchtig, dass es nicht auf meinem Album ist."

„Es ist sooooo gut", sagte Kassie aus der Kabine. „Ich liebe es!"

Briggs spürte das tiefe Gefühl, etwas erreicht zu haben. Sein Job war das Abmischen, und obwohl er gewiss King geholfen hatte, hin und wieder Arrangements bei seinen Songs auszuarbeiten, hatte er bisher noch nicht die Rolle des Produzenten übernommen. Aber nach Jahren, in denen er mit Austin und King im Studio gearbeitet hatte, war ja klar, dass er sich ein paar Fähigkeiten angeeignet hatte, oder? „Es war eine wahre Kollaboration", sagte er.

„Stimme ich zu, aber du warst diejenige, der den Großteil der musikalischen Arrangements gemacht hat. Ich habe nur geholfen, den Text zu glätten", sagte King. „Die Magie liegt in der Produktion und der Leidenschaft, die Kassie einbringt."

„Vielen Dank", sagte Kassie leise.

Briggs wusste, dass zwischen ihnen noch Anspannung stand, aber wie immer, wenn alles im Studio funktionierte, schien der ganze Schwachsinn einfach im Hintergrund zu verklingen. Es gab nichts Heilenderes, als wenn zwei Künstler zusammenkamen und etwas Besonderes machen konnten.

„Und danke, dass du heute reingekommen bist", sagte Kassie zu King. „Du hast geholfen, was Gutes toll klingen zu lassen."

„Du hast einfach Glück, dass Sadie heute gearbeitet hat, ansonsten hätte ich euch beiden abgesagt", sagte King.

Kassie kam aus der Kabine und stellte sich direkt neben King, während sie auf ihn hinabschaute. „Kann ich dich was fragen?"

„Hängt von der Frage ab", sagte er vorsichtig.

Kassie verdrehte die Augen. „Komm schon, ich frage dich nicht, ob du einziehst oder so was."

Briggs lachte leise und war erleichtert, dass sie an einem Punkt angelangt waren, wo sie über solche Dinge scherzen konnten.

„Okay, raus damit", sagte King.

„Warum arbeitet Sadie noch in der Brauerei? Ihr zwei habt

eine Hitplatte. Sicher verdient ihr damit genug, dass sie sich einfach auf die Musik konzentrieren kann", überlegte Kassie.

„Das fragt man sie sehr oft", sagte King. „Sadie arbeitet dort weiter, weil es ihr gefällt, und die Townsends sind für sie wie Familie. Sie sind flexibel und lassen sie freinehmen, wann immer sie es braucht. Außerdem nimmt es den Druck raus, von der Musik leben zu müssen."

„Es ist bestimmt nett, einen Ort zu haben, der sich wie Familie anfühlt, auf die man sich verlassen kann", sagte Kassie sehnsüchtig.

Briggs dachte über das nach, was sie vorhin gesagt hatte, dass sie kämpfen musste, obwohl sie nach den meisten Standards ein erfolgreiches erstes Album gehabt hatte. Das unterstrich einfach nur die Tatsache, dass es ein holpriger Weg war, Geld in der Musik zu verdienen. King hatte im Lauf der Jahre gewiss auch seinen Anteil an Höhen und Tiefen erlebt.

King nickte, dann stand er auf. „Ich gehe besser mal los. Gratuliere, Kassie. Der Song hat es in sich."

Kassie schlang die Arme um ihn, um ihn spontan zu drücken.

King versteifte sich, schaute wie ein Reh im Scheinwerferlicht zu Briggs. Als sie nicht losließ, erwiderte er zögerlich die Umarmung und trat dann unbehaglich zurück. „Okay dann … Zeit zu gehen. Briggs, ich ruf dich später an."

Briggs nickte ihm zu, während er ein Lachen unterdrückte. Dann schaute er zu Kassie. „Willst du was zu essen besorgen?"

„Klar." Sie strahlte ihn an und plapperte auf dem ganzen Weg zum Cozy Cave fröhlich über den Song.

„Ich zahle", sagte Kassie, während sie sich ihre Speisekarten ansahen.

„Das ist nicht nötig", sagte Briggs. „Ich hab dich doch eingeladen."

„Nein, nein. Nach allem, was du heute getan hast, ist es nur das Richtige, dass ich was ausgebe."

„Vergiss es", beharrte er. „Ich war schon da, wo du bist. Ich zahle. Du kannst mich einladen, wenn du endlich deinen Nummer-eins-Hit oder so was kriegst."

Sie warf ihm ein dankbares Lächeln zu und nickte. „Okay. Du bist dran."

Die ganze Mahlzeit lang redeten sie über Musik, und als sie aus dem Restaurant gingen, waren sie beide entspannt und glücklich.

„Ich kann von hier aus zu Melissa fahren", sagte Kassie, als sie zu seinem Truck kamen.

„Keine große Sache, ich lass dich nur raus", sagte er und stieg bereits in die Kabine. „Außerdem ist es ziemlich dunkel und kalt draußen. Steig einfach ein."

Sie hatte keine Einwände.

Als sie zu Melissas Haus kamen, starrte Briggs zu ihrem Schlafzimmerfenster hinauf, wünschte sich, sie wäre da. Er hatte sie heute vermisst. Obwohl er die Zeit im Studio genossen hatte, wünschte er immer noch, er könnte den Tag mit ihr in seinen Armen beenden. Die Erinnerung, wie sie sich in seinem Schlafsack in der letzten Nacht an ihn geschmiegt hatte, brachte ein Lächeln auf sein Gesicht.

„Danke für einen so tollen Tag, Briggs", sagte Kassie, die ihm eine Hand auf den Oberschenkel legte.

Er starrte ihre Hand an und runzelte die Stirn. „Klar, Kas. Mir hat es auch Spaß gemacht." Dann sprang er rasch aus dem Truck und holte ihr Fahrrad von hinten. „Wo hat Melissa das denn normalerweise?"

„In der Garage. Hier entlang." Sie führte ihn zur Seitentür, öffnete sie für ihn, und schaltete das Licht an.

Die Garage war aufgeräumt, mit Plastikbehältern, die auf

einem Regal an einer Seite aufgestapelt waren, und eine Werkzeugkiste auf der anderen. Das überraschte ihn nicht. Melissa war der ordentliche Typ. Er rollte das Fahrrad hinüber, wo ein Helm an der Wand hing, und wandte sich an Kassie. „Ich sehe dich dann am Montag."

„Du musst nicht gehen", sagte sie und trat vor ihn, blockierte ihm den Ausweg. „Ich kann heiße Schokolade machen, und wir können am Kamin über Musik reden."

„Das ist nicht …"

„Komm schon, Briggs." Sie schaute mit großen Augen und geschürzten Lippen zu ihm auf. „Wir hatten einen so tollen Tag. Du willst doch nicht, dass er endet, oder?" Sie griff nach oben, um eine Haarsträhne aus seinen Augen zu streifen. „Unsere Chemie …"

Briggs nahm ihre Hand und hielt sie auf. „Es gibt keine Chemie", beharrte er. „Wir hatten einen guten Tag im Studio. Belassen wir es doch einfach dabei."

Unbetroffen legte Kassie ihre andere Hand auf seine Brust und strich leicht mit den Fingern über den gut definierten Muskel. „Wir wissen beide, wie gut wir zusammen sind. Lassen wir uns doch diese Nacht nicht entgehen, Briggs. Ich habe dich vermisst."

Er trat zurück, spürte das Prickeln von Magie auf seinem Rückgrat. Er stellte sich Melissas lächelndes Gesicht vor und zwang heraus: „Ich habe Nein gesagt."

„Ach, komm schon", sagte Kassie mit einem Seufzen. „Was ist falsch an einem bisschen Spaß? Du bist nicht verheiratet … noch nicht. Und die kleine Frau ist nicht mal hier. Sag mir doch nicht, dass du dich nicht zu mir hingezogen fühlst. Du hast es in L.A. damals nicht vorgespielt."

Briggs fragte sich, was Melissa sagen würde, wenn sie hörte, dass sich Kassie auf ihn geworfen hatte. Er stellte sich vor, wie seine Freundin sie aus dem Haus warf und ihr sagte, dass sie sich für immer trollen sollte. Er lachte leise, schüttelte den Kopf, und dann ging er zur Tür. Als sie wieder vor ihn hüpfte, nahm er sie an den Armen, hob sie hoch und stellte sie zur Seite.

Sobald er draußen war, spähte er wieder hinein und sagte: „Mach das niemals wieder. Verstehst du?"

„Man muss es einfach versuchen", sagte Kassie locker und eilte dann ins Haus.

Briggs konnte nicht glauben, dass sie einen ganz normalen Tag erlebt hatten, und er sich gedacht hatte, sie würden an den Problemen vorbeikommen, die Kassie mit sich nach Keating Hollow gebracht hatte. Dann hatte sie es ganz am Ende ruinieren müssen.

Hatte sie denn keinen Anstand? Melissa ließ sie in ihrem Haus wohnen, und Kassie konnte sich nicht davon abhalten, Melissas Verlobten anzugraben. Na ja, gespielten Verlobten, aber das wusste Kassie ja nicht. Es schien, als würde doch immer alles beim Alten bleiben.

Es würde Briggs guttun, das im Gedächtnis zu behalten.

Voller Frust damit, wie der Tag geendet hatte, stieg Briggs zurück in seinen Truck und war unterwegs nach Hause. Er duschte lange heiß, stieg ins Bett und rief dann Melissa an. „Hey, Schöne."

„Hey auch", sagte sie, und er konnte das Lächeln in ihrer Stimme hören. „Wie war dein Tag?"

„Ziemlich toll eigentlich. Oder das war er, bis so ziemlich vor einer Stunde", sagte er.

„Was ist passiert?"

Er erklärte, dass Kassie rübergekommen war, um sich zu entschuldigen, und das hatte dazu geführt, im Studio zu arbeiten und danach essen zu gehen.

„Das klingt bis jetzt ziemlich toll", sagte Melissa, wirkte völlig okay damit, dass er einen Tag mit seiner Ex-Situationship verbrachte. „Was hat es ruiniert?"

„Kassie", sagte er offen. „Ich hab sie zurück zu dir gefahren, und sie hat mich ziemlich heftig angemacht."

Am anderen Ende herrschte Schweigen.

„Melissa?"

„Ich bin hier", sagte sie, ihr Ton aus ausdruckslos. „Diese Frau ist …"

„Eine Schlange?", schlug er vor.

Sie lachte leise. „Ja, gerade wenn man denkt, sie könnte aufrichtig sein, dreht sie sich um und macht etwas so Niederträchtiges. Es ist ziemlich armselig, aber das ist es ja auch, jemandem achttausend Nachrichten zu schreiben, wenn man nie eine zurückkriegt."

„Stimmt", stimmte er zu.

„Wie bist du damit umgegangen? Sind die Funken geflogen? Die Art Funken, die etwas niederbrennen, meine ich. Nicht die leidenschaftlichen."

Er lachte. „Fast, aber ich habe dir gesagt, dass mein Therapeut mir einige Werkzeuge an die Hand gegeben hat, und ich konnte mich da rausnehmen, bevor wir die Garage neu bauen mussten."

„Das ist gut", sagte sie und klang erleichtert. „Ich bin echt froh, dass dein Therapeut dir helfen konnte."

„Ich auch. Jetzt erzähl mir was über deinen Tag. Sind alle Weinkunden zufrieden?"

„Die meisten." Melissa verbrachte die nächsten zehn Minuten damit, ihm alles über ihr Lieblingsweingut zu erzählen, und dass sie ihn mit die Küste runter nehmen wollte, sobald das Wetter wärmer wurde.

Briggs hörte fröhlich zu, stellte sich vor, einen schönen

warmen Tag mit ihr zu verbringen, eine Tour zu ihren liebsten Weingütern zu machen und zuzuhören, wie sie über den Verkauf und Weinbegleitungen und all die langweiligen Dinge redete, die sie an ihrem Job mochte.

Es schien einfach so normal. Das klang für ihn geradezu perfekt.

KAPITEL 20

$\mathcal{M}$elissa belud den Kofferraum ihres Audi mit ein paar Kisten ihrer Lieblingsweine, und stieg in das Fahrzeug, um die Fahrt zurück nach Keating Hollow anzugehen. Es war Sonntagnachmittag, und sie hatte es geschafft, alle ihre Kunden früher als geplant zu treffen. Sie hoffte, vor dem Abendessen zurück in die Stadt zu kommen, damit sie den Abend mit Briggs verbringen konnte.

Tatsächlich plante sie, direkt zu ihm nach Hause zu fahren, denn wenn sie sich mit Kassie befassen musste, war sie nicht sicher, ob sie cool bleiben konnte. Die Dreistigkeit dieser Frau, Briggs anzugraben, während sie bei Melissa zu Hause wohnte – und zwar auch noch umsonst – war nicht zu begreifen.

Wer tat denn das?

Müll, der glaubte, dass ihm alles zustand. Genau so jemand.

Sie wusste, dass die Frau ein paar Probleme im Leben hatte, aber das war keine Entschuldigung für ihr Verhalten, und Melissa war nicht geneigt, ihr da irgendeine Art Milde angedeihen zu lassen.

Die Nachmittagssonne glitzerte auf dem Pazifik, als ein

Anruf über Bluetooth auf der Konsole des Fahrzeugs durchkam. Sadies Name blitzte auf, sodass Melissa lächelte. Sie hatte mit ihrer Freundin nicht geredet, seit Briggs und sie alles offiziell gemacht hatten, und sie konnte nicht erwarten, ihr die Neuigkeit mitzuteilen.

Melissa drückte auf Annehmen und sagte: „Hey, Bestie. Wie läuft dein Sonntag?"

„Wo bist du?", fragte Sadie, die gestresst klang.

„Auf dem 101, unterwegs zurück nach Hause. Warum? Wo bist du?"

„Im Büro des Sheriffs." Sadies Stimme brach, als sie sagte: „Briggs wurde festgenommen."

Melissa war so abgelenkt, dass sie fast von der Straße fuhr. Rasch korrigierte sie die Lenkung, und dann fuhr sie seitlich an der Straße ran und stellte das Auto auf Parken. „Was meinst du, er wurde festgenommen? Warum? Was hat er getan?"

„Sie glauben, er hat Kassie entführt."

Ein Klingeln erklang in Melissas Ohren, und sie war sicher, dass sie ihre Freundin nicht richtig verstanden hatte. „Sag das noch mal?"

„Kassie wird vermisst, und sie glauben, Briggs hat es getan. Melissa, du musst hierher zurückkommen. King und ich machen uns große Sorgen. Es sieht nicht gut aus."

„Erzähl mir alles", verlangte Melissa, während sie zurück auf den Highway fuhr und aufs Gas trat.

„Na ja, soweit wir es wissen, gab es eine kleine Explosion im Studio heute Vormittag. Es gibt ein unvollständiges Video, wie Kassie von jemandem weggeschleppt wird, der größer ist als sie. Sie haben dein Fahrrad und eine Kreditkarte mit Briggs' Namen am Tatort gefunden."

Melissas Herz schlug bis zum Hals. „Das ist …"

„Nicht gut", schloss Sadie für sie.

„Was sagt denn Briggs?" Es musste doch eine vernünftige Erklärung geben. Die musste es einfach geben. Kassie hatte vielleicht Briggs' Kreditkarte genommen. Sie hatte ja immerhin zu kämpfen.

„Wir wissen es nicht. King konnte nicht mit ihm reden. Er arbeitet daran, ihm einen Anwalt zu besorgen, aber da Sonntag ist, hat er Schwierigkeiten, jemanden zu finden." Sadie schniefte. „King steckt das echt nicht gut weg."

„Kann ich mir vorstellen." In Melissas Augen brannten Tränen, aber sie tat ihr Bestes, ihre Gefühle zu schlucken. Es war keine Zeit für Panik. Bis sie mehr wusste, würde sie annehmen, dass die Polizei den Falschen hatte. „Was ist mit Kassie? Wissen wir irgendwas? Warum war sie im Studio, mit wem war sie dort, seit wann wird sie vermisst?"

„Nein. Ich bin zu dir nach Hause gegangen. Ihr ganzes Zeug ist dort. Und ich habe eine volle Tasse Tee gefunden, in der immer noch der Beutel war, mit dem Honigtopf daneben. Außerdem ist Toast im Toaster. Wenn ich raten müsste, würde ich sagen, sie ist ziemlich eilig aufgebrochen."

Das bedeutete wahrscheinlich, dass sie in die Stadt gefahren war, um sich mit jemandem, den sie kannte, im Studio zu treffen. Wo sie am Vortag mit Briggs und King gewesen war. Aber Briggs war am Vorabend noch von ihr genervt gewesen, und seine Lösung im Umgang mit ihr war gewesen, sie zu ignorieren und sich von ihr fernzuhalten.

Eine Stimme in Melissas Kopf machte sich bemerkbar: *Was, wenn sie ihn überzeugt hatte, an einem weiteren Song zu arbeiten, und er hat die Kontrolle verloren?*

Leider war das eine äußerst realistische Möglichkeit.

„Bleibt einfach dran. Ich bin unterwegs", sagte Melissa. „Und Sadie?"

„Ja?"

„Ruf mich an, wenn ihr irgendwas Neues rausfindet. Egal was.“

„Mache ich“, versprach Sadie.

Melissa beendete den Anruf und fuhr schneller, betete, dass sie unterwegs keiner Highway-Polizei begegnete.

DIE FAHRT zurück nach Keating Hollow war nervenzerreibend gewesen. Zum Glück hatte Melissa es geschafft, nicht rausgezogen zu werden, aber es war ein paar Mal echt eng geworden. Sobald sie zurück in die Stadt kam, fuhr sie direkt zum Sheriffsbüro.

„Kann ich Ihnen helfen?“, fragte eine hübsche Rothaarige namens Larissa hinter dem Empfangstresen.

Melissa kannte die Angestellte nur, weil sie in Keating Hollow aufgewachsen war, aber sie standen sich nicht nahe. „Ja, Larissa. Ich bin hier, um Briggs Williams zu sehen.“

Clarissa runzelte die Stirn, während sie auf dem Computer tippte. „Sie heißen Melissa, richtig?“

„Ja. Melissa Benson.“ Die Empfangsdame nickte. „Dachte ich mir. Es tut mir leid, Melissa. Aber Briggs darf noch keinen Besuch empfangen. Ich kann Ihren Namen auf die Liste setzen und Sie wissen lassen, wenn Sie Zugang haben.“

„Wann wird das sein?“, fragte Melissa, die das Gefühl hatte, als würde sie gleich aus der Haut fahren.

„Ehrlicherweise wahrscheinlich nicht vor morgen. Hier passiert eigentlich nichts an Sonntagen. Ich arbeite nur wegen des ganzen Aufruhrs. Sie haben jemanden am Tresen gebraucht. Ich sage Ihnen, ich war noch nicht bereit, zurück zur Arbeit zu kommen. Ich hatte Pläne, um …“

Ungeduldig schnitt ihr Melissa das Wort ab. „Es tut mir

leid, dass Ihr Sonntag ruiniert wurde. Kann ich mit dem Sheriff sprechen?"

„Sheriff Baker ist gerade beschäftigt, aber ich kann ihn wissen lassen, dass Sie warten", sagte sie.

„Bitte. Es ist wichtig", sagte Melissa und ging dann, um sich in einen der unbequemen Plastikstühle zu setzen. Während sie wartete, schrieb sie an Sadie. „Wo bist du?"

Keine Antwort.

Melissa stand aus dem Stuhl auf und wählte Sadies Nummer.

Es ging direkt auf die Mailbox.

Sie wollte vor Frust brüllen, aber sie blieb cool und tippte eine weitere Nachricht an ihre Freundin. *Ich bin im Sheriffsbüro. Ruf mich an, sobald du das bekommst.*

„Ms. Benson?", rief eine männliche Stimme hinter ihr.

Melissa wirbelte herum, um feststellen, dass Sheriff Baker in Zivil dort stand.

„Sheriff", sagte sie. „Ich muss mit Briggs Williams reden."

„Die Besuchszeiten sind um", sagte er nüchtern. „Aber selbst wenn sie das nicht wären, wird er gerade noch vernommen. Nach seiner Anklageerhebung morgen, falls keine Kaution möglich ist, können Sie eine Zeit ausmachen, um ihn zu besuchen."

„Falls keine Kaution möglich ist?", wiederholte sie. *„Falls?"*

„Er wurde für ein ernsthaftes Verbrechen festgenommen, Ms. Benson. Ich kann nicht vorhersagen, was der Richter entscheiden wird."

„Was für Beweise haben Sie denn, dass Briggs Kassie entführt hat?", wollte sie wissen. „Ich kenne ihn. Er würde so etwas nie tun. Ich sage Ihnen, da gab es einen Fehler."

Er warf ihr einen mitleidigen Blick zu. Einen, der sagte, dass er das alles schon gehört hatte.

Melissa war so frustriert, dass in ihren Augen wieder Tränen brannten. „Sie müssen mir etwas sagen. Irgendwas, das mir hilft, das zu verstehen."

„Warum sprechen wir nicht in meinem Büro", sagte er, während er eine Hand auf ihren Ellbogen legte und anfing, sie durch das Revier zu lotsen.

Das Unbehagen in ihren Eingeweiden wurde stärker, während sie durch den Gang gingen.

Als sie ein kleines, fensterloses Büro betraten, das so steril und generisch war, wie sie es sich nur vorstellen konnte, bedeutete er ihr, dass sie vor ihm eintreten sollte. Er folgte und schloss die Tür, ließ sie in dem kleinen Raum stehen, mit fluoreszierendem Licht, das in ihre Augen stach.

„Das ist nicht Ihr Büro, oder?", fragte sie.

„Nein, aber da haben wir etwas Privatsphäre." Er öffnete eine Schublade und nahm einen gelben Schreibblock und einen Stift heraus. „Bevor wir anfangen, können Sie mir sagen, in welcher Beziehung sie zu Briggs Williams stehen?"

„Ich bin seine Freundin", sagte sie.

Das schrieb er auf und fragte: „Wie lange sind Sie schon zusammen?"

Melissa runzelte die Stirn. „Ich bin mir nicht sicher, welche Rolle das spielt."

„Ich versuche nur, ein deutliches Bild davon zu bekommen, wer Briggs Williams ist, und mit wem er seine Zeit verbringt, das ist alles."

„Ich dachte, Sie würden mir Einblick darin geben, was mit Briggs los ist, nicht mich verhören", sagte Melissa, die bereit war, aufzustehen und zu gehen.

„Ich verspreche Ihnen, das ist kein Verhör", sagte er nicht unfreundlich. „Ich will wirklich sicherstellen, dass wir die richtige Person im Gewahrsam haben. Wenn sich erweist, dass wir das nicht haben, würde ich ihn gern so schnell wie möglich freilassen."

Wenn er es so formulierte, schätzte Melissa, dass sie etwas kooperieren konnte. „Wir sind erst seit ungefähr einer Woche zusammen, aber ich kenne ihn schon länger. Briggs ist King McGraths bester Freund. King ist mit meiner Freundin Sadie Lewis zusammen, darum habe ich im Lauf der letzten paar Monate eine Menge Zeit mit ihnen allen verbracht."

Es fühlte sich seltsam an, zu sagen, dass sie erst eine Woche mit Briggs zusammen war. Im Herzen fühlte es sich sehr viel länger an. Das lag vermutlich daran, dass sie schon seit Ewigkeiten auf ihn stand. Sie hatte einfach nicht zugelassen, dass sie handelte, weil sie nicht wollte, dass sie verletzt wurde, wenn er sich nicht darauf einlassen wollte.

„Waren Sie sich bewusst, ob es irgendwelche bösen Gefühle oder Konflikte zwischen Mr. Williams und Ms. Kinny gab?"

Melissa starrte ihn lange an. „Ich glaube, wir sind hier fertig."

Er hob neugierig die Augenbrauen. „Ist das ein Ja?"

„Es ist kein Kommentar. Und ich weiß es echt nicht zu schätzen, dass Sie so tun, als würden Sie einige meiner Fragen beantworten, um mich dann wie eine Verdächtige oder Zeugin oder so was zu behandeln. Ich war in den letzten zwei Tagen nicht in der Stadt. Ich weiß gar nichts." Melissa stand auf und eilte aus dem Raum, in ihrer Brust zog es, und ein Schluchzen wollte sich den Weg durch ihre Kehle bahnen.

Sie eilte an Clarissa vorbei und nach draußen, schnappte nach Luft.

„Melissa!", rief Sadie, die vorkam und die Arme um sie schlang. „Alles in Ordnung? Was ist passiert?"

„Der Sheriff. Fragen. Ich kann nicht ..."

„Ist schon okay", beruhigte sie Sadie. „Komm schon. Bringen wir dich hier raus."

„Aber Briggs …"

„King hat eine Anwältin gefunden. Lorna White arbeitet bereits am schnellsten Weg, ihn da rauszukriegen. Offensichtlich hat sie einen Richterfreund, der die Anklage beschleunigen kann. Komm schon. King wird uns auf dem Laufenden halten. Gehen wir."

Melissa ließ sich von ihrer Freundin wegführen, aber mit jedem Schritt weg vom Sheriffsbüro fühlte sie sich, als würde sie ein Stück von sich zurücklassen.

KAPITEL 21

„*M*r. Williams", sagte Deputy Sheriff Hunt, der die Gefängniszelle öffnete. „Kommen Sie mit mir."

Briggs erhob sich ohne ein Wort von der harten Bank und folgte dem Mann an den vier anderen Zellen vorbei, die leer waren. Offensichtlich war Keating Hollow keine Brutstätte des Verbrechens. Oder zumindest war es das nicht, bis Kassie heute Vormittag verschollen war.

Galle stieg in seiner Kehle auf. Es war nicht so sehr, dass er sich Sorgen um sich machte, obwohl er zugeben musste, dass eine Festnahme nicht auf seiner Bingokarte gestanden hatte. Es war, dass Kassie offensichtlich entführt werden war, und da alle dachten, Briggs hätte es getan, suchte niemand nach dem wirklichen Täter. Der Gedanke ließ es ihm übel werden. Ganz gleich, wie Kassie manchmal an ihn rangekommen war, er wollte auf jeden Fall nicht, dass ihr was Schlimmes passierte. Und wenn sie gegen ihren Willen festgehalten wurde ... Er mahlte so fest mit den Zähnen, dass ihm der Kiefer wehtat.

„Ihre Anwältin wartet da drin auf Sie", sagte Hunt, öffnete eine Tür und winkte ihn hinein.

„Was für eine Anwältin?", fragte Briggs. Es war das erste Mal, dass er mit jemandem sprach, seit er heute Vormittag festgenommen worden war.

Der Deputy Sheriff antwortete nicht. Er wartete nur, dass Briggs eintrat, und dann schloss er die Tür, sodass Briggs allein mit einer Frau war, die sich bereits in dem Zimmer befand.

„Mr. Williams, ich bin Lorna White." Die Frau mit den langen grauen Haaren und den ernsten blauen Augen stand da und hielt ihm eine Hand hin. „Ihr Freund King McGrath hat mich für Sie angeheuert. Ich bin hier, um Ihnen zu helfen, wenn das für Sie akzeptabel ist."

Briggs richtete ein stummes Dankeschön an King und schüttelte der Frau dann die Hand. „Ist es. Wenn King Sie angeheuert hat, ist mir das Recht."

„Hervorragend." Sie nahm Platz und öffnete einen Ordner. „Stürzen wir uns rein, oder?"

Briggs nickte und setzte sich ihr gegenüber hin.

„Zuerst einmal, wissen Sie, weshalb Sie hier sind?", sagte sie.

„Sie sagten, man würde mich festnehmen wegen des Angriffs und der Entführung von Kassie Kinny", wiederholte er in ausdruckslosem Tonfall.

„Ja, das steht auf dem Haftbefehl", bestätigte sie. „Sie haben ein Video, wie sie heute früh am Vormittag vor dem Plattenstudio angegriffen wird, wo Sie arbeiten." Sie schaute auf die Papiere. „Hier steht, die Uhrzeit ist sieben Uhr neununddreißig. Ich habe es noch nicht gesehen, aber die Notizen besagen, während Ms. Kinny voll zu sehen ist, zeigt das Video nur teilweise die Rückansicht des Angreifers." Sie schaute von ihren Notizen auf. „Können Sie mir sagen, wo sie heute um sieben Uhr neununddreißig waren?"

„Zu Hause in meinem Bett", erwiderte er.

„War irgendwer bei Ihnen?"

„In meinem Bett?", fragte er, dann schüttelte er rasch den Kopf. „Nein. Ich war allein zu Hause. Niemand sonst war da."

„Okay, das klingt für einen Sonntagvormittag nachvollziehbar." Sie tippte mit den Fingern auf den Tisch. „Auf dem Haftbefehl steht auch, dass Ihre Kreditkarte am Tatort gefunden wurde, und es scheint, als würde der Angreifer ein Flanellshirt tragen, das zu einem passt, das Sie schon getragen haben."

Briggs runzelte die Stirn. „Meine Kreditkarte war da?"

„Ja. Ihr legaler Name lautet Brandon Williams, richtig?"

Er nickte. Briggs hatte seinen Namen geändert, sobald er ins Pflegeheim gekommen war. Er wollte nicht an das Kind erinnert werden, das seine Kindheit damit verbracht hatte, von seinem Vater in den Hintern getreten zu werden.

„Hier ist ein Bild davon." Sie drehte den Ordner um, damit er seine Kreditkarte sehen konnte, diejenige, die er just am Vorabend beim Abendessen benutzt hatte, wie sie auf dem Boden lag.

„Ich habe null Ahnung, wie die dorthin kam. Ehrlich. Ich habe sie beim Abendessen im Cozy Cave gestern Abend benutzt, und seither nicht in der Hand gehabt", erklärte Briggs.

„Ist es möglich, dass Sie vergessen haben, sie mitzunehmen und sie im Restaurant zurückgelassen haben?", fragte Lorna.

„Vielleicht?" Er runzelte die Stirn. „Ich weiß es nicht."

„Das trage ich als Ja ein. Es gab Zeugen, die sagen, dass Sie am Samstagabend mit Ms. Kinny zusammen waren. Stimmt das?"

„Ja." Briggs erklärte weiter, dass sie den Tag im Studio

verbracht hatten und dann zum Abendessen gegangen waren, bevor er sie am Abend bei Melissa zu Hause abgesetzt hatte. „Seitdem habe ich von ihr nichts mehr gesehen oder gehört."

„Und es gibt niemanden, der bezeugen kann, dass Sie zu Hause waren?"

Er schüttelte den Kopf.

„Haben Sie Sicherheitskameras, die vielleicht aufzeichnen, wie Sie kommen und gehen?", fragte sie hoffnungsvoll.

„Ich habe Kameras an meiner Eingangs- und Hintertür", sagte er. „Ich kann Ihnen die Clips schicken, wenn ich hier rauskomme."

„Okay, das ist gut", sagte sie nickend. „Das wird aber nicht die Spekulationen darüber aufhalten, dass Sie vielleicht ein Fenster benutzt haben könnten, aber es hilft."

Briggs stöhnte.

„Lassen Sie sich nicht entmutigen", warnte sie. „Wir fangen gerade erst an."

Genau das hatte er befürchtet.

Nachdem sie eine Reihe Fragen zu seiner Beziehung zu Kassie gestellt hatte, und dann zu seiner Beziehung zu King und ihrer gemeinsamen Geschichte, schloss sie die Akte und lehnte sich vor. „Die Sache ist die. Bisher haben sie nichts als Indizienbeweise."

„Sie haben eine Kreditkarte am Tatort", sagte er und fühlte sich ziemlich niedergeschlagen.

„Das kann man erklären", sagte sie mit einem Handwedeln. „Vielleicht hat Kassie sie genommen. Sie sagten, sie hätte Geldprobleme. Verzweifelte Menschen machen verzweifelte Dinge. Die Sache ist die, es gibt keine rauchende Waffe, und kein Richter wird Sie hinter Gittern halten, wenn es nur Indizienbeweise gibt. Die Kaution wird vermutlich ziemlich niedrig sein, da Sie keine Vorstrafen haben."

„Okay. Wann kann ich raus? Heute Abend?"

Sie schüttelte den Kopf. „Sehr wahrscheinlich morgen Vormittag. Gerade jetzt will Sheriff Baker Sie befragen, da Sie sich geweigert haben, irgendwelche Fragen zu beantworten, ohne dass ein Anwalt da war, als Sie festgenommen wurden. Sind Sie dafür bereit?"

War er nicht, aber es war ja nicht, als würden sie ihn einfach zurück in seine Zelle eskortieren. „Ja, aber ich warne Sie jetzt; ich vertraue der Polizei nicht, darum werde ich vermutlich gar keine Fragen beantworten."

„Das ist Ihr Recht. In diesem Fall halte ich es für das Beste." Sie stand auf. „Ich lasse den Sheriff wissen, dass wir bereit sind."

Ein paar Minuten später betrat Sheriff Baker das winzige Zimmer zusammen mit Lorna. Briggs' Anwältin setzte sich neben ihn, und der Sheriff nahm den Platz ihnen gegenüber ein.

„Guten Abend, Mr. Williams", sagte der Sheriff. „Ich hoffe, wir können eine Unterhaltung führen, um ein paar Dinge zu klären."

Briggs antwortete nicht.

Lorna räusperte sich. „Mein Klient hat mich in Kenntnis gesetzt, dass er gern von seinem im Ersten Verfassungszusatz garantierten Recht Gebrauch machen möchte, Sheriff."

Drew Baker stieß ein müdes Seufzen aus. „Das ist natürlich Ihr Recht, Mr. Williams. Aber ich will klarstellen, dass ich wirklich hier bin, um herauszufinden, was Ms. Kinny zugestoßen ist."

„Würde das stimmen, wären Sie draußen und würden nach demjenigen suchen, der sie entführt hat", sagte Briggs. „Nicht Ihre Zeit bei mir verschwenden."

„Sie sagen also, dass Sie sich heute Vormittag nicht mit Ms. Kinny getroffen haben?", fragte Drew.

„Genau das sage ich", erklärte Briggs. Er würde keine Fragen zu seiner Beziehung zu Kassie oder ihrer vergangenen Interaktion beantworten, aber er würde klarstellen, dass sie einen Fehler machten. „Je länger Sie mir das anhängen wollen, desto länger bleibt Kassie in Gefahr."

„Können Sie mir sagen, woher Sie Ms. Kinny kennen?", fragte Baker.

Briggs hielt inne und schaute zu Lorna. Als sie nickte, sagte er: „Sie ist Sängerin. Ich arbeite für das Studio, in dem sie aufnimmt."

„Okay. Und ist es fair zu sagen, dass Sie einmal mit ihr eine Beziehung hatten?"

„Dazu habe ich keinen Kommentar", sagte Briggs.

„In Ordnung. Können Sie mir was über dieses TikTok-Video erzählen, das Ms. Kinny veröffentlicht hat? Es legt deutlich nahe, dass Sie eine Beziehung zu King McGrath pflegen. Wussten Sie davon?"

Briggs starrte den Sheriff ausdruckslos an.

„Kein Kommentar", antwortete Lorna für ihn.

Sheriff Baker stellte weiterhin eine Reihe von Fragen über seine Beziehung zu Kassie, wie lange er sie kannte, ob er jemanden kannte, der vielleicht ein Verdächtiger sein könnte, genauso wie nach seinem Aufenthaltsort in den letzten achtundvierzig Stunden. Er beantwortete keine davon. Stattdessen sagte er nur: „Sie haben den Falschen, Sheriff. Wenn Sie sich wirklich Sorgen um Kassie machen, müssen Sie woanders suchen."

„Das versuche ich doch zu tun, Mr. Williams", sagte Baker, der inzwischen ungeduldig klang. „Ihr Beharren darauf, nicht zu reden, hilft uns nicht dabei, sie zu finden."

„Vielleicht wäre ich ja gesprächiger, wenn ich nicht festgenommen worden wäre", sagte er und stand dann auf. „Kann ich zurück jetzt in meine Zelle?"

Der Sheriff lehnte sich in seinem Stuhl zurück und nickte. „Wenn Ihnen irgendwas einfällt, was sie glauben, dass wir wissen sollten, zögern Sie bitte nicht, es einem Deputy zu sagen. Ich bin dann hier."

Briggs stand im Gang bei seiner Anwältin und einem der Deputys.

„Ich sehe Sie dann gleich morgen Vormittag", sagte Lorna. „King McGrath hat bereits gesagt, dass er die Kaution decken wird. Mit etwas Glück sind Sie morgen zum Mittagessen zu Hause."

„Vielen Dank", sagte er, dann folgte er dem Deputy zurück zu seiner Zelle.

Nachdem er das Metall auf Metall klirren gehört hatte, setzte er sich auf die Bank und lehnte sich an die kalte Zementwand. Es würde eine lange Nacht werden.

KAPITEL 22

*M*elissa hielt Sadies Hand, während sie in das Gerichtsgebäude in Eureka gingen. King war gleich vor ihnen, er redete mit Lorna White. Die Anwältin schien zu glauben, dass Briggs kurz nach der Anhörung entlassen werden würde, aber Melissa war zu nervös, um sich Hoffnungen zu machen.

In der Nacht hatte sie kein bisschen geschlafen. Sie konnte nur an Briggs denken, der allein in einer Gefängniszelle saß, während die schlimmsten Szenarien durch ihre Gedanken rasten.

„Es kommt schon in Ordnung", sagte Sadie.

„Das weißt du nicht", flüsterte Melissa zurück. „Was, wenn der Richter ein riesiger Arsch ist und eine Kaution festlegt, die King nicht aufbringen kann?" Der Himmel wusste, dass Melissa keinen Stapel Geld hatte, der einfach nur herumlag. Sie hatte ihr Haus, aber das war es auch.

„Sieh mal." Sadie deutete auf eine kleine Gruppe Leute, die an der Seite standen. „Ist das nicht Yvette Townsend-Burton?"

„Das ist Bronwyn von Mystyk Pizza", fügte Melissa an.

„Warum sind sie hier?" Ihr Puls legte ein wenig zu, während ihr Herz vor Nervosität flatterte. „Du glaubst aber nicht, dass die hier sind, um gegen Briggs auszusagen, oder?"

„Was denn auszusagen? Dass er geholfen hat, Bronwyns Restaurant wieder aufzubauen, und dass er sofort Yvette gerufen hat, als das Fenster in ihrem Laden zerbrochen ist?", fragte Sadie, die genervt wirkte. „Wenn sie das tun, dann ..."

„Darum sind sie nicht hier", sagte Lorna White.

„King, gut, du bist schon da", sagte ein Mann hinter ihm.

Melissa wirbelte herum und sah Austin Steele, Briggs' Chef.

King schüttelte dem Mann die Hand und fragte: „Hast du deine Aussage?"

„Was für eine Aussage?", fragte Melissa. „Was ist los?" Sie verabscheute es, das Gefühl zu haben, im Dunkeln zu tappen.

„Lorna hat gefragt, ob es Leute in der Stadt gibt, die einen Charakterbericht für Briggs abgeben", sagte King. „Ich dachte, sie würden nur Briefe schicken, aber es sieht aus, als hätten sie alle zugestimmt, persönlich aufzutauchen."

Die Richterin betrat den Saal, und alle eilten zu ihren Plätzen.

Melissa wollte Austin, Yvette und Bronwyn persönlich danken, aber die Verhandlung begann, und sie konnte nur abwarten und sehen, was als nächstes geschah.

Die Richterin rief alle zur Ordnung auf und listete dann die Anklagen gegen Briggs auf. Schwere Körperverletzung und Freiheitsberaubung. Die Beweise wurden vorgestellt, und dann war es Zeit, dass Briggs' Anwältin etwas sagte.

„Euer Ehren", begann Lorna White. „Der Staat hat den Wortlaut des Gesetzes ziemlich großzügig ausgelegt. Es gibt null Beweise, dass mein Klient Ms. Kinny angegriffen oder ihrer Freiheit beraubt hat. Tatsächlich weiß niemand, wo sie ist. Es ist möglich, dass sie die Stadt nur verlassen hat, obwohl das unwahrscheinlich wirkt. Und der Videobeweis, den Sie von ihrem Angriff haben, zeigt nur die Rückseite von jemandes Schulter. Es gibt keine Anzeichen zur Identifikation, die darauf hinweisen, dass es mein Klient war. Alles, was Sie gehört haben, sind reine Indizienbeweise. Ich möchte sagen, wenn dieser Fall vor Gericht geht, besteht die große Wahrscheinlichkeit, dass er völlig durchfällt."

„Was ist mit dem Motiv, Ms. White?", fragte die Richterin.

„Bisher haben wir nur gehört, dass Ms. Kinny und Mr. Williams einige Unstimmigkeiten hatten, bei denen es zu einem magischen Aufflackern von Mr. Williams kam. Allen Berichten zufolge hat Mr. Williams alles in seiner Macht Stehende getan, um diese Aktionen wieder rückgängig zu machen, dazu hat er einen Therapeuten aufgesucht. Die Geschäftsbesitzer von Keating Hollow und Mr. Williams' Arbeitgeber sind hier, um auszusagen, dass sie ihm nichts nachtragen. Tatsächlich glauben sie stark daran, dass er ein Gewinn für die Gemeinde ist."

Die Richterin schaute hinüber zu Austin, Yvette und Bronwyn. „Ich habe die Briefe von den Geschäftsbesitzern. Haben sie mehr hinzuzufügen, oder ist das nur wieder dasselbe?"

„Ich kann nicht für sie sprechen", sagte Lorna. „Aber sie haben es auf sich genommen, heute hier herzukommen, um ihn zu unterstützen."

„Ich verstehe. In Ordnung, ich habe genug gehört", sagte die Richterin.

„Warten Sie", rief Yvette, während Bronwyn aufstand. Gespräche kamen im ganzen Gerichtssaal auf, bis die Richterin mit dem Hammer zuschlug.

„Ruhe jetzt. Ich habe bereits eine Entscheidung getroffen." Sie wandte sich an den Repräsentanten des Staates. „Mr.

Vickers, meiner Meinung nach sind Ihre Beweise im besten Fall fadenscheinig. Wie Ms. White dargelegt hat, ist alles, was Sie vorlegen, ein Indizienbeweis. Mr. Williams kann im Video nicht als Angreifer identifiziert werden, und es gibt keine Beweise für Freiheitsberaubung. Ich schlage vor, dass Sie diese Anklagen noch einmal überdenken. Im Lichte all dessen entlasse ich Mr. Williams ohne Kaution. Er wird zum Gericht zurückkehren müssen, falls sein Fall auf die Prozessliste kommt. Sie sind entlassen."

Briggs stand da und schaute lange seine Anwältin an. Nach ein paar Worten von ihr lächelte er.

Melissa schoss aus ihrem Sitz und lief zu ihm hinüber, warf sich in seine Arme. „Oh, bei den Göttern, Briggs. Ich habe mir solche Sorgen um dich gemacht."

Seine Arme legten sich um sie, während er das Gesicht an ihrer Schulter vergrub. „Du bist gekommen."

„Aber natürlich", sagte sie, während sie sich zurückzog, um ihm in die Augen zu schauen. „Hast du wirklich gedacht, das würde ich nicht?"

„Ich weiß nicht", sagte er mit einem müden Lachen. „Du hättest denken können, dass ich schuldig bin."

Sie schnaubte. „Ich vertraue auf dich, selbst wenn du nicht auf mich vertraust."

Er sah sie entsetzt an. „Das habe ich nicht gemeint. Ich dachte nur …"

„Vergiss es", sagte sie und umarmte ihn wieder.

King und Sadie waren da, beide klopften ihm unterstützend auf den Rücken.

Briggs umarmte King, und dann sagte er mit vor Gefühlen belegter Stimme: „Danke, Mann."

„Du brauchst mir nicht zu danken", sagte King. „Bringen wir dich einfach hier raus, sodass du nach Hause unter die

Dusche kannst. Ich weiß, es waren nur vierundzwanzig Stunden, aber du siehst aus, als hättest du in der Kanalisation übernachtet."

So schlimm sah er nicht aus, dachte sich Melissa, aber müde schon.

„Gib mir nur kurz", sagte er, während er hinüberging, um Yvette und Bronwyn zu danken.

Melissa sank an Sadie. „Das ist besser gelaufen, als man es hätte erwarten können, oder?"

Lorna White räusperte sich und antwortete, bevor Sadie etwas sagen konnte. „Ist es. Besser wäre nur, wenn diese Vorwürfe komplett fallengelassen würden. Aber der Fall ist so neu, dass ich nicht überrascht bin, dass die Richterin sie stehen ließ. Sie brauchen schon wesentlich bessere Beweise, um hier weiterzukommen. Am besten betet man jetzt einfach, dass Kassie gefunden wird ... in Sicherheit." Sie nickte King zu. „Sagen Sie Briggs, dass ich mich melde."

Sobald Briggs damit fertig war, mit den Geschäftsbesitzern von Keating Hollow zu reden, kehrte er an Melissas Seite zurück und sagte: „Bringt mich nach Hause."

MELISSA STELLTE VIER SCHALEN AUF BRIGGS' Esszimmertisch und rief: „Mittagessen ist fertig." Während Briggs in der Dusche gewesen war, hatte sie in der Küche nach etwas gesucht, das sie ihnen allen zum Essen machen konnte. Sie hatte sich letztlich für Mac and Cheese entschieden. Soweit es sie betraf, konnten sie alle ein behagliches Essen vertragen.

„Ich hole was zu trinken", sagte Sadie.

Melissa starrte auf den Tisch und blinzelte dann. Ihre

Gedanken waren anderswo gewesen, und sie hatte das völlig vergessen. Sie lächelte ihre Freundin an. „Danke."

King kam herein und nahm Platz. Ein paar Sekunden später erschien Briggs. Seine Haare waren noch feucht von der Dusche, aber er wirkte tausend Mal besser als vorhin im Gericht. Als er an Melissa vorbeiging, gab er ihr einen Kuss auf die Wange.

„Setzt euch und esst", befahl Sadie, während sie Colas auf den Tisch stellte. „Ihr seid bestimmt alle am Verhungern."

Um ehrlich zu sein, war Melissa gar nicht mal so hungrig. Sie war so aufgeregt gewesen, weil Briggs festgenommen worden war, dass sie keinen Appetit gehabt hatte. Und bisher war er nicht zurück.

Sie war begeistert, dass Briggs wieder zu Hause war, aber sie konnte nicht aufhören, an Kassie zu denken. „Was, glaubt ihr, ist gestern früh passiert?", fragte sie. „Mit Kassie, meine ich."

Die anderen drei schauten von ihren Schalen auf und starrten sie an. Keiner hatte eine Antwort.

„Glaubt ihr, das war irgendein Fremder, oder jemand, den sie kannte?", drängte Melissa.

„Ich würde schätzen, jemand, den sie kannte", schlug King vor. „Sie ist mit deinem Rad ungefähr um sieben Uhr früh ins Studio gefahren, während sie ihr Frühstück unberührt in der Küche stehen ließ. Das wirkt doch, als wäre sie weggerufen worden, oder?"

„Sieht auf jeden Fall danach aus", bestätigte Sadie. „Der Teebeutel war noch in der Tasse, und es war Toast im Toaster."

„Wer sollte sie denn am Studio treffen wollen?", fragte Briggs. „Wenn es nicht ich oder King war, dann könnte diese Person nur Austin sein."

„Austin würde sie doch nicht an einem Sonntag anrufen,

oder?", fragte Melissa. „Ist er nicht ziemlich strikt, dass er die Wochenenden mit seiner Frau Brinn verbringt?" Das hatte Briggs ihr erzählt, als sie gefragt hatte, ob er jemals samstags oder sonntags arbeiten musste.

„Nein", sagte Briggs. „Er kommt nie rein, außer es ist vorab so geplant. Er hat mir gesagt, der Grund, dass er nach Keating Hollow gezogen ist, wäre zum Teil, dass er nicht dauernd den Druck spürt, zu arbeiten. Der einzige Grund, den ich mir vorstellen kann, dass er reinkommt, wäre, wenn er sich den Song anhören will, den wir am Samstag aufgenommen haben. Aber das ist schon ein sehr weiter Sprung. Ich glaube auf keinen Fall daran, dass er sie reingerufen hat. Er hätte es dem Sheriff sofort gesagt, wäre das der Fall gewesen."

„Das sehe ich wie Briggs", sagte King. „Selbst wenn Austin reingegangen wäre, hätte er das bereits gesagt. Ich glaube, das ist einfach eine Sackgasse und wir müssen nach anderen Möglichkeiten schauen."

Briggs nickte nur.

„Wer könnte sie denn sonst rufen?", fragte Sadie. „Kannte sie hier sonst noch jemanden?"

„Nicht, dass ich wüsste", sagte Melissa. „Der einzige Mensch, mit dem ich sie auf dem Handy habe reden hören, war ihre Mom. Und jemand anderes, von dem Kassie sagte, das wäre nur ein Freund. Dann hat sie sich verbessert und gesagt, es wäre eher ein Fan. Ich habe mitgehört, wie sie sagt, er solle nicht nach Keating Hollow kommen. Vielleicht ist er gekommen, und sie ist das Opfer eines verrückten Stalkers."

Sadie schnappte scharf nach Luft. „Das ist unheimlich. Hat sie gesagt, wer der Fan ist?"

Melissa schüttelte den Kopf. „Nein. Wir haben nicht so viel geredet. Ich weiß nur, dass sie gesagt hat, ihre Mutter wäre eine ziemlich furchtbare, ruhmsüchtige Mutter, und sie war sicher, hätte sie die Mittel, wäre sie hier, um die Aufnahme des Albums zu überwachen."

King und Sadie wechselten einen wissenden Blick. Dann sagte King: „Bist du sicher, dass ihre Mom keinen Weg hierher gefunden hat?"

„Nein, bin ich nicht. Warum?", fragte Melissa.

„Du weißt, wie verrückt meine Mom war. Es ist möglich, dass das bei Kassies Mom auch so ist. Besonders, wenn sie das Gefühl hat, dass Kassie nicht tut, was immer sie von ihr will."

„Ich weiß, sie wollte, dass Kassie ihr Geld schickt. Geld, dass Kassie nicht hat, denn sie ist bereits am Limit, nachdem sie die Rechnungen ihrer Mutter bezahlt hat", sagte Melissa. „Aus einem Stein kann man nichts rauspressen, darum stelle ich mir vor, dass sie ziemlich genervt war."

„Kassie hat mir erzählt, ihre Mom hätte Schulden bei ziemlich fiesen Leuten", sagte Briggs. „Vielleicht haben die Kassie aufs Korn genommen, um an ihre Mom ranzukommen."

„Jemand sollte ihre Mutter anrufen", sagte King, in seinen Augen blitzte eine Düsternis, an die Melissa dort nicht gewöhnt war. „Sicherstellen, dass sie weiß, dass Kassie vermisst wird, und ihr mal auf den Zahn fühlen. Rausfinden, wo sie steht. Wenn sie nach Keating Hollow gekommen ist, würde ich sie als Nummer 1 auf die Verdächtigenliste setzen."

Melissa hatte gehört, dass es ziemlich alltäglich war, dass Verbrechen von engen Freunden oder sogar Familienmitgliedern begangen wurden, und sie dachte, King könnte da etwas auf der Spur sein. „Ich sehe mal, ob ich eine Nummer finde, um sie anzurufen", sagte Melissa. „Ich melde mich bei ihr und lasse sie wissen, dass wir während dieser Krise für sie da sind. Sehen wir mal, wie sie reagiert."

„Wir sollten uns auch mal diesen Theo ansehen", sagte Briggs, der auf sein Handy starrte. „Er kommentiert immer

Kassies Posts und spricht davon, sie zu beschützen und sie sicher vor der hässlichen Welt zu halten. Es ist ziemlich creepy, um ehrlich zu sein."

King kam herüber und spähte Briggs über die Schulter, während er auf die Social-Media-Seite schaute. „Dieser Typ wohnt nur ein paar Stunden die Küste runter. Es wird vermutlich nicht so schwer sein, ihn zu finden." Er tippte seinen Namen in eine Suchmaschine und sagte sofort „Hab ihn! Die Adresse ist gleich da."

„Aber was machst du denn jetzt damit?", fragte ihn Briggs.

„Mal mit ihm plaudern gehen." King schaute zu Sadie. „Kommst du mit, nachdem wir mit dem Essen fertig sind?"

„Ich lass dich ganz bestimmt nicht allein losziehen", sagte sie. „Wir wissen besser als die meisten, wie verrückt Fans werden können."

King nickte. „Das stimmt schon."

Rasch verputzten sie die Makkaroni mit Käse. Nachdem King ihre Schalen in den Geschirrspüler gestellt hatte, sagte er: „Wir sind dann mal unterwegs die Küste runter. Wir melden uns." Er schaute Melissa in die Augen. „Lass mich wissen, wenn du mit ihrer Mom redest und wie das läuft."

„Mache ich", sagte sie und ging mit ihnen an die Tür. Nachdem sie fort waren, kehrte sie zum Sofa zurück, wo Briggs sich hingesetzt hatte, und ließ sich neben ihm nieder.

Sofort legte er die Arme um ihre Schultern und zog sie an sich. „Ich habe dich vermisst."

„Ich habe dich auch vermisst", sagte sie und legte den Kopf auf seine Schulter. „Ich will niemals wieder einen solchen Anruf bekommen. Ich hatte verdammtes Glück, dass ich nicht als rücksichtslose Fahrerin rausgezogen wurde, wenn man bedenkt, wie schnell ich nach Sadies Anruf hierher zurück gerast bin."

„Tut mir leid. Ich verabscheue den Gedanken, dass du gefahren bist, als sie dir erzählt hat, was passiert ist." Briggs drückte ihr einen sanften Kuss auf den Kopf. „Ich habe mir auch Sorgen um dich gemacht."

Sie drückte ihm die Hand. „Ich freue mich einfach nur, dass wir jetzt hier sind." Melissa schob sich hoch und ging, um ihr Handy zu holen. Dann suchte sie nach Kassies Mutter. Es dauerte nicht lang, sie zu finden. Sie hatte ihre eigene Webseite und Kontaktnummer, wo sie sich als Management für ihre Tochter ausgab. Es war offensichtlich, dass Norma Kinny tun würde, was sie tun musste, um ein Stück vom Kassies Erfolg abzubeißen.

Das Handy klingelte zweimal, bevor eine Frau dranging. „Norma Kinny, was gibt's?"

„Ms. Kinny?", fragte Melissa.

„Habe ich das nicht gerade gesagt?", fuhr die Frau sie an.

„Ich schätze schon", sagte Melissa. Sie stellte sich vor, und dann sagte sie: „Ich weiß, das muss für sie eine schlimme Zeit sein, da Kassie seit gestern Vormittag vermisst wird, aber ich wollte Ihnen nur sagen, dass ich hier bin, falls Sie irgendwas brauchen."

„Kassie wird nicht vermisst", sagte die Frau, die desinteressiert klang. „Der Sheriff reagiert über. Meine Tochter macht das einfach manchmal. Ich würde mir da keine Sorgen machen. Sie wird schon auftauchen."

„Aber Ms. Kinny, hat Ihnen der Sheriff nicht erzählt, dass es Videoaufnahmen gibt, wie sie angegriffen wird? Und sie hat nichts von ihrem Zeug mitgenommen", erklärte Melissa.

„Oh." Es gab eine lange Pause. Dann sagte sie: „Ich bin gerade ein bisschen knapp bei Kasse. Können Sie mir die Finanzen schicken, damit ich nach Keating Hollow komme?"

„Tut mir leid, Sie wollen, dass ich Ihnen Geld schicke?", fragte Melissa verblüfft.

„Ja. Damit ich kommen und für meine Tochter da sein kann. Sie haben gesagt, dass Sie hier sind, falls ich was brauche. Sie können mir fünfhundert Dollar schicken. Ich schicke Ihnen den Venmo-Link."

„Fünfhundert?", wiederholte Melissa.

„Ja. Für Essen und Benzin und Unterkunft. Wissen Sie was, besser schicken Sie sechshundert."

Die Leitung war tot, und dann ploppte eine Nachricht mit dem Venmo-Account der Frau auf.

Melissa starrte das Handy an. „Das kann sie doch nicht ernst meinen."

Briggs nahm das Handy, schaute sich den Link an und schüttelte den Kopf. Er tippte eine Nachricht ein und reichte ihr dann das Handy zurück.

Dort stand: *Melissa ist nicht Ihre Bank. Fragen Sie doch Ihren Mann nach Geld.*

„Sie ist verheiratet?" Melissa sah das Handy finster an. „Das hat Kassie nicht erwähnt."

„Ja. Sie leben beide gern auf Kosten anderer, aber Kassies Stiefvater hat einen Job beim Reinigungsamt. Ich bin ziemlich sicher, er sagt Kassies Mom nur, dass er kein Geld hat, weil sie alles ausgeben würde."

„Und dann drängt sie Kassie dazu, ihre Schulden zu begleichen, ist es das?", fragte Melissa.

„Ganz genau."

Melissa war schlecht, während sie über dieses Szenario nachdachte. Sie konnte sich nicht vorstellen, eine Mutter zu haben, die sie nur des Geldes wegen ausnutzte. Melissas Mutter ließ sie normalerweise nicht mal ein Mittagessen kaufen. Ihre Mom hatte immer bezahlt und es „ihre mütterlichen Rechte" genannt, ihre Tochter zu verhätscheln.

Verdammt, sie vermisste ihre Mom. Sie würde sich bemühen müssen, sie bald mal anzurufen.

„Da Kassies Mom nicht in der Stadt zu sein scheint, schätze ich, wir können sie von unserer Liste streichen", sagte Melissa. „Ich habe das Gefühl, falls King nichts rausfindet, haben wir eine Sackgasse erreicht."

Briggs presste die Lippen aufeinander und nickte. „Ich glaube, es bleibt nur, Austin nach der Videoaufnahme vor dem Studio zu fragen."

„Glaubst du, die würde er dir geben?"

„Das lässt sich nur auf eine Art rausfinden." Briggs tippte auf seinen Bildschirm und rief seinen Chef an.

KAPITEL 23

riggs hatte die Videoaufnahmen vor dem Plattenstudio so oft angesehen, dass seine Augen allmählich glasig wurden.

„Ich glaube nicht, dass es irgendwas gibt, was wir daraus mitnehmen können", sagte Melissa, die genauso frustriert klang, wie er sich fühlte.

„Nein. Es ist offensichtlich, dass Kassie denjenigen kennt, mit dem sie redet, aber wir bekommen nie einen anständigen Blick auf den Typen", sagte Briggs. Er wusste nicht, warum, aber die Art, wie der Typ sich bewegte, nagte irgendwie an ihm. Es fühlte sich vertraut an, als würde es ihn an jemanden erinnern. Aber er konnte es einfach nicht greifen, und es trieb ihn in den Wahnsinn.

„Ich glaube, wir sollten vielleicht einfach ins Bett gehen", sagte Melissa, die sich die Augen rieb. „Es war ein langer Tag."

Da konnte er nichts einwenden.

King hatte vor ein paar Stunden angerufen. Der Online-Belästiger war tatsächlich ein siebzehnjähriger Junge gewesen, der sich ein Bein gebrochen hatte und ein paar Monate im Bett liegen musste. Als er erfahren hatte, dass Kassie vermisst wurde, hatte er hyperventiliert und wollte wissen, wie er helfen konnte, sie zu finden. Sadie hatte ihm gesagt, er solle es den Gesetzeshütern überlassen, und obwohl er darüber nicht glücklich gewesen war, hatte er letztlich nachgegeben. Sie waren überzeugt, dass er nichts mit dem Angriff auf Kassie zu tun hattet.

Seither hatten sie Aufnahmen aus dem Studio gefilzt, waren die Aufnahmen aus der vorigen Woche durchgegangen, um herauszubringen, ob es irgendwelche verdächtigen Treffen gab. Es gab keine. Und Briggs musste Melissa zustimmen, dass sie in einer Sackgasse steckten.

„Briggs?", fragte Melissa. „Bereit, sich aufs Ohr zu hauen?"

„Ja." Er stand da und hielt ihre Hand, während sie unterwegs zu seinem Schlafzimmer waren. „Bist du sicher, dass du über Nacht bleiben willst?"

Sie schnaubte nur. „Du kannst versuchen, mich loszuwerden, aber funktionieren wird es nicht."

Briggs lachte leise. „Ich bestimmt nicht. Ich will dich nur nackt ausziehen und vergessen, dass die letzten paar Tage passiert sind."

„Da bin ich dabei."

Er schaute ihr in die Augen, dann nahm er sie in die Arme und brachte sie ins Bett.

BRIGGS ERWACHTE, als gerade die Vögel zu singen anfingen und die Sonne aufging. Er schaute hinüber zu Melissa, die unter der Decke begraben war und friedlich schlief. Er war froh, dass jemand eingeschlafen war. Er hatte nur ein paar Stunden bekommen, bevor er aufgewacht war, mit rasenden Gedanken wegen all der Dinge, die Kassie zugestoßen sein können. Er verabscheute es, dass sie keine Spur hatten. Verabscheute es sogar noch mehr, dass er sie nicht mehr über ihr Leben befragt hatte, damit sie eine Ahnung hatten, wo sie anfangen sollten.

Nachdem er sich vorsichtig aus dem Bett gerollt hatte, zog sich Briggs eine Jogginghose und ein T-Shirt an und tappte in die Küche. Während er wartete, dass der Kaffee heiß wurde, scrollte er noch einmal durch Kassies soziale Medien, suchte nach etwas – irgendwas – das ihnen einen Ort zum Suchen geben könnte.

Er fand nichts bis auf ihre Clickbait-Posts. Sie gingen nicht alle über Briggs und King. Manche waren über ihr Label, und manche über Fans, die sich etwas herausnahmen. Eines klagte sogar ein Restaurant an, das sich geweigert hatte, einen Salat gegen Fritten auszutauschen. Aber keines von ihnen war übertrieben. Nichts, das dafür sorgen würde, dass jemand stundenlang nach Keating Hollow fuhr, um sie zu entführen.

Die erste Dosis Koffein war eine willkommene Erleichterung und half, die Watte aus seinem Verstand zu vertreiben. Schnell schnappte er sich einen Bagel mit etwas Frischkäse und setzte sich dann an den Tisch, starrte Kassies Bild auf den sozialen Medien an. Sie hielt ihr Handy und machte ein Gesicht, als hätte sie gerade eine Nachricht gelesen, über die sie nicht begeistert war.

Es erinnerte ihn an die ganzen Nachrichten, die sie ihm geschickt hatte, während sie auf Tour gewesen war. Die ganzen Nachrichten, die er nicht gelesen hatte. Er öffnete die Textkette und fing an, ihre Ausführungen zu mustern.

Es gab eine Menge Small Talk über ihre Tour und sexy Andeutungen, was sie mit ihm machen wollte, sobald sie wieder zurück vor Ort war, und eine Menge Gefluche, weil er nicht zurückschrieb. Und dann sah er eine Reihe Nachrichten, die nur über ihre Mom und ihren Stiefvater gingen.

Da wurden die Dinge interessant.

Ihr Stiefvater war ihr tatsächlich auf ein paar Auftritten gefolgt. Er war da gewesen, hatte Geld verlangt, um die Schulden ihrer Mutter zu bezahlen. Und dann schließlich eine Nachricht, in der sie nahelegte, dass er sie bedroht hatte.

Er las die Nachricht noch einmal.

Wayne war gerade hier. Er ist wütend. Sagte, er wollte nicht hier sein, aber meine Mutter ließe ihm keine Wahl. Wenn ich ihm nicht das Geld geben würde, um für ihr Facelifting zu bezahlen, würde ich es bedauern. Letztlich habe ich ihm das Geld einfach gegeben. Es hat sich gelohnt, um ihn loszuwerden.

Briggs schlich sich zurück in sein Zimmer, zog sich leise an, und dann ließ er Melissa eine Nachricht da. Es war noch früh, und er wollte sie nicht wecken, aber er musste mit Sheriff Baker reden. Sofort.

Als er sich sein Handy in die Tasche gesteckt hatte, eilte er hinaus zu seinem Truck.

Doch als er ihn starten wollte, passierte nichts. „Was zum Geier?", murmelte er.

„Raus aus dem Truck", befahl ein Mann von außerhalb des Fahrzeugs.

Briggs schaute hinüber und erstarrte, als er eine Waffe sah, die auf seinen Kopf gerichtet war.

„Raus. Jetzt." Der Mann, der Ende vierzig oder Anfang fünfzig zu sein schien, hatte einen zurückweichenden Haaransatz und eine schiefe Nase. Er schien keine Scherze zu machen.

„Schon gut. Ich steige aus", sagte Briggs.

Der Mann trat zwei Schritte zurück und wartete.

Ganz langsam griff Briggs nach dem Türgriff und schob die

Tür auf. Sobald er die Füße auf dem Boden hatte, hob er die Hände hoch. „Was wollen Sie?"

„Du kennst meine Tochter Kassie?"

Tochter? War das ihr Stiefvater? Er musste es sein. Kassie hatte ihm erzählt, ihr leiblicher Vater wäre gestorben, als sie ganz jung gewesen war. „Ich kenne Kassie."

„Du bist der, bei dem sie gewohnt hat?", fragte er.

„Sie war Gast in meinem Haus, ja", sagte Briggs.

„Gut. Gehen wir rein. Sie hat was, das mir gehört." Er wedelte mit der Waffe, bedeutete Briggs, dass er sich bewegen sollte.

„Sie ist vor einer Woche ausgezogen", sagte Briggs, sein Herz raste. Das letzte, was er wollte, war, diesen Mann in sein Haus zu lassen, wo Melissa schlief. „Sie wohnt bei einer Freundin von mir."

Die Nasenflügel des Mannes blähten sich. „Wenn du mich anlügst, schieße ich dir in die Brust."

Briggs' Magie prickelte am Ansatz seines Rückgrats, aber er konnte es nicht riskieren, die Kontrolle zu verlieren. Er wusste nicht, was passieren würde. Wenn die Waffe losging, wollte er nicht davor stehen. Er konnte auch nicht riskieren, dem Mann zu schaden, bevor er herausfand, ob er Kassie gefangen hielt. „Ich lüge nicht. Ich kann Sie dorthin bringen, wenn Sie möchten."

„Bewegung." Der Mann schwang wieder seine Waffe herum, sodass Briggs sich ducken wollte, aber er tat sein Bestes, um cool zu bleiben. „Raus auf die Straße zu dem silbernen Honda."

Briggs tat, wie geheißen, und betete, dass es nicht zu spät war, um Kassie zu finden.

KAPITEL 24

*M*elissa erwachte urplötzlich. Ihr Herz raste, und Kopfschmerzen bildeten sich gleich über ihrem rechten Auge. Sie schaute sich im leeren Schlafzimmer um. „Briggs?"

Schweigen.

Sie setzte sich auf die Bettkante, versuchte ihre Nerven zu beruhigen, und stand dann auf und schlang sich Briggs' Bademantel um, der an der Rückseite seiner Badtür hing.

Das Haus war still, während sie in die Küche ging, sodass sie sich fragte, wo zum Teufel Briggs hin war. Sie spähte aus dem Fenster und sah seinen Truck. Das bedeutete, er musste irgendwo hier sein, oder?

Sie machte sich eine Tasse Kaffee, ging durch das Haus, suchte nach irgendeiner Spur von ihm.

Nichts.

Es war, als wäre er einfach verschwunden.

Aber dann sah sie die Nachricht.

Mel, ich bin los, um mit Sheriff Baker zu reden. Ich bin bald zurück.

Was hatte er denn zum Sheriff zu sagen? Sie ging zurück ins Schlafzimmer, suchte ihr Handy und rief Briggs an. Als es direkt auf die Mailbox ging, runzelte sie die Stirn.

Irgendwas stimmte nicht. Das spürte sie tief in den Knochen. Es war, als könne sie Briggs' Nervosität nach ihr ausgreifen spüren. Machte der Sheriff ihm das Leben schwer? Was genau hatte er denn mit ihm besprechen wollen? Die Fragen trieben sie in den Wahnsinn, während sie im Wohnzimmer auf und ab ging.

Dann, als die Sonne auf dem Chrom von Briggs' Truck glitzerte, blieb sie abrupt stehen. Sein Truck war gleich draußen geparkt. Falls niemand gekommen war, um ihn mitzunehmen, war er nirgendwo hin.

Sie rief Sadie an.

„Morgen. Alles okay?"

„Nein", sagte Melissa. „Ist King gekommen, um Briggs heute Vormittag abzuholen?"

„Nein. Er ist hier. Warum? Sollte er das?"

„Ich weiß nicht. Ich habe eine Nachricht gefunden, die Briggs da gelassen hat, um mir zu sagen, dass er zum Sheriffsbüro gegangen ist, aber sein Truck ist hier, und er geht nicht ans Handy. Glaubst du, sie haben ihn wieder festgenommen?" Melissa schnappte scharf nach Luft. „Ich muss los. Ich muss sie anrufen und rausfinden, was los ist."

„Ruf mich an, wenn du was erfährst", sagte Sadie, kurz bevor Melissa den Anruf beendete.

Melissa wählte die Nummer des Sheriffsbüros und bekam gesagt, dass niemand geschickt worden war, um Briggs abzuholen, und sie hatten ihn heute Vormittag auch nicht gesehen.

„Aber er ist nicht hier, und er sagte, er würde dorthin gehen", sagte Melissa, obwohl sie keine Antwort erwartete.

„Wenn ich ihn sehe, sage ich ihm, dass Sie nach ihm suchen", versicherte ihr Clarissa, die Empfangsdame.

„Danke." Melissa beendete den Anruf, sank in den Stuhl an der Eingangstür und schloss die Augen. Sie konzentrierte sich auf dieses nervöse Gefühl, das sich anfühlte, als würde es geradewegs von Briggs kommen. Und in ihren Gedanken brüllte sie: *Wo bist du?*

Sofort blitzte eine Vision ihres Hauses in ihren Gedanken auf.

Mein Haus?, dachte sie. Weshalb sollte er dort sein?

Das Gefühl verstärkte sich. Sie hinterfragte es nicht. Sie wusste einfach, dass sie sich in Bewegung setzen musste. Nachdem sie sich in Klamotten geworfen hatte, lief sie hinaus zu Briggs' Truck. Aber als sie den Knopf drückte, regte sich nichts. Der Motor machte nicht mal ein Geräusch.

Sie stieß einen frustrierten Schrei aus und rief bei Sadie an.

„Was hast du rausgefunden?", fragte Sadie.

„Ich glaube, Briggs ist bei mir zu Hause. Kannst du mal gehen und nach ihm sehen?"

„Nach ihm sehen, warum?", fragte sie.

„Etwas stimmt nicht."

„Oh. O nein. Das würde ich, Melissa, aber wir sind nicht zu Hause. Wir sind nicht in der Stadt, sondern am östlichen Wanderweg. King und ich haben eine Morgenwanderung gemacht."

„Seid ihr schon auf dem Rückweg? Könnt ihr mich abholen? Ich bin gestrandet, und … nur einfach, bitte, Sadie."

In ihrem Tonfall war wohl mehr Panik gewesen, als Melissa klar gewesen war, denn Sadie zögerte nicht. Sie sagte nur: „Wir sind unterwegs."

Melissa wartete draußen, als Kings Toyota in die Zufahrt kam. Sie lief und sprang auf den Rücksitz. „Los!"

Den ganzen Weg in die Stadt wuchs das Prickeln der Nervosität. Briggs klammerte sich gerade so fest, und sie wusste, wenn sie nicht bald dorthin kam, würde etwas Schreckliches passieren.

„Schneller", befahl sie.

King nickte und fuhr schneller. Ein paar Minuten später kam er schlitternd in ihrer Zufahrt zum Stehen.

Melissa wartete nicht. Sie sprang aus dem Fahrzeug und lief ins Haus.

In dem Augenblick, als die Tür aufgeworfen wurde, hörte sie ein lautes Krachen, gefolgt von einem lauten, frustrierten Brüllen.

„Briggs!" Sie rannte durch ihren Gang zu dem Geräusch hin und kam abrupt zum Stillstand, als sie einen Mann sah, der Briggs am Boden festnagelte. Er hatte eine Waffe auf Briggs´ Brust gerichtet und bebte vor Zorn.

Melissa spürte die schlüpfrigen Seile der Magie, die sich an ihren Verstand knüpften, und ohne auch nur einen Gedanken daran zu verschwenden, schickte sie alles direkt zu dem Mann. Vor ihrem inneren Auge ballte sich die Magie um ihn.

Er erstarrte und schaute sich im Raum um. Als sein Blick auf Melissa landete, sagte er: „Lass mich los, oder dein Freund braucht einen Sarg."

Sie machte sich nicht die Mühe, ihm zu antworten. Stattdessen stellte sie sich vor, wie die Waffe aus seiner Hand flog, und beobachtete, wie sie in den Schrank segelte und harmlos in einen Stapel von Kassies Kleidern fiel.

Der Mann öffnete den Mund, um sie anzubrüllen, aber die magischen Bande festigten sich weiter, und sie waren zu erstickend, sodass er die Worte nicht herausbrachte.

Briggs schob den Mann von sich und setzte sich hin. „Ruf den Sheriff an. Kassie ist in Schwierigkeiten!"

Melissa wählte 911 und reichte dann das Handy Briggs.

„Der Mann, der Kassie Kinny entführt hat, wurde gefasst. Schicken Sie sofort jemanden rüber. Und schicken Sie jemanden zu den Emerald Caves, bevor die Flut kommt. Dort werden Sie Kassie finden."

„Die Emerald Caves?", fragte Melissa mit einem Keuchen, während sie sich neben ihn kniete. „Dort hat er sie gelassen?"

Briggs nickte, wirkte erschöpft, während er dem Dispatcher am anderen Ende der Leitung dankte. Als er auflegte, sah er zu Melissa. „Er hat sie dort als Unterpfand gelassen, damit er bekommt, was er will. Wenn wir nicht kooperieren, würde er sie ertrinken lassen."

„Was will er denn?", fragte Melissa.

Briggs hob eine Schließkassette. „Das. Darin ist wertvoller Schmuck, der ihr von ihren Großeltern väterlicherseits hinterlassen wurde. Den wollte er, damit er ihn bei der Pfandleihe verhökern kann. Oder vielleicht auf einer Auktion verkaufen. Er glaubt wohl, dass der ziemlich viel wert ist."

King kam ins Zimmer, Deputy Hunt gleich hinter sich. Hunt ging direkt zu Kassies Stiefvater und versuchte, ihm Handschellen anzulegen, aber er kam nicht an Melissas magischen Banden vorbei. Er schaute zu Melissa und fragte: „Können Sie mal?"

„Oh, tut mir leid", sagte sie verlegen. „Ich bin nicht daran gewöhnt, Magie zu wirken."

Briggs grinste sie an, und sie erwiderte es.

„Wäre ich nie drauf gekommen", murmelte der Deputy, während er dem Mann Handschellen anlegte und ihn auf die Beine riss.

„Seine Waffe ist im Schrank", erklärte Melissa.

„Die Forensik ist bald hier, um nach Beweisen zu suchen",

sagte er, dann marschierte er mit dem Mann aus Melissas Haus.

„Was ist passiert?", fragte Melissa Briggs, während sie dasaßen und abwarteten, dass die Polizei tat, was getan werden musste.

Briggs holte tief Luft und stieß sie aus. Es war, als würde die ganze Anspannung, die er in sich gehabt hatte, einfach wegschmelzen, Melissa spürte es auch. Die Nervosität, die an ihr genagt hatte, war plötzlich verschwunden, und ihre Kopfschmerzen waren weg.

„Ich habe in meinem Handy herumgewühlt und alte Nachrichten von Kassie gefunden, die wegen ihres Stiefvaters einige Warnleuchten aufblitzen ließen, darum wollte ich zur Polizei gehen und sie dem Sheriff zeigen. Aber der Arsch hat mich abgefangen. Ich dachte, er wollte Geld, aber wie es sich erwies, hat er nach dem Schlüssel für diese Schließkassette gesucht. Er hat mich den Raum durchsuchen lassen, bis ich ihn fand."

„Während er dich mit der Waffe bedroht hat, richtig?", sagte Melissa, ihr Zorn wurde größer.

„Ja. Und als ich ihn dann gefunden habe, wollte ich ihn ihm nicht geben, bis er mir sagte, wo Kassie war. Da sie ihm eigentlich völlig egal ist, hat er es mir sofort gesagt. Als er hörte, wie ihr reinkracht, hat er mich angesprungen. Aber dann bist du reingekommen wie eine Superheldenkönigin, hast mich gerettet und ihn gefangen. Falls es Gerechtigkeit gibt, kommt er sehr lange ins Gefängnis."

„Das kann man nur hoffen", sagte Melissa.

Es dauerte ungefähr eine Stunde, bis die Ermittler in Kassies Zimmer alles durchgegangen waren und sowohl Briggs als auch Melissa befragt hatten. Als sie schließlich gehen wollten, rief Sheriff Baker einen seiner Deputys an und sagte ihm, er solle Briggs ans Handy holen.

„Ja, Sheriff?", sagte Briggs. Er hörte ein paar Minuten zu, dankte dem Sheriff und reichte das Handy dann zurück an den Beamten.

„Was wollte er?", fragte King.

„Kassie ist in Sicherheit. Sie haben sie gerade noch rechtzeitig gefunden, und sie bringen sie nun zu Heilerin Whipple, damit sie sich sie ansieht." Briggs drückte Melissa die Hand. „Sie ist in Sicherheit, deinetwegen."

„Und deinetwegen", versicherte Melissa ihm. „Du bist derjenige, der ihrem Stiefvater die Information entlockt hat."

Briggs nickte und stand dann auf. Er hielt Melissa die Hand hin. „Bereit?"

„Wohin gehen wir?", fragte sie, reihte sich bereits neben ihm ein.

„Zu Heilerin Whipples Praxis, um Kassie zu sehen."

Melissas Herz flog hoch vor Gefühlen, weil ihr Freund so nett war. Sie wusste, dass Kassie nicht sein Lieblingsmensch war, aber er war fürsorglich genug, um sicherzustellen, dass jemand Bekanntes nach ihrer dramatischen Entführung für sie da war.

Melissa ließ King und Sadie wissen, dass sie gehen konnten, während Briggs hinaus zu ihrem Auto ging. Sie hielt die ganze Zeit während der Fahrt in die Praxis der Heilerin Briggs' Hand. Sie hatte einfach das Gefühl, dass sie ihn berühren musste. Ihm schien es genauso zu gehen, denn sobald sie parkten und unterwegs waren in die Klinik, legte er den Arm um sie und hielt sie dicht bei sich. Es war genau, was sie beide brauchten.

Sobald sie in die Klinik kamen und der Empfangsdame erzählten, dass sie hier waren, um Kassie zu sehen, wurden sie rasch durch den Gang in ihr Zimmer gelotst. Sie saß am Ende eines Untersuchungstisches, in eine dicke Wolldecke geschlagen. Sie warf einen Blick zu ihnen und fragte dann: „Habt ihr diesen Bastard kastriert?"

Melissa konnte nicht anders. Sie lachte. „Nein, aber ich wünschte, das hätte ich gekonnt."

„Ich auch", sagte sie verächtlich. „Vielleicht kümmert sich ja jemand im Gefängnis für uns drum." Dann hielt sie die Arme ausgestreckt und sagte: „Ihr beiden kommt her und umarmt mich mal."

Sie taten, worum sie bat, und während sie sich festhielt, flüsterte sie: „Vielen Dank."

Als sie sich endlich lösten, wischte sie sich Tränen aus den Augen und sagte: „Jetzt bringt mal jemand Heilerin Whipple dazu, mich zu entlassen. Ich bin bereit, um nach Hause zu gehen."

Melissa drückte ihr die Hand. „Ich bin auch bereit, dass du nach Hause gehst."

„Meinst du mein Zuhause in L.A., oder ...", fragte Kassie, die besorgt wirkte.

„Nein, nicht L.A.", sagte Melissa mit einem leisen Lachen. „Ich meine das hier bei mir in Keating Hollow."

Kassie wischte sich wieder über die Augen, und ihre Lippen wölbten sich zum Hauch eines Lächelns.

KAPITEL 25

*B*riggs saß an seinem Esszimmertisch und hörte Melissa darüber plaudern, dass sie es jetzt tatsächlich genoss, mit Kassie zusammen zu wohnen, und er lächelte in seine Tasse. Er wusste, innerhalb weniger Minuten würde Kassie wegen irgendeines Problems oder einer Frage oder Forderung schreiben, und Melissa würde sie wieder stumm verfluchen.

Trotz der kleinen Ärgernisse schienen sie nun tatsächlich auszukommen, da Kassies Stiefvater jetzt im Gefängnis war und ihre Mutter aufgehört hatte, mit ihr zu reden. Sie warf Kassie vor, dass ihr Mann im Gefängnis war. Sie schien den Teil ausgeblendet zu haben, dass er Kassie entführt und Briggs mit einer Waffe bedroht hatte.

Es spielte aber keine Rolle. Kassie freute sich über die Stille. Sie brachte ihre Finanzen in Ordnung und hatte die Clickbait-Posts auf den sozialen Medien etwas zurückgefahren. Das bedeutet nicht, dass sie keine fragwürdigen Dinge mehr postete, aber meist war sie vernünftig und nahm sie runter, wenn jemand etwas dagegen hatte.

„Sie hat sogar den Geschirrspüler ausgeräumt, Briggs. Ich sage dir, das ist ein Fortschritt", sagte Melissa, während sie sich in der Küche beschäftigt hielt und Frühstück machte. Sie hatten angefangen, abwechselnd Frühstück füreinander zu machen, und es war ihr Vormittag.

Briggs beäugte die Waffeln auf dem Teller, den sie hielt. „Darf ich die essen, oder hebst du die für deinen anderen Freund auf?"

Sie schaute auf sie hinab und lachte, während sie sie ihm überreichte. „Tut mir leid. Ich schätze, ich war ein bisschen abgelenkt."

Er gab ihr einen flüchtigen Kuss auf die Wange und sagte: „Vielen Dank. Sie riechen lecker."

Melissa strahlte ihn an, und er dachte, er würde es nie satthaben, am Vormittag ihr hübsches Gesicht zu sehen.

Das Leben war in letzter Zeit ziemlich gut gewesen. Alle Vorwürfe gegen Briggs waren fallengelassen, und der Sheriff hatte ihm eine offizielle Entschuldigung zukommen lassen. Er hatte auch Antworten erhalten, weshalb er derjenige gewesen war, dem man die Entführung angelastet hatte.

Kassie hatte zugegeben, seine Kreditkarte an dem Abend genommen zu haben, als sie zu Abend gegessen hatten. Sie hatte gesagt, sie hätte sie nicht benutzen wollen, aber Briggs hatte seine Zweifel. Wenn jemand finanziell zu kämpfen hatte, kam es mitunter zu ziemlich fragwürdigen Handlungen. Er hatte es viel zu oft erlebt, während er in Pflegefamilien gelebt hatte. An dem Vormittag, an dem sie ihr Stiefvater angegriffen und entführt hatte, hatte sie sie ihm als Verhandlungsmasse angeboten, um sie gehen zu lassen. Aber er hatte kein Interesse gehabt. Er hatte nur den Schlüssel zu der Schließkassette gewollt.

Was das Flanellhemd anging, erwies sich, dass Wayne es

tatsächlich am Vorabend aus Briggs Truck gestohlen hatte, als er Briggs und Kassie beobachtet hatte. Er hatte im Lauf der Jahre an genügend kriminellen Aktivitäten teilgenommen, um sich ein paar Tricks anzueignen. Einer davon war, dass man sich anzog wie jemand anders, damit man nicht gleich verdächtigt wurde, wenn die Polizei mal anklopfte.

Kassie hatte die Schließkassette schlussendlich aufgesperrt, nachdem sie es monatelang vermieden hatte, damit ihre Mom und ihr Stiefvater nicht in die Finger bekamen, was darin war, und dann hatte sie ein paar Stücke bei einer Auktion verkauft, um aus den Schulden herauszukommen.

King hatte es ihr nicht gesagt, aber er hatte beide Teile gekauft, für den Fall, dass sie sie eines Tages zurückhaben wollte. Ihr Song war vor ein paar Tagen herausgekommen und sofort auf die Nummer 1 der Charts geklettert. Da war er immer noch, mit Kings uns Sadies Song auf Nummer 2.

Der ganze Erfolg hatte die Paparazzi zurück in die Stadt gebracht. Es hatte nur ein paar Artikel gegeben, die King und Briggs vorwarfen, ein Paar zu sein. Kassie hatte sich sogar aufnehmen lassen, wie sie ihre vorherigen Kommentare zurücknahm, dass sie zusammen waren.

Der aufstrebende Popstar hatte sich noch nicht komplett verändert, aber sie arbeitete daran. Und da sie immer noch bei Melissa wohnte – und Miete zahlte – machten sie sich alle Mühe, sie einzuschließen. Sie, Melissa und Sadie waren alle Freundinnen, und sie war so glücklich, wie Briggs sie noch nie gesehen hatte.

„Was, glaubst du, sollte ich heute Abend mit zum Kartenspielen bringen?", fragte ihn Melissa.

Er wandte seine Aufmerksamkeit ihr zur und runzelte die Stirn. „Du musst etwas zum Kartenspielen mitbringen? Was denn genau? Irgendein Spiel?"

„Nein, nein. Darum kümmert sich Imogen. Sadie und ich sollen Desserts machen. Und ich muss was machen, aber ich bin mir nicht sicher, in welche Richtung es gehen soll."

„Ach, verstehe." Es klingelte, und während Briggs an die Tür ging, rief er: „Zimtschnecken!"

„Ich wusste, dass du das sagst", rief sie zurück.

„Warum fragst du mich dann?" Er lachte leise und öffnete die Tür, nur um einen hochgewachsenen Mann in etwa seinem Alter mit dichten schwarzen Haaren zu sehen, der auf seiner Veranda stand. „Kann ich Ihnen helfen?"

Der Mann schaute ihn an und schluckte dann sichtlich. Irgendwas an ihm war unheimlich vertraut, aber Briggs war sich nicht ganz sicher, weshalb.

„Brandon?", fragte der Mann, Verwunderung und Erleichterung glänzten in seinen Augen. „Bist du es?"

Briggs spürte einen Ansturm von Wärme, der durch seine Adern lief, gleich gefolgt von dem nervösen Grauen, das über ihn kam, wenn er an seine Kindheit erinnert wurde. „Dutton?"

„Oh, ihr Götter, du bist es", sagte Dutton, während seine Augen vor Gefühlen feucht wurden. „Ich kann nicht glauben, dass ich dich endlich gefunden habe."

„Wer ist das?", fragte Melissa, die hinter Briggs herankam.

„Ich bin Brandons Bruder, Dutton." Er streckte eine Hand hin. „Und du bist?"

Briggs spürte, wie Melissa sich neben ihm versteifte, und drückte ihr rasch die Hand. „Schon okay, Mel. Er ist mein älterer Bruder von meinen leiblichen Eltern. Den habe ich nicht gesehen, seit …"

„Es ist über fünfzehn Jahre her", sagte Dutton. „Nicht seit der Nacht, in der wir beide ins Pflegeheim kamen."

Briggs' Herz hämmerte laut in seinen Ohren. Hatte er ihn

richtig verstanden? Dutton war auch ins Pflegesystem gezwungen worden?

„Ich kann sehen, dass ihr zwei eine Menge nachzuholen habt", sagte Melissa vorsichtig. „Briggs? Bittest du deinen Bruder herein?"

„Was? Ach, richtig. Natürlich. Hier entlang." Er hielt ihm die Tür auf und bedeutete ihm, auf dem Sofa Platz zu nehmen. „Brauchst du irgendwas? Wasser? Kaffee? Ein Glas Whisky?"

Dutton lachte leise. „Vielleicht einfach nur Wasser."

„Das hole ich", sagte Melissa. „Ich bin gleich wieder da."

Die beiden Brüder setzten sich einander gegenüber hin. Keiner sagte etwas, während sie einander anschauten. Dutton war eine etwas größere Version von Briggs, nur dass er hellblaue Augen und ein Grübchen auf der linken Wange hatte. Briggs schätzte, dass er nie Schwierigkeiten hatte, Aufmerksamkeit vom anderen Geschlecht zu erhalten. Nicht, dass er sich darum je hätte Sorgen machen müssen.

Endlich übernahm Briggs' Neugier. „Was machst du denn hier, Dutton?"

„Ich bin gekommen, um dich zu suchen", sagte er einfach.

„Okay, aber warum jetzt?"

Dutton presste die Lippen aufeinander und beugte sich vor, die Ellbogen auf den Knien. „Ich habe nach dir gesucht, seit ich zwanzig Jahre alt war, Brandon."

„Ich heiße jetzt Briggs", verbesserte er.

„Stimmt. Briggs. Tut mir leid." Dutton lächelte seinen Bruder schwach an. „Das habe ich gelesen, aber da ich dich nun persönlich sehe, sehe ich wieder meinen kleinen Bruder vor mir, und da bekommt mein Hirn einen leichten Kurzschluss."

„Ich möchte nicht lügen. Meines läuft jetzt gerade auch nicht ganz rund", gab Briggs zu. „Irgendwie lässt es meinen

Verstand durchdrehen, dich hier zu sehen." Er hatte niemals wirklich erwartet, seinen Bruder und seine Eltern wieder zu sehen. Er und sein Bruder hatten einander beim Aufwachsen nicht gerade nahe gestanden, aber das lag sehr wahrscheinlich daran, dass ihr Vater sie immer gegeneinander ausgespielt hatte.

„Ich habe vor Kurzem einen Artikel gelesen über diese Sängerin, die entführt wurde. Kassie Kinny? Und in diesem Artikel wurdest du mit deinem Geburtsnamen erwähnt. Ich war mir nicht sicher, ob du es wirklich bist. Williams ist ein so verbreiteter Nachname, dass ich Angst hatte, mir Hoffnung zu machen, aber als ich dein Bild gesehen habe und dich dann online auf Kassie Kinnys und King McGraths Social-Media-Seiten gefunden habe, wusste ich, dass es du bist. Und hier bin ich."

Aber warum?, wollte Briggs fragen. Was war der echte Grund? „Okay, du hast mich gefunden. Was jetzt?", fragte er mit einem Lächeln.

Dutton schaute auf den Boden und dann wieder zurück zu ihm. „Ich will meine Familie zurück, Brandon – Briggs. Und du bist die einzige Familie, die ich je hatte. Das ist alles."

Briggs schluckte schwer. Er wusste, wie es war, niemanden zu haben. Da war er gewesen, bevor King dazugekommen war. Er erkannte den gequälten Ausdruck in Duttons Augen und nickte. „Okay. Wie lange bist du in der Stadt?"

Er zuckte mit den Schultern. „Ich bin nicht sicher."

„Hast du was, wo du wohnen kannst?"

„Ich wollte es in der Pension versuchen, wenn rauskommt, dass du wirklich mein Bruder bist", sagte er und stand auf. „Ich sollte losziehen und sehen, ob sie was frei haben."

Briggs beeilte sich, aufzustehen, und streckte eine Hand

aus, um ihn aufzuhalten. „Du brauchst kein Zimmer in der Pension. Du kannst hierbleiben."

Dutton starrte ihn an, seine Augen musterten das Gesicht seines Bruders. Dann sagte er: „Bist du sicher?"

„Ganz bestimmt. Geh und hol dein Zeug. Wir werden dich im Gästezimmer einrichten."

Sein Bruder schenkte ihm ein träges, lockeres Lächeln und nickte dann. „Ich glaube, das würde mir gefallen."

Während Dutton nach draußen ging, um sein Gepäck zu holen, kam Melissa hinter Briggs heran und schlang die Arme um ihn. „Bist du sicher, dass das eine gute Idee ist?"

Er lachte leise. „Nein, aber das Angebot ist raus. Ich schätze, das werden wir jetzt herausfinden müssen."

Sie gab ihm einen Kuss seitlich auf den Hals. „Weißt du was? Es ist nie was Schlechtes, wenn man mehr Leute hat, die man liebt."

Er lehnte sich an sie zurück, genoss ihre sanfte Berührung und die Wärme, die aus ihrem Inneren ausstrahlte, und nickte. Dann lachte er leise und sagte: „Ich bin ziemlich sicher, er schuldet mir noch eine Rauferei. Pass besser auf. Als wir das letzte Mal gerauft haben, haben wir fast den Fernseher kaputtgemacht."

Sie zuckte nur mit den Schultern. „Es sind deine Möbel. Was du damit machst, ist doch deine Angelegenheit."

„Ja, jetzt schon, aber eines Tages werden sie auch deine sein."

„Wirklich?", fragte sie und hob eine Augenbraue.

„Auf jeden Fall, denn mach dir bloß nichts vor, Melissa Benson. Ich habe definitiv vor, dich eines Tages zu heiraten. Eines baldigen Tages."

„Das ist gut", erwiderte sie sofort. „Denn ich habe mir bereits ein Kleid ausgesucht."

Er wartete darauf, dass die Panik einsetzte, und als das nicht geschah, wirbelte er sie herum und küsste sie, bis sie atemlos war.

„Sollte ich doch noch mal über das Zimmer in der Pension nachdenken?", fragte Dutton.

Sie lachten beide.

„Nein", sagte Briggs, während er Melissa zuzwinkerte. „Lass mich dir das Gästezimmer zeigen."

Und während er Dutton half, sich einzurichten, spürte Briggs eine Zufriedenheit, die er noch nie zuvor gekannt hatte, und grinste, als sein Bruder sich zu ihm wandte und sagte: „Bist du bereit für diese Rauferei?"

KAPITEL 26

VALENTINSTAG

*D*utton Williams folgte seinem Bruder Briggs und Briggs' Freundin Melissa in die Scheune auf Imogen Thanes Grundstück. Die Tische hatten alle Herzform mit roten Blumensträußen als Tischschmuck. Sanftes Kerzenlicht beleuchteten Raum, verlieh ihm die erwartete romantische Atmosphäre. Er musste zugeben, dass der Raum elegant und einladend war ... wenn man mit einem Date oder dem Lieblingsmenschen da war.

Für einen Single wie ihn war es einfach nur deprimierend.

Er wollte sich treten, dass er sich von Briggs und Melissa hatte überreden lassen, auf diese Party zu gehen, die Imogen ausrichtete. Sie hatten Livemusik, Tanzen und gutes Essen versprochen. Zusammen mit anderen Singles in Keating Hollow, die was anderes vorhatten, als den Abend allein zu verbringen.

Vielleicht würde das ja früher oder später alles wahr werden, während der Abend weiter voranschritt. Aber im Augenblick sah es aus, als wäre jeder ein Paar, und das einzige Getränk war Sekt.

Dutton mochte keinen Alkohol mit Blubberbläschen.

Melissa schaute zu ihm hinüber und verzog leicht das Gesicht. „Tut mir leid. Ich habe gehört, das wäre eine Party, und nicht nur für Valentinspärchen."

„Keine Sorge deswegen", sagte er. „Das hätte ich wissen sollen."

Dutton war inzwischen gute drei Wochen in Keating Hollow. Er war nach einer besonders schmerzhaften Trennung hergekommen. Obwohl er das niemandem erzählt hatte. Er wollte sich einfach nur einleben und seinen Bruder wieder kennenlernen. Nachdem sie jahrelang getrennt gewesen waren, genoss er seine Zeit mit Briggs. Es erwies sich, dass sie sich echt gut vertrugen, und in nur kurzer Zeit hatte Dutton bereits entschieden, Keating Hollow zu seinem dauerhaften Wohnort zu machen.

Sobald er eine eigene Bleibe gefunden hatte. Was sich als nicht so leicht erwies. Aber seinem Bruder schien es nichts auszumachen, dass er in seinem Gästezimmer blieb, und darum war er dankbar.

Denn zurück nach San Diego zu gehen, stand gar nicht zur Debatte.

Das Chaos, das er dort zurückgelassen hatte … das musste er nicht so bald wieder vor sich sehen. Oder niemals, soweit es ihm betraf.

Dass er bei seiner Braut und seinem angeblich besten Freund reingeplatzt war, während sie es in Duttons Bett am Vormittag seiner Hochzeit miteinander trieben, hatte ihn ziemlich mitgenommen.

Jetzt wollte er nur noch seine Zeit mit Wandern in den Bergen verbringen, einen Ort zum Leben finden, und eine Werkstatt für Oldtimer eröffnen. Da er das Haus in San Diego gerade verkauft hatte, waren all diese Dinge möglich. Er musste sie nur umsetzen.

Eines baldigen Tages. Vermutlich.

Sobald er nicht mehr das Gefühl hatte, man hätte ihn gerade übel verprügelt.

Er schaute sich unter all den fröhlichen Pärchen um und beschloss, dass er auf jeden Fall etwas Stärkeres als Sekt brauchte.

„Ich bin gleich zurück", sagte er zu Briggs und Melissa, die bereits ein halbes Glas vom Sekt geleert hatten. „Ich muss mir was Stärkeres suchen als das."

„Viel Glück, Mann", sagte Briggs. „Falls du Whisky findest, lass es mich wissen."

Dutton nickte und verließ die Pärchenparty. Die Scheune war nicht der einzige Ort, an dem heute Abend ein Event stattfand.

Abseits an der rechten Seite des Feldes war ein Zelt aufgestellt, und Gäste kamen bereits an zu der Hochzeitsfeier, die nebenan stattfand.

Eine Elektrokutsche fuhr heran und parkte am Rande des Parkplatzes, ohne Zweifel wartete sie auf Braut und Bräutigam, die herauskamen, nachdem sie ihr Gelübde abgelegt hatten.

Das war nichts, was er sehen musste. Nicht in seinem geistigen Zustand. Er drehte der Szene den Rücken zu und ging hinüber zu einem Food-Truck-Bereich, der rund um eine Eislauffläche aufgebaut war.

Jackpot.

Nicht nur gab es eine Bar mit harten Getränken, es gab auch einen Truck mit Nachtischen. Erst bestellte er ein Stück Karottenkuchen, und sobald er den in der Hand hatte, bestellte er ein Whisky-Soda und ging, um sich einen Ort zu suchen, um seine kleinen Sünden in Frieden zu genießen.

Er brauchte nicht lang, um eine Bank zu finden, die unter einer großen Eiche stand. Er nahm Platz und beobachtete Paar um Paar, die ankamen, um den Festtag zu feiern.

Er aß seinen Kuchen und spülte dann seinen Drink viel schneller als geplant hinunter. Das bedeute einfach nur, dass er noch einen Drink brauchte. Als er an die Bar kam, runzelte er die Stirn, als er eine umwerfende Frau in einem eng anliegenden Hochzeitskleid am Wagen stehen sah, die Wodka-Tonic bestellte.

„Machen Sie lieber mal zwei", sagte sie mit leicht brechender Stimme.

Dutton stellte sich hinter ihr an, ließ ihr aber Platz, doch als sie sich umdrehte, erschrak sie und vergoss den ganzen Drink direkt auf die Vorderseite ihres Kleides.

„Verdammt", rief sie und schüttelte den Kopf.

„Es tut mir so leid", sagte er, völlig verlegen. „Ich wollte Ihnen keine Angst machen. Ich habe nur versucht, Ihnen Platz zu lassen."

„Platz. Das brauche ich", sagte sie mit einem Nicken. „Sehr viel Platz. Etwa so groß wie der kleine Grand Canyon." Sie öffnete die Arme weit und verschüttete den zweiten Drink. „Denn keine Braut will am Tag ihrer Hochzeit hören, dass ihr Bräutigam nicht sicher ist, ob er heiraten möchte. Ist das nicht so ziemlich das Schlimmste, was passieren kann, was meinen Sie?"

„Vielleicht nicht das Schlimmste", sagte Dutton. „Er hätte auch mit dem Trauzeugen oder einer Brautjungfer durchbrennen können."

Sie stieß ein lautes Lachen aus. „Das könnte ich verstehen, wissen Sie? Aber einfach nicht sicher sein, als wäre er diese

Verpflichtung irgendwie eingegangen, ohne auch mal darüber nachzudenken? Wer macht denn das?"

Dutton fühlte sich nicht qualifiziert für diese Unterhaltung, doch er versuchte es trotzdem. „Vielleicht hatte er einfach nur einen schlimmen Fall von kalten Füßen?"

„Vielleicht ist er einfach ein Idiot." Sie bestellte noch einen Drink und ging dann weg zur Hochzeitslocation.

„Was für ein Glück, dass ich das nicht bin", murmelte er, denn er erinnerte sich nur zu gut daran, wie es war, angezogen und bereit zu sein, um Ja zu sagen, und sich dann umzuwenden und allen zu sagen, dass die Zeremonie abgeblasen war, weil die Braut sich bei anderen Männern nicht unter Kontrolle hatte. Es war sehr kleinlich gewesen, das zu sagen, aber in dem Augenblick war ihm das egal gewesen.

Dutton bestellte zwei weitere Whisky-Soda, einen für sich und einen für seinen Bruder, und dann wollte er schon zurück zu dem Ringelpiez, wo die Turteltauben vermutlich einander ihre Liebe alle drei Minuten erklärten, während sie Tauben in die Luft losließen. Oder irgend so einen Mist.

Er hatte es gerade zur Scheune geschafft, als er einen unterdrückten Streit hörte.

„Ich heirate dich nicht", sagte die Frau in dem Hochzeitskleid. „Nicht, nachdem du mir gesagt das, du brauchst mehr Platz."

„Ich habe nur gesagt, dass ich Zweifel habe", wandte der Bräutigam ein. „Dass ich mit Blossom reden muss, um sicherzustellen, dass ich keinen Fehler mache."

„Blossom ist deine Ex-Freundin, du Idiot!" Sie schüttete ihm ihren Drink ins Gesicht und lief weg zum Parkbereich.

„Dahlia, warte!" Der Bräutigam lief los und holte mühelos auf seine Braut auf.

Dutton wollte schon gehen, und sie ihrem Streit überlassen,

damit sie sich aussprachen, aber als er sah, wie der Bräutigam die Braut schnappte und schüttelte, als würde er versuchen, ihr Vernunft einzubläuen, konnte er das nicht auf sich beruhen lassen. Er ging hinüber und zog den Mann von ihr weg.

In ihren Augen standen Tränen, während sie rückwärts vom Bräutigam wegging.

„Alles in Ordnung?", fragte er sie.

Sie nickte, aber ihre Augen waren weit aufgerissen vor Schock.

„Das hat überhaupt nichts mit Ihnen zu tun", höhnte der Bräutigam. „Warum kümmern Sie sich nicht um Ihren eigenen Kram?"

„Wollte ich ja, bis ich gesehen habe, wie sie dieser Frau wehtun. Jetzt ist es zu spät, um so zu tun, als hätte ich nichts gesehen", sagte Dutton.

„Ich habe nichts dergleichen getan", behauptete der Bräutigam und griff wieder nach ihr.

Als sie zusammenfuhr, kam Leben in Dutton, und er nahm die Braut hoch und marschierte von dem übergriffigen Idioten weg.

„Wohin?", fragte er sie.

Sie schluckte schwer und sagte: „Irgendwohin. Bringen Sie mich nur einfach hier weg."

Er hätte sie nur zu gern überall hingefahren, wohin sie wollte, aber er hatte kein Fahrzeug. „Haben Sie ein Auto?"

Sie schüttelte den Kopf. „Meine Schwester hat mich hergefahren."

„Ach so. Also dann die Kutsche." Er zeigte hinüber zur Elektrokutsche, half ihr hinein und stieg dann hinter ihr ein. Aus dem Nichts fragte eine Stimme: „Wohin, Sir und Madam?"

„Irgendwohin, Jeeves", befahl Dutton. „Nur schnell. Wir haben eine Braut auf der Flucht."

ÜBER DIE AUTORIN

Über die Autorin

New York Times- und *USA Today*-Bestsellerautorin Deanna Chase wurde in Kalifornien geboren und in den behäbigeren Lebensstil des südöstlichen Louisiana versetzt. Wenn sie nicht schreibt, faulenzt sie oft mit ihrem Mann in New Orleans oder spielt mit ihren beiden Shih Tzus. Weitere Informationen und Neuigkeiten zu ihren neuesten Veröffentlichungen findet man auf ihrer Website unter deannachase.com.

www.ingramcontent.com/pod-product-compliance
Lightning Source LLC
Chambersburg PA
CBHW020101180626
46812CB00006B/2424